10|18
12, avenue d'Italie — Paris XIIIe

Sur l'auteur

Née à Shanghai d'un père écrivain et d'une mère actrice, Geling Yan commence à écrire à la fin des années 1970 en tant que correspondante de guerre chargée de couvrir les conflits sino-vietnamiens. Son premier roman est publié en Chine en 1985. En 1989, après le massacre de Tienanmen, elle quitte la Chine pour s'installer aux États-Unis. Depuis lors, deux de ses œuvres — *Le Dernier Empereur* et *Un automne à New York* — ont été adaptées au cinéma, et les droits cinématographiques de *La fille perdue du bonheur* ont été vendus à l'actrice Joan Chen. Un grand nombre de ses nouvelles a été traduit en anglais. Geling Yan a remporté de nombreux prix, en Chine et aux États-Unis. Elle vit aujourd'hui à San Francisco.

LA FILLE PERDUE DU BONHEUR

PAR

GELING YAN

Traduit de l'américain
par Natalie ZIMMERMANN

10|18

« Domaine étranger »
dirigé par Jean-Claude Zylberstein

PLON

Titre original :
The Lost Daughter of Happiness

ISBN 2-264-03627-3

Pour Larry

Voilà qui tu es.

Celle qui, vêtue de rouge, se lève lentement du lit grinçant en bambou, c'est toi. Les broderies de ta veste de satin matelassé doivent bien peser dans les dix *catties*. Les parties où les points sont les plus serrés sont aussi dures que de la glace, ou qu'une armure. A cent vingt ans de distance, ce travail d'aiguille tellement hors de ma portée me stupéfie.

Laisse-moi relever un peu ton menton pour amener tes lèvres dans la lumière tamisée. Voilà, c'est parfait. Ton visage m'apparaît nettement à présent. Ne t'inquiète pas : ce visage que tu juges trop carré, d'autres le trouveront exotique. Pour les amateurs de nouveauté de ton époque, tes moindres imperfections deviennent des marques distinctives.

Tourne-toi maintenant, comme à la vente aux enchères. Tu connais bien les enchères : c'est là que les jolies putains dans ton genre en viennent à savoir ce qu'elles valent. J'ai trouvé des photos de ces ventes dans des livres sur Chinatown — des dizaines de corps féminins, entièrement nus, leur beauté formant un contraste saisissant avec la sinistre pénombre environnante.

Tu ne ressembles pas aux autres filles présentées. Tout d'abord, tu as dépassé vingt ans. C'est un miracle. J'ai parcouru cent soixante de ces ouvrages, et tu es la seule à avoir vécu si longtemps. Les autres filles de la profession commençaient à perdre leurs cheveux à dix-huit ans, leurs dents à dix-neuf, et arrivaient à vingt ans le regard vide et le visage décrépit, quasi mortes, muettes comme des tombes.

Mais tu n'as *rien* en commun avec elles.

Ne sois pas si impatiente de montrer tes pieds. Je sais qu'ils ne font guère plus de dix centimètres : deux boutons de magnolia momifiés. Je te laisserai les montrer plus tard. Tu n'es quand même pas comme cette femme qui a vécu de 1890 à 1940 au 129, Clay Street, en exhibant ses minuscules fleurs de lotus dorées. Les touristes défilaient par milliers devant sa porte, observant avec révérence la façon dont ses orteils sans vie avaient été soigneusement brisés par en dessous pour se recroqueviller dans la plante de ses pieds. La plupart des curieux venaient de la côte Est, plus distinguée, mais il y en avait aussi qui venaient de l'autre côté de l'Atlantique, simplement pour rendre hommage à un vestige de l'Antiquité incarné par un corps vivant. Dans la difformité et l'altération de ces pieds, chacun voyait « l'Orient ».

Je sais qui tu étais : une prostituée de vingt ans, une prostituée parmi les trois mille qui se sont succédé en provenance de Chine. Lorsque tu as débarqué sur ces côtes dorées, tu étais une femme adulte. Tu n'avais ni savoir-faire ni séduction racoleuse, pas la moindre trace de luxure dans le regard. La simplicité qui te caractérisait se sentait à l'instant où l'on te rencontrait. Tu pouvais donner l'impression à n'importe quel homme qu'il allait vivre sa nuit de noces.

Tu étais donc une prostituée-née, une fiancée comme neuve.

Un jour d'été de la fin des années 1860, une fille assez grande se tient dans l'embrasure d'une fenêtre à barreaux, dans une ruelle étroite du Chinatown de San Francisco. Cette fille, c'est toi.

Tu portes un nom étrange : Fusang. Tu ne viens pas du delta de Canton, aussi vaux-tu trente pour cent de plus que ces filles qui s'appellent Perle, Douce ou Craquette et ont eu tellement de mal à prouver qu'elles n'avaient pas été souillées par des marins de passage.

Regarde-moi, maintenant, écrivain de cette fin du vingtième siècle. Tu voudrais bien savoir ce qui m'a poussée vers Gold Mountain, la montagne d'Or. Je n'ai jamais compris pourquoi j'ai entrepris cette traversée du Pacifique. Nous avons tous des réponses toutes prêtes — que nous sommes venus pour la liberté, le savoir, la richesse — mais, en fait, nous n'avons aucune idée de ce que nous poursuivons.

Certains nous appellent la cinquième vague d'immigrants chinois.

Tu te demandes pourquoi je t'ai remarquée. Tu ne sais pas ce que des historiens étrangers ont écrit sur toi dans ces cent soixante ouvrages sur l'histoire des Chinois de San Francisco que personne d'autre n'a pris la peine de lire. Tous ces auteurs sont absolument sérieux lorsqu'ils avancent des choses comme : « Quand la fameuse, ou peut-être devrions-nous dire l'infâme, prostituée chinoise Fusang apparaissait dans ses plus beaux atours, les messieurs étaient si émus qu'ils ne pouvaient s'empêcher de lui tirer leur chapeau. » Et : « Le consensus autour de cette prostituée chinoise, considérée comme un véritable phénomène, confirme qu'elle était essentiellement semblable à ses homologues occidentales et ne présentait aucune difformité. »

Tu sais que moi aussi, je te jauge.

Tu te tournes à nouveau, et je remarque l'énorme chignon piqué d'une épingle de jade blanc et souligné d'une guirlande de fleurs en soie rose partant de ton oreille gauche. Quelques années plus tard, les profondeurs de ce chignon abriteront un bouton de cuivre appartenant à Chris, l'enfant blanc.

La première fois qu'il a posé les yeux sur toi, alors qu'il envisageait de s'offrir tes services, il n'avait que douze ans.

Je voudrais que nous puissions te voir au tout début. C'est très bien : le flou qui nous séparait s'est dissipé, et tu es soudain juste devant moi.

Tes consœurs de quatorze ans te conseillaient de « te lancer » : si tu n'as pas de travail, Fusang, tu n'auras pas de dîner, et tu seras fouettée jusqu'au sang. Les plus jeunes dans le métier te trouvaient nulle — tu ne savais pas te vendre ; tu ne savais pas lancer des œillades aux hommes, de l'autre côté de la fenêtre.

Les livres décrivent en détail ce commerce :

« Les prostituées chinoises avaient des façons bien à elles d'attirer les clients : "Jolie petite Chinoise, eh, monsieur, entlez donc jeter coup d'œil. Votle papa, il vient de soltil !"... "Deux sous poul legarder, quatle poul toucher, six poul li faile !"... "Pitites Chinoises toute flaîches de Chine, bonne fifille pour trente cents seulement !" Régulièrement, attiré par des propos aussi explicites et des prix aussi bas, quelqu'un se retournait, s'arrêtait et choisissait l'une de ces enfants, si semblables les unes aux autres. »

Tu ne racolais pas. Chaque fois qu'un homme te regardait, tu lui souriais. Timidement au début, puis avec tellement de cœur que tu lui donnais l'impression d'être folle de lui et pleinement satisfaite de ton sort.

C'est sans doute ton sourire qui faisait prendre conscience à ces hommes que tu n'étais pas une marchandise ordinaire. Quelqu'un ralentit devant ta fenêtre. Plus grande et plus solide que les autres, tu te lèves du lit de bambou grinçant. Le léger décalage qui retient chacun de tes mouvements te donne un air presque digne.

On pouvait oublier un instant que tu étais une prostituée en cage.

Voilà à quoi tu ressemblais lorsque tu es arrivée à San Francisco. Je ne laisserai certainement personne te confondre avec aucune autre des trois mille putains qui sont venues de Chine.

La brume du soir arrivait de la mer, mouillait la terre des rues et s'installait, toujours plus dense. La poussière qui irritait la gorge de Fusang n'entrait plus alors par la fenêtre.

Un peu frissonnante, un peu fatiguée, un peu affamée, elle regardait les lanternes rondes se balancer.

A la porte voisine il y avait Face-de-Lune, quatorze ans, dont la voix était devenue aussi rauque qu'un déchirement d'étoffe. Trois petits diables blancs passèrent — onze ou douze ans, pas plus. En entendant Face-de-Lune les héler, ils portèrent leurs doigts sales à leur gorge pour imiter sa voix, et leur rire sonna comme du papier agité par le vent.

Face-de-Lune essaya à nouveau : vite, entrez, votre papa, il vient juste de sortir !

Les petits diables blancs ouvrirent d'un coup sec leur chemise, pareils à des sauvages exhibant leur drôle de nombril. Ils la supplièrent d'ouvrir son corsage.

Face-de-Lune marchanda tout en ouvrant et refermant son col. Sa poitrine évoquait deux grosses piqûres de moustique. Elle n'était pas très jolie au départ, et la petite vérole avait laissé sur son visage des marques aussi profondes que la pluie sur le sable.

Son lit de bambou se mit à chanter et grincer en rythme. Elle mangerait ce soir.

Fusang quitta la fenêtre. La pièce était si réduite qu'en quatre pas la jeune femme avait atteint le rideau de séparation où s'accrochaient quelques mouches trop frigorifiées pour voler. Les fleurs brodées sur le rideau n'avaient pas encore passé. Fusang écarta le pan d'étoffe avec ses fleurs rouges, sa poussière, ses feuilles vertes et ses mouches, fit un pas, releva et maintint sa jupe avant de se baisser au-dessus du pot de chambre en cuivre.

L'eau de la bassine, près du pot de chambre, était encore propre — pas de client. Toutes les prostituées d'ici le répétaient à Fusang : tu dois te laver dès que le micheton s'en va si tu ne veux pas puer comme un putois.

Sur une petite étagère de bambou, il y avait du savon, de la poudre et du rouge. Fusang se passa un peu de rouge sur les lèvres. Ce goût sucré de fruit lui plaisait.

Amah, la patronne, ouvrit la porte et entra, appelant Fusang d'une voix aussi grasse que des résidus d'huile de friture. Amah Mei transportait toute la journée une grande bouilloire en laiton, et versait de l'eau fraîche dans la bassine de chaque réduit.

Fusang se leva du pot de chambre, regrettant un peu de quitter le petit cercle chaud qu'elle venait d'y créer.

Ecartant le rideau d'un coup de reins, Amah versa un peu d'eau dans la bassine. Toujours pas de client ? demanda-t-elle. J'arrête pas de raquer pour ton riz et ton poisson séché, et qu'est-ce que j'ai en échange ? Elle haussa les sourcils et poussa un soupir tout en souriant à la jeune fille. Qu'est-ce qu'il y a ? Tu as de l'or dans la bouche. Tu as peur que ça tombe si tu parles ?

Fusang lui rendit son sourire sans rien dire.

A minuit, déshabille-toi et attends dans ma chambre. Le patron veut te donner une bonne raclée. Tu m'entends ?

Fusang dit qu'elle avait entendu.

N'oublie pas de bien attacher tes cheveux, poursuivit Amah. Ne le laisse pas te tirer les cheveux. Dès qu'il tire les cheveux à une fille, il y prend goût et il ne peut plus s'arrêter de la battre. Il perd le compte des coups et la battrait à mort sans même s'en apercevoir.

Je n'oublierai pas.

Tu as des cheveux si épais, ajouta Amah. Quelle chevelure magnifique — tu me prends trois onces d'huile par jour pour te coiffer. Hé ! Pourquoi tu pleures ?

Rien, rien, assura Fusang en secouant la tête. J'ai faim, c'est tout.

Non, tu n'as pas faim. Quand on a faim, on ne peut pas pisser, et je viens de t'entendre faire à ton aise.

Fusang avait envie de demander à Amah de lui donner de l'encens parfumé au santal, mais le bruit que fit Face-de-Lune en congédiant son micheton la détourna de son idée.

Il faut que tu fasses du meilleur travail. Tu as déjà vingt ans, lui disait Amah. A ton âge, il y a des filles qui ont des maisons à leur nom. Si tu ne me dégottes pas un client très vite, je vais devoir te vendre le mois prochain, et il n'y aura pas à y revenir.

Fouettée, puis passée à l'onguent, Fusang descendit lentement le couloir sombre en direction de la pâle lumière. Lorsqu'elle atteignit la troisième porte, elle se détendit un peu. La brûlure du fouet commençait à se calmer. Elle pénétra dans une salle à manger dotée d'une grande table et de seize chaises. La table avait été débarrassée, bien qu'il y restât encore une arête ou une épluchure de légume. Dans un plat en terre, il restait une tête de poisson bouillie, charnue et grosse comme une tête de porcelet. Du sang rouge et épais s'accrochait encore à la bouche.

Fusang se demanda si Amah avait été sérieuse en disant qu'elle allait devoir la vendre. Elle était visiblement encore prête à faire le sacrifice d'une belle tête de poisson pour elle. La jeune fille chassa les quelques cafards sous le rebord du plat, s'assit, sortit ses pieds de sous sa jupe et les posa sur une autre chaise.

Elle ouvrit d'un coup la tête de poisson et la porta, morceau par morceau à la bouche.

Soudain, Amah lui cria du couloir : Fusang ! Tu as un client !

Elle lui répondit, puis sortit un mouchoir et essuya la sueur qui perlait au bout de son nez. Elle entendit Amah crier : Fusang, tu ne m'entends pas quand je t'appelle ? Qu'est-ce que tu faisais ? La nourriture, tu te la mettais dans les oreilles ou quoi ?

Fusang se leva, répondit plus distinctement et rajusta sa jupe avant de se diriger vers sa chambre.

Elle se sentait excitée, joyeuse, et gambadait presque. Cela faisait tout un mois qu'elle attendait un client, alors, maintenant qu'il était là, comment ne pas se sentir excitée et joyeuse ?

Lorsqu'elle arriva dans sa chambre, sa surprise fut telle qu'elle eut un mouvement de recul, croyant s'être trompée de porte. Quatre bougies rouges brûlaient tandis que des volutes de fumée de santal odorant s'entrecroisaient, formant un rideau épais au parfum si lourd que Fusang cligna des yeux.

La langue de feu des bougies dansait, et l'espace rouge doré de la pièce vacilla. Fusang songea qu'Amah devait quand même bien l'aimer, pour se séparer ainsi de chandelles et d'encens d'aussi bonne qualité.

Les joues enflammées, la jeune fille se plaça devant le miroir. Elle prit son peigne et recoiffa sa frange avant de le reposer bruyamment, puis elle saisit les fleurs et les piqua dans ses cheveux. A quoi ressemblerait le premier homme qui la toucherait ? Elle n'osait se retourner. Très laid ? Estropié ? Borgne ? Défiguré par un bec-de-lièvre ? Elle commençait à sourire quand la porte s'ouvrit avec un grincement.

Il entra sans bruit.

Fusang le vit dans le miroir. Elle se mordit la lèvre si fort qu'elle avala du rouge.

Il ne souriait même pas. Il se tenait simplement dans l'embrasure de la porte et la regarda se lever de son tabouret. Il l'observait avec incrédulité.

Fusang le jaugea rapidement. Il n'était pas beaucoup plus petit qu'elle — le haut de son crâne arrivait à peu près aux oreilles de la jeune fille ; mais les contours de son visage étaient si enfantins qu'il paraissait plus petit, plus fluet qu'il ne l'était en réalité.

Elle ne savait pas que ce garçon s'était déjà dissimulé un nombre incalculable de fois dans l'ombre des murs et des arbres pour l'observer. Il n'avait jamais rien vu d'aussi étrange. Chacun des mouvements de Fusang le poussait à se mordre le pouce jusqu'à en avoir mal.

Elle ne savait pas non plus qu'il se servait d'un petit miroir rond pour savourer chaque partie d'elle. Il avait appris tout petit à se servir de ce miroir pour s'approprier, ne fût-ce que fugitivement, n'importe quelle scène au monde.

Pour autant que Fusang pouvait en juger, ce n'était qu'un gamin, un de ces petits diables blancs pas tellement différent des clients de Face-de-Lune. Pourtant, elle décida de lui en donner pour son argent.

Elle retira la veste matelassée qui avait dû nécessiter dix *catties* de fils de soie. Il n'y en avait pas d'autre pareille dans tout le bordel, et chacune des filles devait la porter avec son premier client.

Chris, annonça le garçon. Je m'appelle Christopher. Appelez-moi Chris. Il forçait sa voix pour la rendre basse et rocailleuse, pour donner l'impression d'être un vieil habitué.

Je m'appelle Fusang, dit-elle avec une révérence.

Il avait appris depuis longtemps déjà comment elle s'appelait.

Fusang le gratifia ensuite d'un je vous en prie, asseyez-vous, prenez du thé, allez-vous rester toute la nuit, monsieur ? Elle connaissait un total de vingt mots en anglais.

Les yeux agrandis par l'émerveillement, Chris remarqua l'ameublement de la chambre.

Les volutes de fumée d'encens gommaient l'aspect miteux des meubles.

Elle apporta une théière bouillante et une coupe de graines de pastèque grillées colorées en rouge sang. C'était le rafraîchissement habituel. On servait rarement de l'alcool parce qu'il suscitait la violence et qu'après trop de coups le corps tuméfié de la fille n'était plus bon à rien.

La table était recouverte d'une nappe. Sur les deux chaises de bambou, une à chaque extrémité, des coussins brodés aux coins élimés laissaient paraître leur rembourrage de coton grisâtre. De l'autre côté de la table, le lit de bambou était surmonté de grands rideaux roses dont les pans froissés n'étaient plus tout à fait roses mais tachés de gris jaunâtre par la fumée d'encens. Les murs étaient peints eux aussi en rose, et présentaient les mêmes traces de fumée. Chris ne parvenait pas à dissimuler la curiosité de son regard — cette curiosité insistante des garçons de douze ans.

Fusang servit le thé. Le glouglou poussa le garçon à se tourner vers elle.

Elle inclina la tête pour verser le liquide brûlant, ses boucles d'oreilles s'agitant soudain, comme prises de violentes démangeaisons. Lorsqu'elle tourna la tête pour lui sourire, le thé tomba à côté de la tasse. La fumée argentée donnait l'impression qu'elle se trouvait très loin.

Fusang s'assit, rajusta sa jupe et posa un tout petit pied rouge et pointu sur le dessus de l'autre pied.

Le regard de Chris se porta aussitôt sur ces pieds insaisissables. Toutes les légendes se vérifiaient donc, juste sous ses yeux. Ces petites choses déformées et cependant si magnifiques existaient bel et bien !

Encore sous le choc, il s'assit et souleva sa tasse. Il n'arrêtait pas de regarder Fusang.

Finissant par ouvrir son dernier bouton de col, elle lui demanda à nouveau s'il allait rester toute la nuit.

Il répondit que non. Il contemplait l'échancrure de son corsage de soie usé. Quelle peau délicate. Les mains de la jeune fille ne cessaient de descendre, défaisant les boutons. Soudain, elle s'interrompit en le voyant rentrer précipitamment la langue, brûlée par le thé. Elle lui prit sa tasse et se mit à souffler sur le liquide bouillant.

Chris n'avait jamais rien vu de tel. Ses lèvres retroussées et ses cils baissés conféraient au visage de Fusang toute la douceur d'une mère. Son corsage de soie translucide chatoyait à chaque respiration. La lueur des bougies soulignait les formes et les mouvements de son corps sous l'étoffe. Elle courba la tête, inclina la tasse et effleura des lèvres la surface du thé. Puis elle se sécha les lèvres du revers de la main tout en lui tendant sa tasse de l'autre. Elle souriait à peine.

Il était certain de n'avoir jamais vu une femme faire ce genre de chose. Il se contentait de regarder. Il n'arrivait pas à déterminer ce qui rendait ses gestes si tentants — ce qui leur conférait une attirance si nouvelle et différente de tout ce qu'il avait pu ressentir auparavant.

Fusang attendit un instant, se doutant bien de ce qu'il éprouvait. Elle traversa la pièce pour redresser la mèche d'une chandelle qui n'en avait absolument pas besoin. Puis, au lieu de retourner s'asseoir, elle vint se tenir devant lui. Elle ne lui souriait pas du sourire qu'elle aurait ordinairement adressé à un gamin de douze ans. Comme si un enfant de douze ans méritait un tel sourire, une telle attente de tous les sens.

Chris ne bougeait pas. Elle se tenait à portée de main, lui rendant les choses si faciles, mais il ne bougeait pas. Il sentit la jeune fille approcher sa main et la poser sur son épaule. Il sentit sa poitrine ronde se soulever de désir. Mais il ne pouvait pas bouger.

A ce moment, Fusang choisit de recourir aux mots les plus vulgaires qu'elle connaissait en anglais. Ses lèvres et sa langue peinèrent sous l'effort tant elle avait à cœur de bien prononcer chaque son. Elle y mit toute sa sincérité.

Les mots perdirent instantanément leur signification. Le cœur qui se trouvait derrière était si innocent que chaque syllabe devenait quelque chose d'étrange. L'effet fut enchanteur.

Elle lui massa le lobe des oreilles du bout des doigts, des lobes aussi tendres que de toutes petites fleurs en bouton, si doux que le cœur de la jeune fille en tremblait.

Elle n'était pas vraiment plus grande que lui ; elle en donnait juste l'impression parce que son corps avait atteint sa pleine maturité. Lorsqu'elle l'enlaça, les lèvres du garçon trouvèrent sans peine son visage.

Elle s'écarta en souriant, se dirigea vers la coiffeuse et retira ses boucles d'oreilles, ses bracelets, son collier et ses épingles à cheveux. Pour Chris, ces colifichets évoquaient tous les mystères de l'Orient et les ornements compliqués des objets les plus anciens. Les cheveux noirs de la jeune fille finirent par ruisseler sur son dos comme une vague, aussi noirs et impénétrables qu'un ciel de nuit des temps.

Elle s'assit sur le lit de bambou qui grinça sous son poids, et lissa le drap à côté d'elle.

Le rôle du lit s'imposa soudain à Chris. L'immeuble miteux tout entier résonnait des chocs et grincements de ces lits. Il examina attentivement les pieds de Fusang. Elle avait ôté ses souliers rouges, puis les bas roses assez fins troués en deux endroits.

Elle approcha lentement ses pieds du bord du lit.

Chris ne pouvait croire qu'ils étaient réels. Il les attira vers lui. Ils semblaient appartenir à un stade de l'évolution que nul n'avait imaginé. Sans se rendre compte de ce qu'il faisait, il s'agenouilla près du lit et tendit la main pour les toucher. On eût dit des queues de poisson — leur partie la plus sensible et la plus vulnérable. Comment pouvait-il s'agir de pieds ? Il les effleurait à peine, craignant de les voir se désagréger et disparaître.

Fusang avait arrangé ses cheveux. Elle l'observait, prête de tout son corps.

Soudain, il sourit. Du sourire d'un enfant qui croit avoir percé le fond d'un grand mystère.

Du seuil de la chambre, Amah cria : Excusez-moi, monsieur, mais allez-vous rester toute la nuit ?

Tu avais tout envisagé : très laid, estropié, borgne. Mais tu as éprouvé un choc en te retournant vers la porte grinçante. Tu n'avais jamais imaginé un gosse aussi jeune. Tu t'es mordu la lèvre, tu as mordu la douceur acérée du rouge. Le client de douze ans était entré.

Tu voyais qu'il s'était fait beau : il arborait une chaîne en or au gilet, un mouchoir en pochette et avait tant pommadé ses cheveux de paille pour les lisser en arrière qu'il semblait porter une casquette. Il ne t'a pas trompée un instant. Douze ans, tout au plus. Le fait d'être blanc ne suffisait pas à déguiser son âge. La curiosité qui animait ses yeux bleu pâle frôlait la cruauté. On ne trouve une telle curiosité que chez les enfants de cet âge.

Il est difficile de dire à quoi il ressemblait. Tous les garçons ont cette même bouche encore imprécise. A force de téter le sein puis de sucer des sucreries, les lèvres conservent certains instincts. C'était la bouche qui nourrissait son insatiable curiosité : une bouche en devenir, une bouche qui dévorait sans compter contes de fées et récits d'aventures. Tu étais son conte de fées. Ta chambre pareille à une caverne était un royaume lointain, et le moindre de tes gestes avait un pouvoir magique. L'« Orient » — ce mot incarnait à lui seul l'origine de tous les mystères, du moins ceux qui pouvaient toucher un garçon de douze ans.

Une fois remise de l'effet de surprise, tu as feint de ne pas soupçonner son jeune âge. Tu as décidé de ne pas le traiter à la légère. Tu lui as souri comme s'il était exactement celui qui te convenait. Pas un instant tu ne l'as considéré comme un simple gosse parmi les centaines de petits diables blancs qui venaient chercher des frissons à bon marché dans les bordels de Chinatown.

Permets-moi de te dire ceci : en une seule année, plus de deux mille petits Blancs de huit à quatorze ans se sont amusés avec des prostituées chinoises. Dans l'un des livres que j'ai consultés, on parle d'un « phénomène social très inhabituel... une maladie qui se répand comme un fléau affectant la moralité et la décence... Cinquante pour cent des jeunes garçons fréquentaient régulièrement les bordels chinois, et quatre-vingt-dix pour cent y dépensaient l'argent de leur déjeuner ou leur argent de poche... ».

Je te contemple à la lueur des chandelles. Il n'y a rien en toi qui puisse être au rabais, même si toutes mes sources prétendent que c'était le prix très bas des prostituées chinoises qui attirait les garçons blancs. Tout comme les produits, la vaisselle et les restaurants bon marché de Chinatown attirent aujourd'hui les immigrants désargentés dans mon genre et les touristes du monde entier.

Maintenant, tu t'avances pas à pas vers lui, vers ce petit diable blanc de douze ans qui a pour nom Chris. Ton pas tranquille te rend plus grande, plus femme, mûre à en éclater. Ignoré depuis si longtemps, ton corps attend comme un fruit juteux. Tu es si prête à être cueillie que peu importe la main qui te cueillera.

Toute femme connaît le moment d'apogée de sa beauté, cet instant de plein épanouissement. Le tien était venu et Chris l'a vu. Le petit miché en a défailli.

Son désir de frissons s'est évanoui. Son envie d'essayer une petite prostituée chinoise de rien s'est muée en adoration. De cette adoration immémoriale et annoncée que tous les garçons du monde éprouvent pour les femmes belles et épanouies.

Rien n'aurait pu lui redonner courage à présent, pas même l'infériorité que tous ceux de sa race assignaient à tous ceux de la tienne, et à toi personnellement. Impossible d'afficher la moindre vaillance. Il se contentait de te contempler de ses grands yeux bleus, te regardant ouvrir les graines de pastèque avec tes dents, te regardant servir le thé. Et lorsque tu as soufflé sur son thé pour le refroidir, il en a frémi de désir.

Tu plonges à présent ton regard dans le sien. Cesse de prétendre ne pas voir l'âme qui affleure à la surface de ce bleu. C'est la naissance du destin qui vous unira.

Après cette première fois, après avoir à peine effleuré tes pieds puis être parti brusquement, il est souvent revenu te voir. Pour te regarder jouer de la flûte ou broder des souliers, pour te regarder ouvrir des graines de pastèque avec tes dents ou manger des têtes de poisson. Il lui arrivait de temps en temps d'ouvrir la bouche pour te poser des questions sur la Chine, et tu te contentais de sourire. Parfois, il venait déposer avec révérence dans ta paume un joli caillou ou un scarabée aux couleurs changeantes. Il ne restait à chaque fois que très peu de temps, jamais plus de dix minutes. Mais chaque fois qu'il partait, il se rembrunissait et te disait : Attends-moi. Il prenait alors une expression soucieuse, drôle et émouvante à la fois.

Comme s'il avait oublié pourquoi il était venu te voir au départ, il ne cessait de remettre le jour où il te connaîtrait comme un homme connaît une femme. De la même façon, il ne mangeait jamais tout de suite sa barre de chocolat suisse préférée ; il la gardait toujours pour plus tard. De son désir il gardait tout ce qu'il aimait, jusqu'à ce qu'il ne puisse plus se retenir.

Tu n'avais aucune idée de ce qu'il faisait après t'avoir quittée. Bien sûr, il devait retrouver les siens. Il lui fallait traverser toute la ville. Cette ville, à ton époque, n'était qu'un curieux embryon pas vraiment sorti des entrailles de la terre. Mais elle avait déjà une sacrée réputation : pour ses prostituées venues du monde entier, pour ses bagarres à l'arme à feu, pour ses escrocs, pour ses salles où l'on jouait gros. On kidnappait régulièrement des hommes pour les enrôler de force sur des navires dont les équipages d'origine avaient déserté pour les mines d'or. Ceux à qui le tamis n'avait pas réussi écumaient les rues les poches pleines de monnaie de singe, de vraies armes à la ceinture et le feu de l'enfer au ventre.

Tu n'es là que depuis un mois, et tu n'as pas encore vraiment vu cette ville qu'on appelle la montagne d'Or. Tu ne sais pas encore combien les gens d'ici peuvent être cruels pour les hommes à natte et les femmes aux pieds bandés. Plus les paquebots arrivent, plus ils sentent l'odeur de la guerre et de la famine toutes proches. Ils marmonnent : « Païens de réfugiés ! » Puis, à mesure qu'ils regardent ces hordes innombrables se déverser sur les quais, ils prennent conscience que quelque chose ne va pas du tout. Vous êtes les créatures les plus terribles de la Terre. Vous êtes impénétrables. Vous supporterez tout. Sans bruit, avec humilité, vous allez tout envahir.

La même chose se produit lorsque nous franchissons en masse les portes des aéroports et que les gens se mettent à nous dévisager avec inquiétude. La suspicion efface de part et d'autre un siècle d'histoire, et le passé nous revient en force.

Il m'est très difficile de t'expliquer ce sentiment.

Chris monte à cheval depuis qu'il a sept ans. Son cheval suit pour le moment un chemin côtier. Non loin de là, un groupe d'hommes pousse des éclats de rire déments. Chris n'a rien remarqué — on s'attarde peu sur la folie par ici. Il y a un Chinois parmi eux, caricatural, petit et malingre, clignant de ses petits yeux fuyants, le désarroi lui faisant découvrir ses dents de devant. Il porte une perche en travers des épaules, avec à chaque extrémité un panier de crabes qu'il vient de pêcher. C'est ainsi qu'il gagne sa vie. Les hommes blancs lui barrent le passage. Ils attachent sa tresse, la longue tresse que portent tous les Chinois, à une branche d'arbre et hissent ainsi tout son corps. Il ne comprend pas leurs accusations, pourquoi on lui reproche de manger tout ce qui marche ou nage à la surface de la Terre, d'avoir de longs cheveux tressés, de porter une perche sur les épaules. Il reste suspendu en silence, se disant qu'il suffit de tenir et que ça va passer. Mais son endurance muette — sa douceur et son silence stupéfiants — les excite tant qu'ils lui coupent les oreilles, le nez et la langue. Chris ne remarque même pas le corps mutilé qui se balance dans le vent. Il lui reste encore à prendre conscience que l'engouement qu'on éprouve pour ce qu'on ne comprend pas est tout aussi violent que l'animosité.

L'attirance qu'il éprouve pour toi ne lui a laissé de temps pour rien d'autre. Dans ses rêves, il est bien plus grand et brandit une longue épée. Chevalier courageux et passionné, il sait qu'une princesse orientale emprisonnée dans une sombre cellule attend qu'il la délivre. Elle a teinté ses ongles de rouge en écrasant des boutons de fleurs. Sa peau a la douceur de la soie. Elle prend une par une entre ses lèvres des graines de pastèque ensanglantées et marche avec une grâce douloureuse sur la pointe mutilée de ses pieds. Prise au piège de l'avilissement, la jeune fille joue des notes éplorées sur sa flûte de bambou et l'attend. Le garçon est inconsolable ; l'image qui hante ses rêveries, ce corps doré féminin à demi dissimulé par de longues tresses noires... c'est toi.

Chris ne pense pas à toute cette haine qui fermente à l'encontre des Chinois.

Il ne voit plus que ton corps allongé en travers du lit de bambou, prêt à satisfaire tous les désirs. C'est l'image que tu as imprimée sur sa vie tout entière.

Ne bouge pas. Reste allongée là et laisse-moi examiner plus attentivement ce corps dont tu te sers pour divertir le monde entier.

Amah conduisait Fusang à la vente aux enchères. La jeune fille avait déjà été revendue par deux autres maquerelles.

Le fouet avait cessé trois jours plus tôt. Pour lui donner le temps de cicatriser, lui avait dit Amah.

Fusang, tu n'ouvres même pas la bouche pour appeler le client. Pourquoi faudrait-il donc que je te garde ? constata Amah, d'une voix où le mépris se mêlait à la tendresse.

Sans cesser de frotter le pot de chambre, Fusang leva les yeux vers elle.

Non mais, regarde-toi, poursuivit Amah. Personne ne devinerait que tu es attardée. Elle soupira, essayant de comprendre comment une seule personne pouvait allier une telle beauté à une si piètre intelligence.

Fusang baissa la tête et se concentra sur son nettoyage.

Amah continua d'énumérer les défauts de Fusang tout en ouvrant la petite commode de la chambre pour en sortir des vêtements et quelques bijoux de pacotille. Je vais te vendre, dit-elle, tu n'auras donc plus besoin de tout ça. Fusang, tu vas encore me faire pleurer. Pourquoi les filles que je ne peux pas garder me font-elle pleurer toutes les larmes de mon corps ?

Dans le pot de chambre poli, Fusang vit une Amah déformée soulever sa blouse pour s'essuyer le visage, exposant un ventre pâle rendu flasque par les mains d'hommes innombrables.

Tout comme les autres maquerelles avant elle, Amah ouvrit le baluchon de Fusang et examina chaque pièce de son contenu pour vérifier qu'elle n'avait rien volé. Prenant un bracelet de verroterie vert, elle regarda l'effet produit contre la couleur de sa peau et demanda : C'est à toi ou à moi, ça ? Puis, avant que Fusang ne puisse répondre, elle ajouta : Ce n'est pas grave. J'ai toujours dit que je te le donnerais. Tu n'as vraiment pas volé grand-chose.

Fusang n'arrivait pas à se rappeler laquelle des filles mortes lui avait laissé le bracelet. Elle regarda Amah et ne put que sourire.

La vente avait lieu dans une salle en sous-sol dont la traversée prenait bien cinq minutes. Fusang n'avait jamais vu de salle des ventes aussi grande.

Des tabourets de bois blanc et un fauteuil de teck étaient alignés le long d'un mur. Tous les tabourets étaient pris, mais le fauteuil demeurait inoccupé.

Deux maquerelles d'une bonne trentaine d'années se massaient à tour de rôle la nuque et les épaules en poussant des grognements de satisfaction.

A minuit, un homme descendit l'escalier. Il était solidement charpenté et plus grand que la plupart des Chinois. Sa queue de cheval était incroyablement épaisse. Cela s'expliqua bientôt par le fait qu'il lui poussait des cheveux sur la nuque et jusqu'en haut du dos, comme une crinière de cheval ou de lion. Son front rasé de frais avait la couleur de l'acier.

Quelqu'un cria : Ah Ding, ça fait un bail que je ne t'ai pas vu !

Moi aussi, rétorqua le dénommé Ah Ding, qui ponctua sa phrase d'un éclat de rire. Il s'installa sur le fauteuil de teck et croisa les jambes avec une désinvolture exagérée. Cinq poignards rangés dans une gaine de cuir ouvragé apparaissaient à sa ceinture sous sa veste entrouverte. Il portait une bague à chaque doigt, de grosses bagues ornées de grosses pierres colorées.

Quelqu'un lança : Ah Ding, ce n'est donc pas sur toi que les vigiles ont tiré ?

Ah Ding poussa un nouvel éclat de rire. J'en sais foutre rien. Viens donc vérifier. Il joua avec la chaîne en or aussi épaisse qu'une laisse qu'il portait autour du cou. Comment est la marchandise ? demanda-t-il en levant les yeux.

La marchandise se tenait tapie dans un coin, derrière des rideaux de roseaux qui formaient un enclos.

Sortez, sortez ! cria quelqu'un.

Les pièces dénudées s'alignèrent sur l'estrade. Une fille toussa, sonnant comme un coup de gong.

Ce ne sont que des sacs d'os, commenta Ah Ding.

Pas de quoi s'exciter. Il mordit dans du tabac à chiquer.

Fusang se trouvait au fond. Contrairement aux autres, elle portait un haut qui lui arrivait aux cuisses, et des souliers. Lorsque Ah Ding la vit, ses sourcils se froncèrent. Il pensa qu'elle était sans doute simple d'esprit car au lieu d'exprimer de la crainte ou de l'anxiété, son visage n'affichait qu'un sourire impatient. Elle se souriait à elle-même. Ses grands yeux noirs et stupides brillaient. Elle avait la figure empourprée et luisante. Trois griffures laissées par des ongles acérés partaient du coin de sa bouche vers sa nuque. Les griffures contrastaient avec sa douceur.

Sentant le regard de Ah Ding, Fusang leva les yeux vers lui, mais ses paupières retombèrent aussitôt. La jument était parfaitement dressée.

Il examina plus attentivement les jambes rondes, joliment enveloppées de chair sous la blouse. La chair était tout aussi bien répartie sur le torse de la jeune fille, et frémissait légèrement dès qu'elle respirait ou souriait.

Qu'elle se déshabille, commanda Ah Ding.

Elle ne peut pas, elle est sale, expliqua Amah.

Ah Ding cracha sa chique et insista : Mais qui va lui faire retirer cette blouse ?

Amah intervint à nouveau : Elle a ses règles. Elle va mettre du sang partout. Elle saigne comme un bœuf, celle-là !

Ah Ding ricana, et une lueur de lubricité traversa son visage. Les autres connaissaient bien cette expression. Une fois les enchères commencées, il arracha un cheveu de sa queue de cheval, en enroula les extrémités autour de ses index, l'introduisit entre ses dents et fit un mouvement de va-et-vient pour en déloger les fragments de tabac mâché. Il aspira ensuite l'air entre ses dents et ferma un instant les yeux, comme s'il sommeillait, ou dressait des plans. Les autres connaissaient bien cela aussi.

Il ouvrit les yeux et remarqua que le paquet qu'une des filles de quinze ans portait dans ses bras n'était pas un baluchon mais une toute petite fille.

Cinq mois, annonça le commissaire-priseur.

Pas plus gros qu'un rat écorché, commenta un client.

Regardez comme elle est jolie, avec sa tête bien ovale, répliqua le commissaire.

Combien, Troisième Oncle ? Dix cents ? Vingt cents maxi !

Vingt cents ? Mais regardez ces yeux... ils attireront les hommes avant qu'elle ait trois ans !

J'ai surtout peur, intervint Ah Ding, qu'elle attire mon chien et qu'il l'emporte pour la bouffer. Le visage impassible, il regarda les autres rire autour de lui.

Le tour de Fusang arriva. Elle montra à l'assistance sa paume ouverte avec un prix écrit dessus : mille.

Amah se tenait derrière elle, lèvres serrées, examinant la foule.

Le commissaire cria : Mille pour commencer !

Amah se dressa sur la pointe des pieds pour dénouer le chignon de Fusang, puis fit faire un tour complet à la jeune fille en la tenant pas les cheveux.

Le commissaire cria : Ce sont de vrais cheveux !

Quelqu'un lança : Mille cent !

Amah ouvrit avec les doigts la bouche de Fusang et exhiba des dents parfaites. Un homme s'approcha et tapota les joues de Fusang. Amah s'exclama : Qu'est-ce que vous faites ? Elle n'a pas mauvaise haleine !

L'homme colla son nez devant la bouche ouverte de Fusang : Je ne dirais pas que ça sent bon.

Le commissaire cria : J'ai bien entendu mille cent ? Amah retira l'une des chaussures de Fusang et, le soulier dans la paume, parcourut l'assistance en annonçant : Ces lotus dorés de quatre pouces font en fait moins de dix centimètres.

Une maquerelle d'une trentaine d'années cracha une enveloppe de graine de pastèque pour demander : Pourquoi la vendre si elle est tellement parfaite ?

Tu te le demandes ? L'autre maquerelle, assise à côté d'elle, glissa : Parce qu'elle ne sait pas se vendre. Elle ne peut même pas gagner de quoi la nourrir. Oublie ses mensurations, elle n'a pas un sou de jugeote !

Mille cent cinquante !

Mille deux cents !

Ah Ding cessa de balancer sa jambe croisée et demanda : Amah Mei, quel âge a-t-elle ?

Elle a vingt ans et elle est vierge, répondit Amah.

Vingt ans ? Ah Ding ricana. Si elle est encore vierge, ça doit être tout rouillé là-dedans.

Amah répliqua : Ah Ding, mille coups de fouet !

Sans cesser de ricaner, Ah Ding leva la main pour enchérir : Neuf cent cinquante.

Amah regarda Ah Ding, puis le commissaire-priseur, et se mit à gémir : Cette fille vient de l'intérieur des terres ! Puis, désignant le troupeau de corps nus, elle reprit : Pas comme ces filles des ports et du delta ! Combien y a-t-il de marins étrangers sur les quais ? Vous croyez qu'il y en a une seule de saine ? Pour cette fille-là, c'est différent. Elle vient de l'intérieur, et si je dis qu'elle est vierge, c'est qu'elle est vierge !

Ah Ding coupa : Neuf cents. Pour les visages figés autour de lui, il répéta : Neuf cents !

Le commissaire-priseur se gratta le menton et cria : Douze cents ! Une fille de l'intérieur, de bonne famille ! Elle sait cuisiner, broder et jouer de la flûte ! Douze cents !

Huit cent cinquante, répliqua Ah Ding. Il s'humecta les lèvres qu'il avait grandes et épaisses ; le moindre sourire lui fendait le visage longtemps avant de retrouver les dimensions de sa bouche.

Tout le monde détourna le regard. Chaque bordel avait perdu une fille ou deux, et il était de notoriété publique qu'on les avait enlevées. Pourtant, personne n'osait accuser Ah Ding. Personne dans la région ne voulait l'offenser ; il avait à sa solde une bonne vingtaine de sbires qui arrivaient en courant au premier coup de sifflet. Et sa réputation ne se limitait pas à Chinatown — les Blancs avaient eux aussi entendu parler de lui. On racontait que la fois où quarante Chinois avaient eu la natte coupée, une centaine de Blancs s'étaient retrouvés avec des estafilades dans le dos. Les lames avaient traversé manteaux, gilets et chemises, mais sans jamais entailler la peau. On aurait dit que l'intention avait été de poignarder, puis qu'on s'était ravisé en cours en route.

Ah Ding sortit son portefeuille et entreprit de compter son argent. Amah, la mine sombre, le regardait. Les filles enlevées réapparaissaient dans de petites bourgades situées près des mines d'or, mais personne n'arrivait jamais à coincer Ah Ding. Ses multiples entreprises touchaient à la fois au légal et à l'illégal — prêt sur gages, fabrique d'aphrodisiaques, transport par bateau de linge sale à faire nettoyer en Chine. Mais elles ne comprenaient pas le trafic des femmes. L'enlèvement puis la revente des prostituées n'étaient pour lui qu'un divertissement, une façon de satisfaire ses mauvais instincts. Alors que Ah Ding comptait son argent pour la troisième fois, le vigile descendit pour annoncer que les flics arrivaient et qu'ils avaient déjà bloqué les rues.

On retira un grand tableau contre un mur et les panneaux qui se trouvaient en dessous s'effacèrent, révélant une cachette.

Quelqu'un cria aux filles dénudées : Habillez-vous, vite !

Non, intervint Ah Ding, elles ne chercheront pas à s'enfuir si elles sont nues. Il enroula sa crinière sur le haut de son crâne.

La cachette n'était pas plus large qu'une table pour huit, et pas plus longue que six tables accolées, mais tout le monde s'y pressait, peau contre peau. Ah Ding fut le dernier à entrer en force. Les filles avaient si peur que leurs dents s'entrechoquaient. Ah Ding les prévint : La première qui fait du bruit, je l'étrangle. Le plafond résonnait d'un martèlement de bottes de cheval.

Si les quatre joueurs de mah-jong n'arrivaient pas à tromper les policiers, la fouille et le saccage commenceraient. Les policiers savaient que ces salles de ventes clandestines étaient le plus souvent équipées de cachettes, et ils sonderaient chaque pouce de mur et de plancher pour trouver celle-ci.

Fusang serrait le paquet emmailloté — quelqu'un le lui avait fourré dans les bras dans la confusion générale. Le bâtiment tout entier vibra sous le choc des bottes. Le bébé se mit à pleurer.

Tous s'arrêtèrent de respirer, de crainte d'ajouter encore un bruit, aussi infime fût-il.

Qu'on lui couvre la bouche, dit quelqu'un.

Une main s'en chargea, et Fusang sentit la petite chose se tortiller. Le propriétaire de la main fredonna : Petit ancêtre, petit ancêtre...

Mais les vagissements s'entendaient encore.

Les bottes descendaient l'escalier.

Donnez-moi cette petite bonne à rien, ordonna Ah Ding. Sa voix était douce tandis qu'il se frayait un chemin vers les cris, écrasant les grands pieds des hommes et les petits pieds des femmes.

Ne sois pas trop dur, Ah Ding.

Qui, moi ? Jamais.

Ah Ding, bon Dieu, qu'est-ce que tu fous ?

Le groupe se resserra, devenant une masse de chair compacte.

Ah Ding répéta : Le premier qui fait du bruit, je l'étrangle. Son ton restait aussi doux qu'auparavant.

Sa main enserra la petite tête avec précision, comme pour soupeser un fruit mûr. Puis il la souleva des langes, l'autre main déjà sur le cou de l'enfant. Les pleurs s'affaiblirent, puis cessèrent. Le groupe s'écarta, puis redevint à nouveau une masse de chair morte.

Les bottes avaient atteint le sous-sol.

Les pieds de Fusang la faisaient souffrir et elle aurait voulu changer d'appui, mais elle ne pouvait bouger car le cadavre minuscule gisait, encore tiède, juste devant elle. Ah Ding se tenait de l'autre côté.

Il sortit une allumette de sa poche, la frotta et se pencha pour examiner la vie qu'il venait de prendre. Il poussa un soupir de satisfaction puis approcha la flamme des jambes nues de Fusang et la remonta jusqu'à son visage.

L'image de Ah Ding vacilla derrière la flamme. Fusang ne parvenait pas à déterminer ce qu'il faisait. Personne ne savait jamais comment interpréter le haussement de sourcil de Ah Ding.

L'allumette lui brûla les doigts, puis continua encore de se consumer un moment avant de s'éteindre.

Tu baisses la tête et tu regardes ces doigts couverts de bagues porter la flamme qui se reflète sur le petit visage mort.

Les yeux vieux de cinq mois l'observent comme s'ils étaient en vie. L'innocente créature mémorise la belle tête de celui qui lui a ôté la vie. Deux dents de lait toutes neuves apparaissent entre les lèvres minuscules.

Tu as les jambes qui tremblent et tu voudrais pouvoir retirer ton pied de sous la petite victime qui ne cesse de s'alourdir et de se refroidir. Tu as conscience que ce petit bout de chose ne se souviendra pas seulement de Ah Ding, mais de vous tous, car lorsqu'elle a commencé à pleurer, vous auriez tous été prêts à sacrifier sa vie innocente pour protéger la vôtre. Ah Ding a simplement été celui qui a agi selon le désir secret de chacun. D'une certaine façon, vous avez tous emprunté la main de Ah Ding pour la faire taire, pour la tuer, pour faire cesser sa trahison involontaire.

Ne le nie pas : chacun doit assurer sa survie, aussi y aura-t-il toujours des offrandes et des sacrifices, des moments où l'on tue les siens. Bien sûr, tu n'as pas eu conscience de ce désir secret. Ah Ding, lui, comprenait l'intimité qui naît à tuer son prochain.

Mais il est trop tard. Le martèlement des bottes policières s'intensifie. Un traître a déjà conduit les autorités à cette vente clandestine de femmes. Ah Ding a étranglé le bébé avec assez de force pour tuer le vrai traître. Ah Ding ne laisse jamais s'en tirer quelqu'un qui a trahi les siens.

Avec une expression aussi innocente que celle de l'enfant, tu m'interroges sur Ah Ding. Attends un peu que je consulte ma pile d'ouvrages historiques. Eh bien, il semblerait que je me sois trop engagée. Les livres mentionnent des dizaines de caïds de Chinatown, mais comme de simples stéréotypes. Ah Ding ne figure même pas parmi eux. Je peux cependant le mettre un peu en lumière. Je suis la seule qui puisse te donner une impression assez juste du bel homme à la crinière. Il est d'une beauté animale. Lorsque tu l'as vu en train de t'examiner à la flamme de l'allumette, tu n'as pas su interpréter l'exaltation dans son haussement de sourcil. La même exaltation s'empare de lui quand il fait une trouvaille au fond d'une boutique sombre de prêteur sur gages.

Lorsque la flamme a caressé ton visage, tu as souri. Tu ne t'es pas écartée. Tu savais que cela n'aurait servi à rien. La fuite était pour toi tout aussi impossible que pour le bébé. Ton sourire était celui, innocent, spontané, inconscient, de l'agneau qu'on conduit à l'abattoir.

Pour moi, ce sourire reflétait les yeux vitreux et la mâchoire molle du bébé mort.

Malheureusement, Ah Ding a cru que ton sourire lui était destiné.

Les bagues sur ses doigts pouvaient fendre la chair pendant une bagarre. Tu as vu l'éclat métallique de son front et sa queue de cheval, enroulée comme une vieille vigne vierge.

Et tu as vu tous les meurtres qui lui souillaient les mains.

Tu ne savais pas ce qu'il regardait tandis que le vacarme des bottes policières se rapprochait. Peut-être le contraste entre la taille de tes pieds et celle de ton corps ? Peut-être pensait-il aux prostituées chinoises comme le faisaient les clients étrangers : « Leurs pieds déformés et leur démarche singulière influent sur le développement de leur anatomie sous bien des aspects, dont une torsion anormale des cavités pelvienne et vaginale. C'est là qu'il convient de chercher la mystique de la femme orientale. De la même façon que cette race excelle dans l'art des paysages en pots, le corps déformé de ces femmes offre un plaisir qui défie toute description. »

Quand Ah Ding porta la flamme à ton visage, il paraissait obsédé par les proportions entre tes pieds et ton corps, et semblait avoir oublié que les policiers étaient là, en train de mettre la salle des ventes sens dessus dessous.

La descente de la nuit sur la salle des ventes clandestine de Jackson Street faisait le lendemain matin la une des journaux.

On racontait que la police était d'abord arrivée à cheval, mais n'avait trouvé que quatre joueurs de mah-jong et deux chanteurs d'opéra cantonais. Les policiers étaient alors repartis jusqu'au bout de la rue, avaient attaché leurs chevaux, puis étaient revenus à pied et avaient envahi l'endroit. Lorsqu'ils avaient enfoncé la porte, la moitié d'une bonne vingtaine de personnes venaient juste de sortir de leur cachette secrète.

On racontait que les joueurs de mah-jong avaient éteint toutes les lumières, de sorte que les policiers n'avaient pu utiliser leurs fusils et avaient dû se contenter de matraques.

On racontait que Ah Ding avait à lui seul tenu les policiers en respect pendant que tous s'enfuyaient par les portes et passages qu'ils connaissaient si bien.

On racontait que Ah Ding n'avait pas lancé un seul poignard, mais avait brisé deux bagues en se servant de ses poings. Il était sorti en courant à quatre heures du matin, les cheveux coincés entre les dents, et sur les talons un flic qui venait de perdre un œil. Pourchassé jusqu'au front de mer, Ah Ding, qui avait déjà pris au moins deux balles, s'était tourné vers le policier et avait ouvert sa veste. Dès qu'il avait vu les poignards, le flic avait su à qui il avait affaire. On colportait chez les Blancs tant d'histoires sur l'homme aux poignards qu'il aurait pu tout aussi bien être le diable. La lame des poignards était censée avoir été trempée dans un poison violent, une potion secrète vieille de trois mille ans. Bref, le flic s'était jeté face contre terre et, lorsqu'il s'était approché en rampant, Ah Ding avait plongé dans la mer et disparu corps et biens.

On racontait que Ah Ding était passé maître dans l'art de plonger pour disparaître. Et chaque fois il refaisait surface, dans la rue, trois mois plus tard.

Mais pas cette fois. Trois mois s'écoulèrent et personne ne le vit devant le comptoir du prêteur Daiji en train de récupérer sa montre d'émeraude. On ne le vit pas non plus se prélasser sur une chaise longue aux bains Chan en train de se faire laver la crinière, ni à l'entrée de la poissonnerie Zhangji, le Stetson en arrière, en train d'engloutir des têtards frétillants à même le saladier rempli d'eau. Les autres fois, invariablement, quelqu'un s'inclinait devant lui en disant : Alors, Ah Ding, te voilà revenu.

Comment ça, revenu, grognait alors Ah Ding. Je n'étais donc pas avec ta femme pas plus tard que la nuit dernière ?

Il ne fut bientôt plus que de l'histoire ancienne dans une ville qui s'étendait aussi vite qu'un cancer et où de nouvelles histoires, toujours plus incroyables, surgissaient chaque jour.

Seules les prostituées qui avaient acheté sa photo pouvaient prouver qu'il avait bien existé. A dix-sept ans, Ah Ding avait en effet fait imprimer des photos de lui, nu, à vendre aux prostituées. Les premières acheteuses avaient été des Sud-Américaines et des Polonaises, puis, peu à peu, des Chinoises. Il n'en avait jamais tiré plus de soixante-dix cents pièce, et ne les avait jamais vendues lui-même ; il le faisait faire dans la rue par ses colporteurs de rubans, d'huile capillaire et de fleurs à chignon. Même s'il n'était pas le plus bel homme de la région, son étonnante propension à l'agressivité répondait parfaitement au côté néfaste d'une ville connue pour cela. Les prostituées achetaient sa photo en lui attribuant des pouvoirs magiques : se servir du mal pour écarter le mal.

Au bout de trois ans, personne ne pensait plus à se demander si Ah Ding allait revenir un jour. La toute petite fille qu'il avait étranglée n'était plus qu'un infime tas de poussière. Les dents minuscules qui auraient pu un jour mordre quelqu'un mâchaient à présent des racines de fleurs printanières et d'herbes automnales. Cent ans plus tard, les livres d'histoire étrangers la mentionneront à peine : « La plus jeune des prostituées chinoises vendues n'avait que cinq mois. »

Un jour, deux Blancs sont venus à Chinatown, ont fait irruption chez le marchand de fruits, le bijoutier et le pédicure, et se sont fait chaque fois remettre le contenu de la caisse. Leur dernière razzia fut chez l'herboriste, où ils mirent le feu aux racines et écorces médicinales. Les gens se dirent alors que Ah Ding et ses poignards avaient bel et bien disparu.

Sans Ah Ding, les Blancs se mirent à dévaliser régulièrement les boutiques de Chinatown.

La plupart des filles qui avaient échappé à la descente de police cette nuit-là étaient mortes maintenant, tuées par la maladie, par une bagarre ou par Dieu sait quoi.

Fusang avait survécu.

Fusang, qui, en cinq ans, avait subi cinq avortements à la soude caustique, présentait maintenant un visage plus rond. Elle sortit vers midi en compagnie de Ah Cha et Ah Jiao acheter un coupon de satin pour faire des dessus de chaussons brodés.

Les trois femmes marchaient de front, suivies par un homme de main qui s'assurait qu'elles ne s'enfuiraient pas. Dès qu'elles accéléraient le pas, il sautait sur son cheval. Quand les rues étaient bondées, il restait en selle pour surveiller leur moindre mouvement.

Les trois femmes s'arrêtèrent devant un étal de fruits pour acheter des tranches d'ananas, puis des sachets d'escargots de rivière frits et de foies de canard rôtis. Elles ne payaient pas. Elles se contentaient de remercier le vendeur et de continuer leur chemin, c'était le sbire qui réglait tout.

Les femmes ralentirent en passant devant les bains Chan. Plusieurs centaines d'hommes entraient par une porte et sortaient par une autre. Le corps lourd et la peau sombre ils en ressortaient amincis, le visage plus vif. En entrant, les hommes se déshabillaient et tendaient leurs vêtements à un employé qui les emportait chez un prêteur sur gages. L'employé s'arrêtait sur le chemin du retour et achetait des vêtements neufs. Il arrivait juste à temps pour les remettre aux hommes qui sortaient de l'eau.

Débarrassés de la vermine et du tartre, la barbe et les ongles des pieds et des mains taillés, les hommes qui sortaient de l'établissement de bains par la porte de derrière dégageaient une vapeur chaude comme s'ils venaient d'être blanchis. Les mères maquerelles vérifiaient toujours les ongles des clients ; ils devaient être coupés ras et limés afin que les filles ne se retrouvent pas couvertes de griffures à la fin de la nuit.

Mon gars est sûrement ici, commenta Ah Cha.

Tu en as combien ? demanda Ah Jiao en lui donnant une claque sur les fesses.

Juste un, pas comme toi ! rétorqua Ah Cha. Et quand il aura gagné assez d'argent, il viendra me chercher.

Ils disent tous ça, commenta Ah Jiao. Elle jeta une coquille d'escargot vide par-dessus son épaule, touchant Ah Cha en pleine poitrine. Riant et piaillant, elles se pourchassèrent alors avec force claques et insultes, attirant l'attention des hommes qui attendaient devant les bains.

Hé, Fusang ! Et toi ? interrogea Ah Cha. Combien tu as de gars là-dedans ? Fusang secoua la tête et se mit à rire. Elle portait une blouse de couleur pêche et un large pantalon en gaze noire. Lorsqu'elle s'agenouilla pour rajuster son soulier, Ah Jiao glissa à l'oreille de Ah Cha : Comment veux-tu qu'elle ait quelqu'un ? Elle ne se souvient même pas de leur nom. Regarde-la ; elle devient aussi rose qu'un poumon de porc rien qu'à voir tant d'hommes rassemblés... Ah Jiao s'interrompit et étouffa son rire dans sa main.

Les hommes qui faisaient la queue les regardaient d'un air gourmand.

Hé, vous êtes de quelle maison ? Un autre lança : Je passerai vous voir tout à l'heure !

Les lèvres soudain humides, Fusang se releva et leur adressa un sourire.

Un autre hurla : J'ai une savonnette étrangère ; ça sent rudement bon. Je vous en garderai une moitié !

Le sbire les fit avancer.

Une petite foule entourait un charmeur de serpents indien.

Une autre s'était rassemblée autour de deux Chinois qui donnaient un spectacle de découpage de viande. Fusang tendit le cou pour mieux voir. Elle était plus grande que ses deux compagnes, qui n'arrêtaient pas de lui demander ce qui se passait. L'un des types était agenouillé sur le sol, son dos servant de planche à découper pour permettre à son partenaire d'émincer un morceau de bœuf. A la fin, le dos du premier sortait sans une égratignure.

Ah Jiao s'exclama : Mais ce n'est pas forcément du bœuf !

Qu'est-ce que tu veux que ce soit ? répliqua Ah Cha.

Ah Jiao prit un sourire espiègle : Un jour, quelqu'un disparaît, le lendemain, c'est quelqu'un d'autre... Que deviennent-ils ? Tu as déjà vu du bétail par ici ?

Les trois femmes éclatèrent de rire. Trois paires de pieds minuscules en chaussons brodés rouges soulevaient de petits nuages de poussière en trottinant dans la rue. Un attelage approchait et les femmes s'écartèrent du chemin, la main sur la poitrine pour reprendre leur souffle.

Un diable blanc distingué d'une cinquantaine d'années sortit la tête de la voiture en poussant le rideau de voilage.

Ho là, les catins chinoises, dégagez le passage !

Elles se prirent par la main. C'est déjà fait, dit l'une d'elles.

Allez vous cacher dans cette entrée jusqu'à ce que ma voiture soit passée. Ma femme et ma fille sont à l'intérieur, vous avez compris ?

Les petits pieds se précipitèrent, et les trois femmes disparurent dans la maison de thé. Elles avaient compris : les diablesses blanches comme il faut ne pouvaient poser les yeux sur des filles comme elles. On leur permettait d'exister, mais pas en mêmes lieu et place que les femmes de la voiture. Elles étaient censées laisser un monde pur pour ce genre de femmes.

Ah Jiao et Ah Cha avaient envie de poursuivre leur promenade ; Fusang annonça qu'elle les attendrait dans la maison de thé. Le sbire se mit à suivre les deux autres, sachant qu'il n'avait pas grand-chose à craindre de Fusang. Une fois, Fusang s'était enfuie avec une autre fille sans trop savoir ce qu'elle faisait, et elle était revenue toute seule le lendemain. Lorsqu'on l'avait battue pour lui soutirer une explication, elle s'était contentée de sourire et de répondre lentement : Hier, je me suis enfuie, et aujourd'hui, je suis revenue. L'obéissance de Fusang faisait simplement partie de la simplicité de son caractère.

Le vent dispersa le brouillard et le soleil pénétra dans la maison de thé.

Aussi discrète qu'un ver de terre, Fusang se glissa dans un rai de lumière.

L'heure était tranquille à la maison de thé Chan — il n'y avait que deux clients installés à l'autre bout de la salle. C'étaient des marchands qui livraient les restaurants avant la levée du jour, transportant de pleins paniers de légumes sur une perche posée en travers de leurs épaules. Leur perche reposait à présent contre leurs jambes, avec quelques restes de verdure affaissés, pareils aux traits de leur visage — ce serait leur dîner.

Ils regardaient Fusang et chuchotaient comme des criquets.

Le serveur s'approcha alors d'elle et lui dit : Les deux messieurs voudraient savoir si tu ne ferais pas un petit extra pendant ton temps libre.

Elle jeta un coup d'œil derrière lui et les salua du regard.

Le serveur adressa un clin d'œil aux marchands de légumes et ajouta : Fais quelques passes pendant que tu es ici et tu n'auras pas à remettre l'argent à ton amah. Donne-moi juste un peu plus pour le thé et on sera quittes. Viens donc, lève la tête pour qu'ils te voient bien. Il désigna le fond de la salle, dissimulé dans l'ombre, et ajouta : On a un salon d'opium derrière, et il n'y a personne pour le moment. Il se fit plus pressant : Ecoute, puisque tu ne fais rien de toute façon...

Elle regarda à nouveau les deux figures couleur de chou et leur adressa un grand sourire. Ennuyée, elle secoua la tête et répondit : Je me repose juste un peu avant de partir.

Le serveur s'apprêtait à insister quand un autre client entra, un jeune diable blanc qui avait moins de vingt ans. Ses bottes de cheval étaient couvertes de terre, mais sa chemise et sa culotte blanches étaient immaculées. Il portait un manteau bleu jeté sur les épaules et une casquette d'équitation qui laissait paraître ses cheveux blonds sous la visière.

Il semblait tout droit sorti d'un livre d'images, et la minable maison de thé chinoise parut soudain un cadre des plus incongrus.

Il allait vers une table quand il remarqua Fusang. Il se dirigea aussitôt vers elle.

Elle rentra les pieds et les mains. La langueur du soleil pesait sur son corps. Elle s'efforçait de réfléchir : Qui est ce petit diable blanc ? Elle le regardait comme si elle se débattait pour sortir d'un rêve.

Une chance si soudaine le paralysait. Il cherchait

cette fille depuis deux ans. Il n'avait jamais cessé de la chercher. Le souvenir qu'il avait d'elle était si intense qu'il s'était mué en vide impossible à combler. Il s'apercevait à présent qu'elle était plus étrange encore que la femme qu'il avait vue à douze ans. Le rose pêche de sa blouse de soie rejaillissait sur l'aspect miteux qui l'entourait.

Tout en le regardant s'asseoir, elle essayait de ne pas penser : Mais qui est ce petit diable blanc ?

Tu te souviens encore de moi ? demanda Chris. Tous les clients posaient cette même question ; tous espéraient de la même façon.

Elle répondit par un Mmmmm.

Il la contempla avec intensité et retira sa casquette. Il était à présent plus grand qu'elle d'une bonne tête, aussi grand qu'un adulte. Il avait les membres longs et dégingandés, et ses jointures semblaient disproportionnées. Il avait un cou d'enfant, et une pomme d'Adam d'homme. Il posa les coudes sur la table, remarqua qu'elle était sale et les retira. Il se montrait aussi excité qu'un enfant.

Je t'ai cherchée, dit-il. Sa voix n'avait pas fini de muer, et la maladresse la rendait plus fragile encore.

Je m'appelle Chris, reprit-il.

Chris, répéta-t-elle avec un sourire.

Il lui sourit aussi et ajouta : Tu prononces toujours mon nom de la même façon délicieuse.

Fusang se rappela soudain : Tu étais venu avec ton oncle. Elle le répéta deux fois de suite. Comme toutes les prostituées chinoises, elle parlait anglais comme une enfant de deux ans, avec de charmantes petites syllabes à la fin des mots.

Il cilla et secoua la tête, le cœur blessé d'avoir été pris pour quelqu'un d'autre par une adulte.

Je suis désolée, dit Fusang.

Ce n'est rien.

Je suis vraiment désolée, répéta Fusang en le consolant du regard.

Aucune importance. Il fronça les sourcils et détourna les yeux. Il détestait le manque de sensibilité dont faisaient parfois preuve les adultes.

Les marchands de légumes se dirigèrent vers la sortie avec leurs perches et leurs paniers. Ils le dévisagèrent, puis se tournèrent vers elle en disant : Tu veux que nous lui brisions les rotules ?

Quand Chris se tourna vers eux pour essayer de comprendre ce qu'ils disaient, ils le saluèrent en inclinant la tête à plusieurs reprises.

Ce sera inutile aujourd'hui, assura Fusang avec un sourire. Merci, grands frères.

Ma boutique est juste en face ; si le petit diable blanc te donne du fil à retordre, je reviendrai avec un couperet, pas de problèmes.

Ce n'est pas la peine ; il n'a rien fait de mal.

S'il t'embête, tu appelles. Je le sortirai à genoux, ne t'en fais pas.

Merci.

Il n'y a pas de quoi.

Avec un dernier salut de la tête à l'adresse de Chris, ils sortirent en redressant leur chapeau.

Fusang se leva à son tour, rajusta sa blouse et dit à Chris qu'il était tard.

Le serveur s'approcha et l'informa que les marchands avaient réglé son thé. Puis il désigna Chris et ajouta : Je ne peux rien faire. Je ne peux pas le ficher dehors. Les diables blancs en font à leur guise ici, comme si Chinatown était une de leurs dépendances.

Fusang salua Chris du regard et sortit sur le perron surélevé. De l'autre côté de la rue, des passants assistaient à l'ouverture en grande pompe d'une échoppe de tripier. Les étrangers sursautaient au bruit des pétards. Deux figurantes montées sur des échasses tenaient une cruche de marinade en provenance de Chine, un vieux récipient de l'époque Ming. Plusieurs chapelets de pétards éclatèrent en même temps, projetant des débris de tous côtés. Le propriétaire et ses employés s'empressèrent de faire rentrer la cruche comme s'il s'agissait d'un de leurs ancêtres.

Fusang se fraya un chemin dans la foule. Lorsqu'elle se retourna, presque sans y penser, elle vit que Chris la suivait, cinq ou six pas derrière.

Elle s'arrêta et il s'arrêta aussi. On aurait dit un enfant abandonné dans les rafales de vent. Sa persistance interrompit le cours englué des pensées de Fusang. Elle savait que jamais elle n'avait oublié ce garçon.

Elle fut surprise de le trouver beau.

Fusang resta figée, les yeux rivés sur ceux du garçon. Elle n'avait jamais soutenu si longtemps le regard de qui que ce soit. Au bout de la rue, les pétards explosaient, faisant frémir l'extrémité du moindre duvet sur son corps, faisant vibrer l'extrémité de ses cils.

Elle finit par baisser les yeux, mais pas lui.

Il y a cent vingt-huit ans, lui et toi vous teniez là où je suis aujourd'hui. Le sol est encore recouvert de débris rouges de pétards, mais les *bubble gums* mâchés ont remplacé les crachats. Les flics blancs n'ont cessé pendant soixante-dix ou même quatre-vingts ans d'infliger des amendes aux Chinois quand ils crachaient dans la rue. Tu vois ? Cette gomme à mâcher qui ne s'évapore pas constitue un progrès certain.

Toi et Chris vous vous tenez là. La boutique du tripier située sur la gauche a changé d'enseigne des dizaines de fois depuis lors, et le côté droit de la rue a changé plus encore. A force d'incendies et de tremblements de terre, les historiens ont perdu le compte de toutes les transformations au fil des années. Cependant, cet instant où, Chris et toi, vous restez face à face, soudés par le regard, reste une éternité non codifiée. Le frémissement provoqué par un tel regard perdure aujourd'hui. Je ne sais pas combien de fois mon mari et moi avons frémi lorsque mes yeux rencontrent la profondeur grise des siens — du fait de l'exaltation née de nos différences, du fait de notre désir de nous comprendre, notre intimité ne compte plus ; frémissants, nous devenons étrangers l'un à l'autre.

Un souffle suffit à réveiller la conscience. Tu as conscience de tes pieds étranges, du col haut qui t'enserre le cou, du froid bracelet en faux jade contre ta peau. Tu as conscience des battements de cœur de chacune des fleurs brodées sur ta blouse de soie couleur de pêche. Tu sais que ce garçon nommé Chris veut autre chose que ton corps.

Mais tu ne sais pas ce qui l'a poussé à enfourcher son cheval et à quitter tôt le matin le domaine de son père pour venir en ville. Il a suivi la foule d'un blanc de lis — forte de huit mille personnes — qui s'était rassemblée devant les autorités municipales pour protester contre les coolies, les prostituées et les fumeurs d'opium chinois. Au début, Chris voulait simplement jeter un coup d'œil. Mais l'excitation était contagieuse, et il s'est bientôt retrouvé en train de ramasser des tracts par terre, de les épousseter et de les redistribuer aux passants éberlués.

Il a même encore un de ces tracts dans la poche. On y recense dix accusations portées contre la communauté chinoise : « Les hommes ont les cheveux tressés, les femmes se bandent les pieds, ils se nourrissent principalement de riz et de légumes, ils vivent dans des quartiers surpeuplés et insalubres, ils propagent la tuberculose, ils économisent leur salaire pour le dépenser dans leur pays d'origine... » Le texte suggère ensuite qu'une race aussi malfaisante et inférieure devrait être éliminée. Chris pense à toi. Il ne voudrait pour rien au monde que tu sois éliminée, mais il souhaiterait que tout ce qui t'entoure le soit et qu'il n'y ait plus que toi. Il ne sait pas que c'est justement tout ce qu'il verrait bien disparaître qui te rend si attirante, qui te donne un pouvoir aussi fort que l'opium.

Chris te regarde avec la convoitise d'un drogué.

Il était une fois une montagne, en Chine, qu'on appelait la montagne du Thé. Sur cette montagne vivaient quelques dizaines de familles de producteurs de thé. Ils plantaient le thé, récoltaient le thé, chantaient les chansons de la montagne du Thé... générations après générations, voilà comment vivaient les producteurs de thé. On ne pouvait pas dire qu'ils étaient heureux, mais on ne pouvait pas dire non plus qu'ils souffraient. Il n'y avait pas de seigneur cruel et, quand les deux familles riches tuaient le cochon, chacun dans la maison avait droit à un morceau de lard.

A mi-hauteur de la montagne, vivait une famille qui n'était ni pauvre ni riche, qui avait assez à manger et dont les vêtements ne portaient pas plus de deux teintes de rapiéçages. Leur quatrième fille était née sur la route de Changsha, et c'est l'acheteur de thé de là-bas qui lui choisit son nom, Fusang.

Encore au berceau, Fusang fut fiancée à un jeune maître de huit ans originaire de Guangdong. L'année suivante, le Jeune Maître traversa l'océan jusqu'à la montagne d'Or avec certains de ses oncles pour y chercher de l'or. Une fois de temps en temps, Fusang recevait quelques mètres de tissu pour s'habiller, ou des rubans multicolores pour ses cheveux, avec un mot disant que le Jeune Maître avait envoyé cela pour elle depuis l'autre côté de la mer.

Un membre de la famille du Jeune Maître vint voir Fusang deux ou trois fois, et fut satisfait de constater que la petite était lente de parole et d'esprit. Une fois qu'elle serait mariée, on pourrait la traiter comme une chose et elle ne dirait rien. Lors d'une visite, on lui donna un bracelet d'argent en lui disant qu'il venait aussi de la part du Jeune Maître.

Et puis, un beau jour, les oncles du jeune homme revinrent avec de l'or en disant que le Jeune Maître voulait se marier tout de suite. Fusang avait quatorze ans.

Après un voyage par chemins et rivières, elle arriva chez sa belle-mère et trouva un grand coq roux attaché à un piquet, prêt, comme le voulait la coutume, à remplacer le marié absent. On fit entrer Fusang et le coq dans la salle : quelqu'un prit Fusang par la tête, quelqu'un d'autre prit le coq par la tête et, après Dieu sait combien de prosternations, ils eurent salué toute l'assistance. Par-dessous son voile, Fusang voyait le coq qui l'observait de ses petits yeux jaunes, frottant son bec d'avant en arrière sur le sol, comme s'il affûtait un couteau.

Lorsqu'ils pénétrèrent dans la chambre nuptiale, le soleil venait juste de passer à l'ouest. On plaça le coq sous le lit, et l'on coucha Fusang dessus. Elle s'endormit, et ne se réveilla que le lendemain matin, découvrant le coq raide mort près de son oreiller.

Après cela, elle ne reçut plus jamais d'étoffes ni de rubans de la part du Jeune Maître.

Quelques années plus tard, Fusang croisa un étranger en allant au marché.

Je reviens de l'autre côté de la mer ; votre mari m'a demandé de vous conduire auprès de lui afin que vous puissiez devenir des époux véritables. Viendrez-vous ?

Fusang secoua la tête.

Allons, votre belle-famille se sert de vous pour cultiver la terre, faire la cuisine, préparer la nourriture des cochons — c'est pour elle-même que votre belle-mère vous a mariée à son fils. Vous vous en rendez compte ?

Fusang répondit qu'elle le savait.

Si vous ne venez pas maintenant, vous ne verrez jamais votre mari de votre vie ! Sans mari, vous ne pourrez pas avoir d'enfants, alors comment voulez-vous avoir un jour une belle-fille qui vous fasse la cuisine et la lessive quand vous serez vieille ?

Fusang ne dit rien et se contenta de reporter avec

un sourire son attention sur le chapeau de paille qu'elle était en train de tresser.

Voici un billet pour votre traversée. C'est votre mari qui l'a acheté. Prendrez-vous le bateau avec moi ?

C'est loin ?

Non, non, pas du tout. C'est juste de l'autre côté de la mer.

Bon, attendez juste que je courre à la maison pour leur dire. Je prendrai des patates douces et les huit paires de souliers que j'ai faites pour lui...

Pas le temps ! Le bateau part tout de suite ! Votre mari porte des souliers de cuir, des chaussures en peau de mouton et aussi en requin de mer — et le prix d'une seule paire suffirait à acheter un demi *mu* de terre à riz !

Il faut pourtant que je prenne mon coffret de coiffure, non ?

De l'autre côté de la mer, on trouve des peignes à larges dents en or et des peignes fins en argent. Que vous faut-il de plus ?

Fusang partit avec l'homme aux cheveux gras.

Ils passèrent devant un comptoir où une voisine mangeait des nouilles, assise sur une chaise de rotin. Elle appela : Fusang, où vas-tu comme ça ?

Mon mari m'a envoyé chercher. Ce balai que je t'ai emprunté hier — si je ne peux pas te le rendre dans un jour ou deux, va le demander à ma belle-mère.

La voisine, qui tenait son bol à deux mains, bondit de sa chaise pour voir l'homme tirer fermement Fusang par la manche, les petits pieds de la jeune fille filant comme des fuseaux.

Lorsque l'homme fit monter Fusang à bord du

bateau, il entama aussitôt une conversation amicale avec une femme occupée à faire chauffer un cataplasme sur un petit brasero placé à l'avant. La femme prit alors une bande d'étoffe et s'attacha les chevilles avec, et quand Fusang lui demanda pourquoi, elle expliqua que les femmes qui traversaient la mer n'avaient pas le droit d'avoir deux jambes ; c'était contraire à la loi de l'océan et cela risquait de faire couler le bateau. Fusang suivit donc son exemple et s'entrava elle-même les chevilles.

L'homme tira le rideau de bambou et l'embarcation commença à bouger. Fusang entendit alors la voisine l'appeler depuis la rive : Fusang ! Descends de ce bateau !

Incapable de bouger, Fusang lui répondit, dissimulée par le rideau.

Qu'est-ce que vous appelez ? lança l'homme en godillant prestement. Un chat ou un chien ?

J'appelle celle qui vient de me répondre, répliqua la voisine. Fusang, rends-moi mon balai avant de partir ! Fusang !

A travers le rideau de bambou, Fusang voyait sa voisine courir en tous sens et hurler comme une sirène dans ses mains placées en porte-voix de chaque côté de sa bouche. L'étendue d'eau commençait à s'élargir entre la rive et le bateau.

La voisine se retourna brusquement et se mit à crier : Au secours ! Vite ! Les kidnappeurs sont revenus ! Ils ont enlevé Fusang ! Fusang, réponds-moi !

Fusang n'avait pas plus tôt ouvert la bouche pour lui répondre que la femme du bateau se leva et défit d'un geste les liens de ses chevilles. Elle se dirigea alors vers l'arrière du bateau et revint en tenant le cataplasme ramolli dans ses mains. Avant que Fusang pût dire grand-chose, la femme lui appliqua la pâte chaude et dégoulinante sur la bouche.

Quand, plus tard cette nuit-là, la femme vint lui retirer le cataplasme, elle lui sourit avec un soupir et pressa Fusang de ne pas prendre tout cela trop à cœur et de manger un peu ; de toute façon, tous les ciseaux, couteaux et cordes du bateau avaient été cachés — il serait difficile de se suicider.

La bouche encore maculée de pâte noirâtre, Fusang prit le bol de potage et en engloutit le contenu.

La femme n'en revenait pas. De toutes les filles enlevées, Fusang était la première qui ne piquait pas une crise en refusant de manger.

Fusang fut embarquée sur un bateau plus gros. La soute était remplie de filles. Dès le premier jour, l'une d'elles eut des furoncles ; le lendemain, toutes les filles présentaient les mêmes furoncles. On aurait dit des patates douces entassées, chacune pourrissant au diapason des autres.

Fusang était la seule à rester assise. Et, même assise, elle était la seule à pouvoir dormir profondément, sans s'apercevoir que chaque nuit deux types venaient chercher les filles qui avaient changé de couleur et d'odeur pour les balancer par-dessus bord.

Peu à peu, l'espace s'agrandit dans la soute. Chaque matin, lorsqu'elle ouvrait les yeux, Fusang ne parvenait même pas à se rappeler qui manquait.

Un beau jour, quelqu'un cria : Ça y est ! On a réussi ! Ce grand phare, là-bas, c'est la ville de la montagne d'Or !

La traversée leur avait pris trois mois.

Le revendeur descendit dans la soute, compta les

filles du doigt, puis les recompta avec incrédulité et lâcha : Merde !

Debout, tenez-vous droites ! Fermez les yeux !

Armé d'un bloc de poudre blanche et d'un autre de rouge, il passa un grand pinceau d'abord sur le blanc puis sur le rouge, et en frotta le visage des filles de haut en bas, d'avant en arrière. Chaque figure au teint vif surmontait un cou maigre et sombre, comme autant de marionnettes alignées.

Fusang ferma les yeux à son tour, attendant qu'on lui badigeonne à elle aussi le visage, mais l'homme s'abstint, jugeant sans doute qu'elle ne valait pas la peine qu'on gaspille pour elle de la poudre et du rouge.

Il hurla : Chacune s'accroche aux vêtements de la suivante ! On ne regarde pas autour de soi ! On ne sourit à personne ! Il n'y a pas d'hommes ici, seulement des diables ! Des diables blancs, des diables noirs, et des diables indiens rouges !

Une fois à quai, elles découvrirent les diables de la douane. Ils étaient trois en tout, avec une créature noire et poilue, plus haute que la table et dont personne ne pouvait croire qu'il s'agissait d'un chien.

Un Chinois chauve les accueillit chaleureusement : Venez par ici, je suis votre père. Il se tourna vers le diable de la douane qui portait une grande barbe et déclara : Ce sont mes cinq filles.

Un jeune diable de la douane le repoussa sans ménagement : Un pas de plus et je lâche ce chien sur vous.

Crâne d'Œuf répéta à l'adresse des filles : Souvenez-vous : je suis votre père ! Votre mère est morte.

Le jeune diable lâcha un peu de laisse, et la créature

en forme de chien bondit. Crâne d'Œuf battit en retraite et indiqua précipitamment aux filles : Votre mère est morte de faim. Ne dites pas qu'elle est morte de maladie ou les diables de la douane vous enfermeront pour vous faire examiner !

Une demi-heure plus tard, l'interprète chinois arriva. Il savait qu'il valait mieux ne pas traduire trop précisément s'il voulait être encore entier le lendemain matin.

Demande-lui comment s'appelle sa mère, ordonna Diable Barbu en désignant Fusang.

Elle dit que sa mère est morte.

Je lui demande comment s'appelle sa mère.

Elle est morte. *Ta si le.*

Sale menteuse de Chinoise !

Fusang ne comprenait absolument pas ce qui pouvait rendre le barbu aussi furieux. Percevant les relents d'alcool de son haleine, elle lui sourit aimablement.

Si ta grande sœur ne peut pas se souvenir du nom de ta mère, toi, tu dois t'en souvenir. Allons, dis-le-moi.

Elle est morte. *Ta si le.*

Bien. Formidable. Et toi ? Grande-Barbe s'approcha de la plus jeune. Elle n'avait guère plus de neuf ans et tremblait du plus profond de son corps, comme pour se débarrasser de la vermine qui l'infestait.

Tu ne sais pas mentir, toi, mon petit ange, alors, s'il te plaît, dis-moi le nom de ta mère.

Tout mouvement s'interrompit sur le quai, suspendu aux lèvres de la petite qui s'épuisait à trembler.

Elle... elle est morte de faim. *Ta si le.*

En sortant le bout de la langue, Grande-Barbe

répéta : *Ta si le*, *ta si le*, comme un énorme perroquet produisant sa dernière imitation. Ça, je comprends, ajouta-t-il. Il n'y a pas un Chinois qui ne me sorte pas ça, *ta si le*, *ta si le*. Bande de menteurs.

Grande-Barbe sépara d'un geste de la main les cinq filles en trois groupes et dit : Réfléchissez, trouvez comment s'appelle votre mère. Et faites de votre mieux pour que la malheureuse n'ait pas trop de noms différents.

Crâne d'Œuf, qui se tenait à l'écart, se laissa tomber par terre avec un bruit sourd et se mit à gémir : Ma femme, oh, ma pauvre épouse.

Fais-le taire, commanda Grande-Barbe à l'interprète, qui commençait à s'agiter.

Crâne d'Œuf continua de gémir tout en appelant les filles du regard. Mais ça sert à quoi de rester plantées là sans rien faire ? Venez ici ! Serrez-moi dans vos bras et appelez-moi papa ! Les filles comprirent enfin et coururent se jeter sur lui.

Crâne d'Œuf resta prostré par terre, jetant un œil sur ce qui se passait. Les diables avaient déjà reconnu leur défaite.

Cette nuit-là, le chauve appelé Troisième Oncle conduisit les filles dans une distillerie où il leur permit d'utiliser de l'eau chaude pour se laver. Troisième Oncle ne s'occupait que du marché des filles. Quoique totalement dépourvu de vertu, il passait pour quelqu'un de gentil.

Une fois les bains terminés, Troisième Oncle fit entrer deux hommes porteurs d'une grande balance romaine. Il accrocha la balance à une perche solide et, une par une, fit suspendre à deux mains les filles à son crochet, jambes repliées sous elles. Dès que Troisième Oncle criait : Soulevez !, les deux hommes hissaient la perche sur leurs épaules, et les filles devenaient de simples quartiers de viande. Une lanterne dans une main, Troisième Oncle faisait coulisser le poids de l'autre et annonçait : Seulement cinquante *catties* ! Seulement soixante *catties* ! Putain de ta mère, tu es plus légère qu'un poulet, tu ne pèses pas plus qu'un plumeau !

Fusang fut la dernière à passer à la pesée.

Quand Troisième Oncle commença à faire coulisser le poids, il cessa de jurer. Puis il s'exclama : Cent *catties*, pile !

Il demanda à Fusang de ne pas bouger pendant qu'il l'examinait sous toutes les coutures, la pinçant de la tête aux pieds.

Elle fit tout ce qu'elle put pour rester accrochée, les jambes remontées comme les pattes d'un lapin pris au piège, attendant que Troisième Oncle terminât son inspection.

Qu'est-ce que tu as mangé sur le bateau ? questionna-t-il.

Des patates douces.

Il lui pinça la cuisse et la regarda en souriant, tout en fronçant les sourcils. Rien que des patates douces ? Pas de viande ?

Haletant sous l'effort qu'elle faisait pour rester accrochée, Fusang assura : Juste des patates douces.

Troisième Oncle répéta à l'intention des deux hommes qui tenaient la balance : Elle prétend n'avoir pas mangé de viande ? Elle a au moins englouti deux filles pendant la traversée.

Les hommes reposèrent Fusang par terre. L'un d'eux s'avança pour mieux voir.

Qu'est-ce que tu regardes ? Tu ne peux pas te la payer, alors à quoi bon ? Troisième Oncle attacha les filles les unes aux autres à l'aide d'une corde.

L'autre homme s'approcha lui aussi, sondant les yeux de Fusang comme s'il espionnait une pièce obscure par le trou de la serrure. Il demanda : Vous êtes sûrs qu'elle n'est pas débile ? Elle a des yeux de zombie.

Troisième Oncle, reprit le premier. Combien pour en faire ma femme pendant deux nuits d'affilée ?

Elle ne vaudrait plus un pet de lapin après deux jours avec toi ! Ce ne serait plus que de la marchandise abîmée, protesta joyeusement Troisième Oncle.

Il attacha Fusang en dernier et assura : Si votre vieil oncle pouvait se passer de vous vendre, je ferais de vous toutes mes petites femmes.

Comment l'as-tu dénichée, Troisième Oncle ? demanda l'homme qui couvait toujours Fusang du regard.

Comment je l'ai eue ? Je l'ai enlevée, je l'ai droguée, je l'ai embobinée avec de belles paroles, répondit Troisième Oncle.

On fit monter Fusang et les autres filles dans une voiture qui était déjà très encombrée, et sentait la saumure de poisson.

Les filles se réjouirent en comprenant qu'à partir de maintenant elles mangeraient du poisson.

Lorsque la voiture s'immobilisa, Troisième Oncle appela des hommes pour qu'ils viennent décharger. Il sortit une liste de prix de sa poche et la tendit à la tenancière de maison qui attendait à l'entrée. Le marché officiel de Chinatown publiait quotidiennement la liste des cours. La patronne porta la liste à la lumière pour la déchiffrer :

16 avril	
riz	2$ le sac
crevettes fraîches	10$ la livre
poisson salé	0,8$ la livre
filles	6$ la livre

Tenant la liste entre ses doigts, elle examina les filles, en se demandant si elles avaient des cicatrices, des traces de teigne, des caries et si elles étaient aveugles. Satisfaite, elle compta son argent et le remit à Troisième Oncle.

Soyez sages maintenant, d'accord ? fit Troisième Oncle avec un bon rire. Je viendrai vous voir bientôt, d'accord ?

A l'aube, Fusang fut tirée d'un profond sommeil par des cris de femme, des cris aigus et perçants comme ceux d'un cochon qu'on égorge.

Fusang courut dans le couloir. Ses quatre compagnes de voyage se pressaient déjà à la porte de la chambre voisine et regardaient par l'interstice.

Une femme était couchée sur un lit, ses long cheveux noirs défaits. Elle était entièrement nue, les poignets attachés à la tête de lit, et deux hommes lui maintenaient les jambes écartées.

Une maquerelle était penchée au-dessus de son ventre, tenant d'une main ferme une petite broche de métal.

Les hurlements étaient si puissants que personne ne remarqua la porte entrouverte.

La femme cria : Allez vous faire foutre !

C'est bien, fit la maquerelle. Plus fort ! Vas-y ! Si tu n'insultes pas ceux qui t'ont donné la chaude-pisse, qui pourras-tu insulter ? Elle prit un autre fer chauffé au rouge. Vas-y, crie plus fort ! De quoi as-tu honte ? Donne des noms, ne te prive pas ! Un filet de fumée sombre s'éleva devant le visage de la patronne.

La femme s'interrompit en plein cri. C'est bon, fit la maquerelle en retenant sa respiration. C'est fini.

Les personnes qui se trouvaient dans la chambre remarquèrent alors les filles agglutinées à la porte.

Tenant toujours le fer, la patronne leur expliqua : On ne la tue pas, on la soigne. Retournez vous coucher. Faites attention ou vos yeux vont sortir de leurs orbites.

Quelques jours plus tard, Fusang vit la femme sortir par la porte qui était restée fermée depuis la fameuse nuit. Elle salua d'un signe de tête et sourit à tout le monde, disant qu'elle allait mieux. Elle était si maigre que quand elle marchait dans la lumière, les rayons du soleil semblaient la traverser. C'est à peine si elle projetait une ombre et le moindre coup de vent la faisait s'enrouler comme une feuille morte.

Elle salua Fusang.

Tu es nouvelle ?

Fusang sourit.

La femme sourit aussi, révélant le désastre derrière ses quatre incisives. Il lui manquait tant de dents que ses joues formaient des creux qui se transformaient en énormes fossettes quand elle souriait.

Quel âge tu as ? demanda-t-elle à Fusang.

Vingt ans.

Ouah ! Tu es vieille ! J'ai un an de moins que toi, mais je n'ai plus que la peau sur les os ! Elle rit.

Quelques jours plus tard, elle n'était plus. Elle n'avait pas été très gravement malade ; la cautérisation au fer rouge avait suffi à traiter la blennorragie. Elle était simplement morte de vieillesse au terme d'une vie pas plus courte que la moyenne.

La grosse figure ronde de la patronne demeura impassible. Pour le meilleur ou pour le pire, elle avait fait son travail : elle avait permis à la fille d'atteindre la vieillesse et l'avait fait enterrer.

Les gens pouvaient toujours protester, brandir le poing ou écrire partout « Dehors les Chinois ! », les Chinois ne cessaient d'affluer.

Lentement, silencieusement, ils débarquaient et vous regardaient sans parler. Si vous les empêchiez de passer à droite, ils passaient à gauche, et si vous leur barriez complètement le passage, ils baissaient la tête et attendaient patiemment que vous vous écartiez. Et leur patience finissait toujours par vous faire partir.

Ils se répandaient partout, à la fois discrets et infinis — tous, ces yeux sombres, placides et insistants.

Personne n'avait jamais rien vu de tel.

Des hordes de petits corps frêles à natte flottante se déversaient sur le rivage, et leurs yeux sombres qui pouvaient tout endurer vous forçaient à céder.

Malgré leur docilité, ils amenaient avec eux des centaines et des milliers de petites esclaves. Ils se montraient doux avec elles — toutes étaient aux portes de la mort — et jetaient les innombrables cadavres à la mer avec une sérénité parfaite. La douceur même de ces hommes rendait la cruauté et le mal impossibles à expliquer ou définir. Dispensés avec une telle placidité, la cruauté et le mal devenaient aussi incompréhensibles que les pieds niés des femmes, aussi étranges et irréels qu'un rêve d'opium.

Et plus les Chinois se réduisaient en esclavage et se tuaient les uns les autres en parfaite harmonie, plus ils croissaient en nombre et en force.

Ils vous invitent en inclinant la tête dans leurs fumeries d'opium aux murs noircis de fumée. Ils vous font vous perdre dans l'obscurité. Alors la violence de l'alcool en vous se dissipe. L'opium quotidien ne tarde pas à vous séparer de votre société. Vous cessez bientôt de haïr les Chinois, de les assassiner, de les chasser ; vous perdez toute moralité naturelle sans même vous poser de question.

Vous dites : l'opium est bien pire que l'alcool.

Ils se contentent de sourire et rétorquent : l'alcool rend destructeur ; l'opium permet de tolérer la destruction.

Alors que la ville en était encore à prendre forme, ils y ont ménagé une petite forteresse, un cloaque du vice où s'offraient et se commettaient toutes sortes de péchés en un cycle inaccessible à la raison.

Leur façon de vivre était un mystère.

Ils brouillaient toutes les normes du bien et du mal.

Jamais un mode de vie n'avait rendu les gens d'ici aussi perplexes. Aucun repère culturel ou moral ne pouvait s'y appliquer.

Les gens d'ici étaient terrifiés par le terrain obscur qui sépare la douceur de la cruauté.

Les tracts tombaient du ciel, et l'un d'eux atterrit aux pieds exquis d'une prostituée chinoise. Quel lien pouvait-il exister entre une si juste indignation et ces petits pieds chaussés de satin rose ? Lequel tournait l'autre en dérision ?

Chris n'avait pas envie de partir. Il aurait voulu sourire, se montrer plus assuré pour flirter avec Fusang, mais il n'y arrivait pas.

Une porte rouge dont la peinture s'écaillait, quatre lanternes de soie accrochées au-dessus. Les entrées des bordels chinois se ressemblaient presque toutes, les plus chics étaient plus finement décorées, les plus miteuses, comme celle qu'il venait de franchir, juste tapageuses.

La musique est insistante ; on martèle le tympanon comme on frapperait sur des clous et l'on gratte le violon à deux cordes comme on scierait de la viande avec un couteau émoussé. La musique semble ajouter des tours et des détours au couloir rectiligne. Les prostituées bougent prestement les lèvres, accumulant les pépins de pastèque d'un côté de la bouche et crachant les enveloppes vides de l'autre.

Pendant deux ans, Chris a poussé les portes toutes identiques de ces bordels chinois pour y chercher cette putain à nulle autre pareille.

Il n'a jamais retrouvé de Chinoise qui ouvrait ses pépins de pastèque aussi joliment que Fusang, en retroussant les lèvres, l'espace entre les sourcils frémissant à peine à chaque craquement de pépin comme s'il s'en échappait une infime douleur. Puis elle remuait la langue d'une manière à la fois concentrée et désinvolte pour se débarrasser des enveloppes rouge vif qui s'attardaient un instant sur ses lèvres avant de tomber dans la soucoupe. Ces petits claquements de lèvres et de dents faisaient du silence lui-même un mode d'expression subtil.

Il l'avait cherchée pendant deux années. Et sa quête désespérée, son désir de la secourir, l'avaient poussé régulièrement à se joindre aux manifestations antichinoises.

A quatorze ans, lorsqu'il l'eut enfin retrouvée, il ne cessa de répéter : Je t'ai cherchée.

Elle ne se retourna plus.

Chris la suivit jusqu'à sa chambre pareille à une caverne. A l'entrée de la boutique de prêt sur gages voisine, une longue robe d'homme était suspendue, le trou laissé dans le dos par une balle soigneusement reprisé.

Chris cherchait tout juste à se repérer, se demandant où pouvait bien se situer ce bordel lorsqu'il perdit pied.

Une foule sombre se pressait au-dehors, des coolies venus des camps du chemin de fer et des mines d'or. Ils étaient plus rudes que les Chinois qui vivaient en ville et portaient les cheveux un peu plus courts. Ils sortaient du seul établissement de bains publics de Chinatown et avaient le visage lisse et brillant.

Ils riaient et bavardaient, se raclaient la gorge et crachaient par terre. Leurs vêtements trop grands plissaient de partout.

La cour était elle aussi pleine d'hommes dont la partie rasée du crâne se détachait dans la pénombre. Des vendeurs de cigarettes et articles divers déambulaient parmi eux. Il y avait des hommes assis par terre, d'autres appuyés contre un mur, les traits engourdis par l'attente.

Ils s'écartaient pour laisser passer Chris. Ils se mettaient tous en quatre pour lui faire de la place.

Deux portiers collectaient de l'argent dans des cuvettes de laiton. Ceux qui payaient recevaient en échange un jeton de bois leur permettant de monter. Les portiers beuglaient comme des vannes d'écluses trop petites pour contenir le flot.

Un portier tendit sa cuvette à Chris.

Il frissonna. Il n'était pas là pour participer à ce genre de débauche ; il était là pour l'éradiquer. Ces hommes au crâne rasé l'épouvantaient. Ils allaient briser sa Chinoise ; ils étaient l'instrument de sa torture.

Lorsque Chris leva les yeux de la cuvette, il lut sur le visage du portier que celui-ci l'assimilait aux rangs grossiers des autres. Il voulait que Chris sache que ce n'était pas grave s'il n'avait pas l'argent : il pouvait goûter maintenant et en parler ensuite à tous ses amis.

Puis il fourra un jeton de bois dans la main du garçon.

Il ne vit pas le dégoût dans le regard de Chris. Il ne savait pas que ce diable blanc de quatorze ans ne rêvait que de mettre le feu à cette maison pour foncer dans les flammes et sauver la belle esclave juste avant qu'elle ne rende le dernier soupir. Le portier lui donna une tape sur l'épaule et lui demanda d'être patient, l'assurant que toutes les Chinoises étaient de toute façon un vrai régal.

Le jeton se mouilla dans la main du garçon.

A la lueur des lanternes de l'entrée, Chris parvint à repérer le nom gravé à chaud sur le bois, les mêmes bâtonnets compliqués que ceux peints sur la porte de la chambre où il s'était rendu si souvent deux ans auparavant : Fusang.

La nuit tombait et Chris faisait toujours les cent pas devant la bâtisse à un étage, incapable de se décider. Il finit par repérer la bonne fenêtre. Mieux valait jeter d'abord un coup d'œil.

La seule façon d'y arriver était un petit arbre. Il posa un pied sur le tronc, appuya l'autre contre la bâtisse et se mit à grimper. Plus le garçon montait, plus l'arbre s'affinait et se mettait à pencher. Chris dut s'y reprendre à plusieurs fois.

Il ne savait pas trop ce qu'il allait faire. Il lui fallait vérifier si elle n'était pas en danger. Il entendait toujours les pas résonner dans l'escalier de bois.

Les pratiques de l'enfance lui revinrent. Il enroula les jambes autour du tronc et continua de grimper ; l'arbre se tortillait comme un serpent mais supportait son poids. Quand il atteignit le rebord de la fenêtre, Chris se laissa aller en arrière puis se lança en avant et atterrit sur ses deux pieds.

Le bruit poussa Fusang à tourner le visage vers la fenêtre. Elle avait la tête presque enfouie dans son oreiller en balle de blé.

Lorsqu'il trouva enfin ses yeux, ils l'attendaient déjà. Elle ne parut pas plus surprise que de trouver une colombe perchée sur le bord de sa fenêtre.

Son corps, luisant d'une fine pellicule de transpiration, recevait un homme. Contrairement à ce que Chris avait espéré, elle ne résistait pas mais se prêtait totalement à l'intrus. Comme la plage se prête à la marée.

Chris n'avait jamais imaginé que cela se passerait ainsi.

Il s'était attendu à une lutte, à des manifestations de souffrance. Mais il ne vit qu'harmonie. Peu importait que l'homme fût coiffé d'une tresse ou que son dos bistre fût couvert de tatouages grotesques... l'harmonie était belle.

Le corps de la jeune femme en était l'origine ; elle contrôlait le flux et le reflux.

Tant de beauté fit couler les larmes sur les joues du garçon.

Elle le regardait sans ciller, les yeux grands ouverts.

Ceux de Chris se remplirent à nouveau de larmes en devinant le plaisir dans le regard de Fusang. Un plaisir élémentaire, qui n'impliquait guère l'esprit.

Et ce plaisir ne se confinait pas seulement en elle ; les spasmes de son corps se transmettaient à l'homme tandis que son regard les projetait vers Chris.

Chris s'aperçut qu'il pleurait toujours, mais plus pour les mêmes raisons. Sous l'assaut de ce plaisir mystérieux son propre corps se délia et prit un rythme qu'il ne soupçonnait pas. Le mouvement des corps de la chambre l'attirait dans leur rythme.

Il suffoqua et sanglota, des larmes rapides et furieuses, qui se répandaient enfin en gémissements silencieux.

Elle avait toujours les yeux grands ouverts et ses lèvres roses s'étaient figées comme en pleine mastication. Elle l'observait, séparée de lui par une simple vitre.

Soudain, il crut comprendre. Fusang recevait cet homme avec son corps, mais avec les yeux et tout le reste, c'était lui qu'elle accueillait.

Fusang enserra plus étroitement le dos tatoué, ses doigts s'imbriquant entre les côtes. Sa poitrine ne cessait de changer de forme, et ses longs cheveux noirs, trempés de sueur, tombaient de la tête du lit jusqu'au sol. Le cadre de bambou grinçait.

Le visage de Chris était à présent baigné de larmes.

Le dixième homme se releva, ses yeux pareils à ceux d'un oiseau mort, les derniers vestiges de son âme filtrant à travers ses paupières translucides.

Elle se leva aussi, et glissa un peignoir de satin rouge sale sur ses épaules. Elle reconduisit l'homme à la porte, puis passa derrière le rideau. Celui-ci ne masquait pas grand-chose à la vue de Chris. Fusang ne le regardait plus, comme si elle ne pouvait plus le voir, comme si elle ne pouvait plus rien voir. Elle s'était dépensée complètement et son corps ne comptait plus pour rien.

Insensible au cri d'épouvante que poussa Chris, elle s'aspergea lentement avec l'eau de la cuvette pour laver tout le sang. Elle gardait les yeux mi-clos et savourait la sensation de l'eau éclaboussant sa peau. Lorsqu'elle se redressa, le sang lui dévala les jambes.

Chris savait ce qu'était la menstruation, mais il fut tout de même choqué par l'attitude de la jeune femme. Il n'avait jamais vu personne considérer le sang avec une telle nonchalance.

Tourne un tout petit peu la tête, vers moi, non, vers lui. Voilà, maintenant il voit bien ton visage à travers la vitre. Ta concentration lorsque tu le regardes pourrait traverser ces cent soixante ouvrages scellés par la poussière.

Par vos yeux rivés, tu t'ouvres à lui. Tu l'invites à entrer en toi. Tu le regardes te pénétrer. Tu l'aspires en toi. Tu laisses cet amant d'une jeunesse éhontée s'engouffrer au plus profond de toi, mais par une autre voie.

Regarde. Le jeune Blanc prénommé Chris sent tout cela.

Les yeux rivés sur lui, tu parviens à le convaincre que la souffrance fait partie de ta beauté, que tu peux t'en relever encore et toujours, les joues enflammées, pleine et entière. Tu es cependant tout à fait inconsciente de ce que tu fais.

Tu es en cet instant d'une telle beauté que moi-même, qui suis du même sexe, je te contemple avec de grands yeux, comme un villageois fraîchement débarqué dans la grande ville.

Ta souffrance l'a ému. Tu portes la responsabilité des normes aberrantes de l'amour et du romantisme auxquelles il croit à quatorze ans.

Mais comment aurait-il pu savoir qu'il était amoureux ? Ou peut-être que je me trompe, et qu'il savait exactement ce qu'il ressentait. A vrai dire, je me trompe souvent sur le compte des Blancs. Peu importe les petits Blancs de ton époque. Même avec le Blanc que j'ai épousé, tout finit toujours par de ridicules conversations parce que je crois savoir ce qu'il pense.

Une fois, par exemple, j'ai dit : Ce *tofu* japonais est épouvantable, n'en rachète pas.

Il a répondu (pas vraiment content mais toujours très poli) : Je suis vraiment désolé de ne pas avoir trouvé ce que tu m'avais demandé.

Je critiquais simplement le *tofu* ; je ne te reproche rien.

J'ai dit que j'étais désolé.

Je ne te reproche rien, c'est le *tofu*.

N'ai-je pas dit que j'étais désolé ?

Je ne sais pas lequel d'entre nous se trompait le plus. Donc, quand on y réfléchit, on se rend compte à quel point je peux me tromper au sujet de Chris. De la même façon que mon mari n'a jamais su entendre le « non » sous-entendu dans mes « oui ».

Tu laisses le sang couler. Qu'il pousse un cri d'épouvante. Ce sang n'est rien pour toi, sembles-tu lui dire, pas plus que le reste de ta personne. Mais il trouverait de la valeur à ce qui en est totalement dépourvu.

Tu l'as senti quitter la fenêtre. Tu l'as senti monter l'escalier. Tu l'as senti approcher de la porte. Mais tu n'as pas senti l'intensité de ses sentiments. Lorsqu'il a ouvert la porte, tu suçotais un escargot de rivière froid. Tu venais juste de remettre du rouge sur tes lèvres, et le gras les a fait briller quand tu as recraché la coquille vide. Il a demandé s'il pouvait entrer. Tu as répondu oui. Il ne savait par quoi commencer en te regardant cracher tes coquilles d'escargot. Les gouttes de sang qui parsemaient le plancher réfléchissaient la lueur des bougies. Tu as fini par lui demander quel âge il avait. Il a détourné les yeux. Tu as souri avec tendresse, comme pour passer outre ses défauts. Tu as pris la bouilloire sur le feu et soufflé doucement sur la tasse de thé que tu lui as servie. Il t'observait en retenant sa respiration. Enfin, tu as penché la tête pour jauger la surface du thé — pas trop chaud, juste bien, lui as-tu dit d'un simple regard. Asseyez-vous, as-tu proposé. Tu recouvrais et découvrais tes jambes nues avec la même insouciance. Tes mouvements n'avaient rien des façons maniérées des autres prostituées. Ton sourire était d'une franchise désarmante.

Il a rougi. Il repensait au plaisir. Ou il pensait à la jalousie et au dégoût qu'il avait éprouvés. Je ne sais pas pourquoi il a rougi. Je t'ai déjà dit que je ne comprenais pas les Blancs. Peut-être qu'il a rougi parce qu'il a pris conscience de ce qui allait se passer, ou peut-être qu'il s'est étranglé sur le mot amour. Sa bouche remue maintenant ; écoutons ce qu'il essaye de te dire.

J'ai dix dollars. Je peux t'acheter pour toute la nuit.

Aucune de nous n'avait imaginé qu'il dirait cela. Nous le dévisageons avec stupéfaction.

Il a répété : Je veux t'acheter pour la nuit.

Cette fois, il s'exprimait lentement et clairement, d'une voix ferme. Il ne montrait aucune trace de cet instinct masculin pour la conquête, juste l'impétuosité impatiente d'un enfant. Il s'enivrait à pouvoir montrer tant d'esprit chevaleresque. Tu saignais ; tu en avais eu assez pour une nuit.

A ce moment, tu tournais le dos à la lumière et ton expression était aussi indéchiffrable que celle d'une statue — moi-même, je ne parviens pas à interpréter ta réaction. Tu savais certainement à quel point il s'était entiché de toi, non ? Comment aurais-tu pu ne pas être émue ? Tu as tendu la main vers lui.

Tes doigts ont suivi le contour de sa joue puis ont trouvé et caressé le lobe de son oreille. Je vois enfin l'expression de ton visage, mais je ne peux la décrire.

Si tu as de l'argent, as-tu dit, tu peux venir quand tu veux.

Les coolies chinois, qui se mettaient généralement au travail de bon matin, demeuraient invisibles sur le chantier de la compagnie de chemins de fer Central Pacific. Les petits hommes aux cheveux tressés se faisaient traiter de fourmis jaunes par leurs collègues. Ils émergeaient de leurs cabanes en bois ou de leurs huttes en terre avant le point du jour puis suivaient à la queue leu leu la corniche à flanc de montagne, tous pieds nus, tous portant sur l'épaule, maintenue par une ficelle accrochée aux deux trous ménagés dans les bords, une boîte en fer-blanc remplie de riz et d'œufs de canard au vinaigre.

Ils se rassemblaient toujours sur la route puis marchaient d'un pas lourd jusqu'au chantier, près de deux kilomètres plus loin. Comme les ouvriers blancs détestaient leurs tresses, leurs boîtes en fer pleines de riz, leurs pommettes saillantes et tout ce qui les concernait, les coolies ne pouvaient que partir le plus loin possible, pour disparaître.

On disait même que ces dos d'un jaune boueux s'échinaient déjà avant qu'il fasse jour. Mais aujourd'hui, le soleil était haut et il n'y avait pas la moindre natte en vue.

Les contremaîtres durent enfin se rendre à l'évidence : les coolies venaient de déclencher leur première grève.

Un surveillant fit à cheval le tour du chantier sans pouvoir trouver une seule affiche, un seul slogan, le moindre tract ou la moindre trace d'agitation. Il jeta autour de lui un regard impuissant et sentit la panique monter devant tant de silence.

Deux jours auparavant, des ouvriers blancs avaient entouré un cuisinier chinois qui portait deux seaux de thé en équilibre sur sa perche. Lorsqu'ils étaient partis, le vieux cuisinier gisait face contre terre, sa tresse grisonnante coupée. Il y avait à côté de lui un bout de papier sur lequel on pouvait lire : *Ce vieux rat ressemble presque à un homme ! Attention : le patron garde ces rats asiatiques par chaînes entières parce qu'ils sont moins chers !*

Avant cela, les ouvriers blancs avaient menacé de commencer une grève générale si on ne réduisait pas les heures de travail.

La direction avait répondu : Très bien ! On engagera des coolies pour vous remplacer — ils se crèvent au travail et ils sont moins chers de toute façon. On peut en avoir deux pour le prix d'un seul d'entre vous.

Le bureau d'embauche d'urgence fut envahi pendant des jours par des visages bistres et des tresses noires.

Qu'est-ce que tu sais faire ?

Hochement de tête énergique.

Oh, tu sais tout faire ? On te donnera... quatre-vingts cents de l'heure, sois sur le chantier demain à la première heure.

Hochement de tête énergique.

Tu acceptes la pleine responsabilité de tout accident éventuel ?

Hochement de tête énergique.

D'accord, mets la marque de ton pouce ici.

Les petits hommes à natte sortaient du bureau d'embauche en regardant l'encre rouge qui maculait leur pouce. Les ouvriers blancs contemplaient de loin, imperturbablement, leurs visages ravis.

Un jour, alors qu'ils posaient des rails en travers d'une crevasse de montagne, treize coolies avaient été emportés par un glissement de terrain. Les ouvriers blancs s'étaient précipités, tellement atterrés qu'ils en avaient momentanément oublié leurs haine et jalousie : C'est de l'esclavage, frères, vous devez lutter avec nous ! On vous paye à peine !

Hochement de tête énergique.

Rebellez-vous ! L'esclavage a été aboli ! C'est un crime national !

Hochement de tête énergique.

Arrêtez de vous faire exploiter par ces esclavagistes !

Sans cesser de hocher énergiquement la tête, ils avaient repris leurs pioches, leurs pelles et leurs seaux de riz.

Mais qu'est-ce que vous faites ?

On va travailler, répondirent les hommes à natte.

Les ouvriers blancs avaient fini par comprendre : ces Chinois étaient à l'origine de tous leurs maux. Ces créatures se prêtaient à toutes les exploitations. Leur capacité à tout supporter donnait une apparence raisonnable à des conditions de vie inhumaines et des salaires si bas qu'ils rabaissaient la dignité humaine. Et il leur suffisait pour vivre de se nourrir d'une petite boîte de riz et d'une pincée de sel.

Ces hommes à natte supprimaient la distance qui sépare l'homme de la bête et réduisaient à néant la valeur de l'homme. Ces esclaves-nés faisaient revivre les maîtres défunts.

Les travailleurs blancs avaient fini par tout comprendre.

A mesure que se construisaient les centaines de kilomètres de voie ferrée, les récriminations se faisaient plus fortes contre les coolies. La paix fragile commençait à se fissurer.

Les coolies eux-mêmes commençaient à s'agiter. Ils parlaient de tout abandonner et de s'enfuir, mais finissaient toujours par se donner des claques sur les épaules en se disant : allez, il faut s'y faire. Avec des sourires tristes, ils regagnaient le chantier d'un pas lourd avant que le soleil ne se lève sur la mer, jour après jour, éternellement.

Il fallut donc que le vieux cuisinier tombe pour que les autres prennent conscience de la nécessité de faire front. A ce moment-là, le malheureux était déjà entouré par plus d'une trentaine de Blancs, sa natte grisonnante ne lui appartenant plus.

Le vieux coolie tourna la tête avec un sourire triste.

Ce sourire, si propre aux coolies, mit les Blancs en rage, alors qu'ils n'avaient au départ voulu que plaisanter.

Il est trop vieux pour changer ses habitudes d'esclave, dirent-ils. Les bâtons s'abattirent.

Bientôt, le vieux coolie eut la figure en sang. Ne me tuez pas ! Ma femme m'attend pour que je m'occupe des bêtes et des petits-enfants, leur expliqua-t-il dans son mauvais anglais.

Vieille taupe ! Tu nous voles notre argent pour l'envoyer à ta vermine de famille !

Ne me tuez pas ! J'ai aussi ma mère de quatre-vingts ans !

Brisons-lui les jambes et voyons s'il peut encore charrier des tombereaux de rochers ; brisons-lui les dents pour voir s'il peut encore vivre trois jours avec un seul repas !

Le vieux coolie se faisait de plus en plus petit, de

plus en plus faible ; une de ses jambes battait derrière lui comme une poche vide.

C'est bon, c'est bon, ne me tuez pas. C'est contre la loi de renvoyer mon corps. Je ne peux pas rentrer auprès de mon épouse sous forme d'un tas de cendres. C'est bon, calmez-vous maintenant, vous m'avez bien battu, gardez des forces... A cet instant, il ne pouvait rien voir d'autre que du sang.

Le temps qu'il faut pour fumer une cigarette, les Blancs s'éloignaient, leur colère apaisée.

Incapable de se relever de la mare de sang dans laquelle il baignait, le vieux coolie trouva à peine la force d'appeler : Hé ! Ne partez pas ! Vous ne pouvez pas battre quelqu'un comme ça et puis l'abandonner ! C'est bon, c'est bon, juste un petit coup de main, abrégez mes souffrances. Allez, il ne manque pas grand-chose.

Les Blancs ne pouvaient pas l'entendre. En tout cas certainement pas ceux d'entre eux qui avaient des poignards à la ceinture, car ils auraient été trop heureux de l'aider.

Etait-il mort ?

Non. Il gisait là, sur le ventre, et tentait de trouver ses dents.

Les Blancs, assez éloignés maintenant, étaient certains qu'il survivrait. S'il pouvait supporter n'importe quoi, il pourrait sûrement supporter de ne pas mourir.

Puis une neige dense se mit à tomber.

Elle cessa tôt le lendemain matin. Un homme à cheval s'approcha du corps du coolie et le retourna. Il portait une épaisse natte noire et d'énormes bagues aux quatre doigts de la main droite. Deux femmes voyageaient derrière lui dans un chariot, le visage poudré, redessiné et peint à l'identique.

Ah Ding était de retour. Comme chaque fois qu'il avait disparu dans la mer, il avait changé de nom ; cette fois, il s'appelait Da Yong. Il croyait qu'en changeant de nom il ajouterait à sa puissance et à son intelligence celles de quelqu'un d'autre.

Da Yong prit le cadavre raidi dans ses bras et l'examina. Il décida que le vieux visage était vraiment trop affreux et lissa les cheveux gris en arrière. Mais cela n'arrangea rien. Il déplia alors un mouchoir blanc et s'efforça d'ôter le sang de la figure du coolie, mais sans y parvenir. Alors il le recouvrit simplement du mouchoir. Da Yong se faisait une règle de ne jamais laisser les gens qu'*il* tuait avoir si piètre allure. Il ne fut satisfait que lorsqu'il eut nettoyé tout le sang du visage, coiffé un peu les cheveux et chassé des traits toute expression de terreur ou d'incompréhension. Puis il rajusta le col du mort et remonta son pantalon. La mort était la dernière apparition que l'on faisait sur scène, on pouvait donc difficilement sortir avec une allure pareille. C'était tout simplement inexcusable. Les morts ne pouvaient le tolérer, et surtout pas Da Yong. Da Yong ne supportait tout bêtement pas de voir un vieillard avoir une tête aussi épouvantable dans la mort, si faible et misérable, sans parler d'avoir été battu comme plâtre.

Il le porta jusqu'au chariot et ordonna aux femmes de descendre.

Puis il ramassa le mot où il était question des rats asiatiques.

Après avoir parcouru une certaine distance, il se retourna et vit les deux prostituées se traîner derrière le chariot avec la démarche de pigeon des femmes aux pieds bandés, le violacé de leur visage transi apparaissant sous le maquillage. Il les vendrait dans la prochaine ville ; elles valaient une fortune dans les bourgs du coin.

Ils commencèrent à gravir une longue côte. Da Yong baissa les yeux et vit les têtes noires des coolies affluer dans la vallée. Les coolies devaient franchir cette montagne pour atteindre le chantier. Quelques flocons de neige balayèrent le visage de Da Yong. Il retroussa ses lèvres charnues, le regard lointain sous les nuages sombres de ses paupières. Ces derniers temps, dès qu'un plan lui venait, Da Yong prenait cette expression, pensive et cependant complètement vide, sous-tendue par le désespoir.

Quand ceux qui le connaissaient bien le voyaient ainsi, ils commençaient à douter qu'il fût la même personne ; peut-être le fait d'avoir changé de nom lui avait-il effectivement donné une nouvelle personnalité.

Changer de nom lui procurait un plaisir proche de la réincarnation. Cela permettait de se débarrasser de toutes les dettes accumulées au cours de sa vie antérieure, sous une précédente identité. A certains moments, lui-même oubliait son propre passé, qui il était vraiment.

Un facteur passait en barque, deux fois par mois, dans un village du bord de l'eau.

Les femmes faisaient la queue sur le rivage pour recevoir l'argent que leur envoyaient leurs mari, fils ou frères de l'étranger.

Il arrivait que le facteur leur dise : Rien pour vous, pas de lettre pour Ah Ji !

Celle-ci courait alors après le bateau comme après son âme. Rien ? Rien pour moi ?

Le facteur n'avait pas le cœur de la taquiner plus longtemps. Il éclatait de rire et lui tendait une enveloppe pleine d'argent.

Elle lui crachait un noyau de litchi à la figure, mais comme la peur lui avait fait perdre toutes ses forces, le noyau n'allait jamais assez loin avant de s'écraser au sol.

Il n'y avait guère d'hommes au village. Les hommes se réduisaient à ces enveloppes qui traversaient chaque mois l'océan.

Il n'y avait pas non plus de toit de chaume dans ce village. L'argent des enveloppes se muait en tuiles noires bien solides qui abritaient les femmes de la pluie et du vent.

Tous les huit ou dix ans, lorsqu'il avait gagné de quoi faire la traversée, un homme rentrait, et, quand il repartait, il laissait derrière lui une femme enceinte. Lorsqu'il débarquait à la montagne d'Or, il traçait une ligne vide dans l'espace situé au-dessous de son nom pour y écrire celui de son fils à naître. Si l'enfant était une fille, il revendait l'espace, pas contre un prix très élevé, non, mais pour avoir de quoi refaire la traversée afin de pouvoir rentrer tenter une nouvelle fois sa chance.

Un jour, un nouveau groupe quitta le village. Cette nuit-là, une famille chercha à grands cris son petit garçon de huit ans, Ah Tai. Quelqu'un prétendit l'avoir vu s'en aller avec les hommes qui partaient au-delà des mers.

Quand Ah Tai eut quinze ans, il s'enfuit avec deux chevaux d'une mine d'or. Lorsqu'il arriva à la cité de la montagne d'Or, c'était un grand et beau jeune homme appelé Ah Kui.

Ah Kui travaillait le jour dans une usine de cigares, et fréquentait la nuit les bordels et salles de jeux. Quand il détenait de l'argent appartenant à quelqu'un d'autre, il défiait celui-ci de se battre pour le récupérer. Si c'était quelqu'un d'autre qui détenait de l'argent à lui, il reprenait son argent, et donnait à l'autre une bonne correction de toute façon.

Lorsqu'il eut dix-sept ans, il n'avait même plus besoin de travailler à l'usine pour gagner sa vie. Outre les photos de lui, nu, qu'il vendait dans les bordels, il s'était mis au trafic de chevaux. Avec les chevaux qu'il volait, il étudiait la nature de la bête. Il découvrit qu'on ne pouvait dresser un cheval par la force seule, car l'homme serait toujours plus faible que le cheval. Il fallait donc utiliser la torture. Il pouvait rendre un cheval docile en deux ou trois jours, en utilisant des formes, des couleurs et des sons pour le terroriser, et aussi la faim, la soif et le fouet. Les chevaux qu'il dressait étaient toujours à deux doigts de la folie. Cela en faisait d'excellents coureurs, et les rendait très soumis aussi.

Au bout de quelque temps, il décrocha une place sur les champs de courses. Il avait vingt ans et avait déjà tué cinq personnes et neuf chevaux.

Pour obtenir la place sur les champs de courses, il lui en avait coûté cinq cents dollars en pots-de-vin. Mais, alors, il avait déjà passé plusieurs années à étudier les gains et les pertes de chaque cheval.

Il se lia avec deux Blancs, l'un caissier de banque

et l'autre courtier. En dépensant sans compter, il s'attira bien vite leur amitié. Il savait depuis longtemps qu'ils avaient tous deux tant perdu aux courses que leurs femmes les avaient quittés. Un beau jour, il leur annonça : Je peux vous donner un gagnant sûr à cent pour cent, mais il faudra me verser la moitié des gains.

Comme ils n'avaient rien à perdre, ils acceptèrent. D'accord, on te donnera soixante pour cent.

Faites juste ce que je vous dis. Vous parierez sur le cheval que je vous indiquerai. Ça vous rapportera un paquet.

D'accord, le cheval que tu voudras.

Quand vous aurez gagné, vous me donnerez ma part immédiatement.

D'accord, la moitié, c'est ça ?

Vous venez de dire soixante pour cent.

C'est bon, putain de Chinois.

Et quand vous aurez gagné, vous aurez intérêt à la fermer. Ne dites à personne que j'y suis pour quelque chose.

Et si on perd ? Seigneur !

Ça n'arrivera pas. Si vous perdez, vous pouvez me descendre. De toute façon, vous, les diables blancs, vous pouvez toujours tuer un Chinois en toute impunité.

Tu n'as pas l'air d'être si facile à tuer que ça.

Ne vous en faites pas. On n'en arrivera pas là. Mais si vous gagnez, ne pensez même pas à vous sauver avec le fric. Je vous tuerais avant que vous ayez le temps de vous retourner.

Les diables blancs examinèrent le Chinois et prirent conscience pour la première fois que l'homme à la tresse pouvait se montrer intrépide, voire dangereux.

Il leur fit miser trois cents dollars chacun sur le cheval numéro cinq, puis s'éclipsa.

Ils regrettèrent aussitôt leur pari. Dès le premier tour, le cinq passa en dernière position. Il avait près d'un demi-tour de retard sur le cheval de tête, qui portait le numéro huit.

Ils regrettèrent de ne pas avoir gardé un peu d'argent pour se payer un verre. Quand le cinq se fit à nouveau dépasser, ils regrettèrent de ne pas avoir tout simplement filé avec l'argent. Avec trois cents dollars, on pouvait partir loin et se remarier.

Mais, au quatrième tour, le cinq dépassa deux chevaux.

Au cinquième tour, il en dépassa trois.

Au huitième tour, il dépassait enfin le neuf, grand favori.

Les deux hommes bondirent de leur siège.

Le cinq était en tête. Le cinq menait de deux longueurs. Le cinq l'emporta. En un clignement d'yeux, les trois cents dollars s'étaient mués en une véritable fortune. Les deux hommes durent s'appuyer l'un contre l'autre pour s'empêcher de tomber.

Quand ils arrivèrent sur la plage où ils s'étaient donné rendez-vous, il les attendait, torse nu, les muscles saillants et l'extrémité de sa tresse coincée entre ses dents. Les cinq poignards venaient d'être aiguisés et il était en train d'enduire d'une substance la pointe de chacun d'eux. Les deux Blancs se regardèrent : du poison, certainement.

Il avait allumé un feu tout près, et ils sentirent que

quelque chose cuisait dans la boîte en fer suspendue au-dessus.

Il s'approcha d'eux, leur prit l'argent et dit : Mangez quelque chose pendant que je recompte tout ça. Il désigna la boîte.

Qu'est-ce que c'est ?

Un manteau de fourrure. Goûtez-moi ça et vous n'aurez plus besoin de vous couvrir quand il fera froid.

C'est bon, mais pas tentant à première vue, commenta le caissier.

Cette viande a une texture très... intéressante, ajouta le courtier.

Prenez-en autant que vous voulez. Mettez-vous à l'aise. Il sourit, ses grandes dents blanches apparaissant entre ses lèvres charnues.

Vous les Chinois, vous mangez tout sauf les mouches.

Qui a dit ça ? Nous mangeons les mouches.

Vous mangeriez n'importe quoi, un cochon de la tête au bout de la queue, un chien de l'entrée à la sortie. Il n'y a probablement qu'une seule partie à laquelle vous ne touchez pas. Ils échangèrent un clin d'œil. Rien que ce morceau-là...

Ce sont des calomnies de diables blancs.

Comment auraient-ils pu le nier ? Ils mangeaient avec appétit, le visage maculé de graisse, le chapeau rejeté sur la nuque. Vous mangez même le sang, le gros boyau, le petit boyau, tout ! Leur voix prenait un ton accusateur.

Il glissa lentement les poignards dans sa ceinture, un par un. Hé, c'est pour les perdants tout ça ! Comprenez-moi bien : on peut se passer de n'importe quelle nourriture, il suffit de ne pas y penser. Il n'y a qu'une chose dont on ne peut pas se passer.

Ils cessèrent brusquement de mâcher, comme frappés par une rage de dents, et regardèrent dans leur bol.

Vous ne savez pas ce que vous mangez ? De la bite.

Ils se figèrent, la bouche débordant de viande cramoisie.

Dans l'ensemble, vos copains à quatre pattes sont meilleurs à manger que ceux à deux pattes. Il montra ses grandes dents et sourit. Les deux hommes se précipitèrent vers les rochers pour vomir.

Ils étaient d'un pathétique ! songea-t-il. Ils dégueulaient avec tant de force qu'ils en étaient secoués de spasmes, le cou soudain plus large que la tête, comme s'ils voulaient se retourner comme des chaussettes. Lorsqu'ils revinrent, la peau de leur cou ressemblait exactement à de la chair de poule fraîchement plumée.

Il attendit.

Ils fouillèrent leurs poches et lui donnèrent le reste de ce qu'ils lui devaient.

Après un deuxième puis un troisième gain, le caissier annonça qu'il se retirait en lui tendant sa part de butin. Il expliqua qu'il avait gagné plus que dans ses rêves les plus fous et qu'il ne voulait pas devenir trop gourmand.

La quatrième fois, le courtier s'aperçut qu'il était surveillé, par un homme portant un Stetson à large bord. Il voulait arrêter mais n'arrivait pas à s'y résoudre.

Je suis sûr que les flics m'ont repéré.

Seulement maintenant ? Ça doit faire un moment, commenta le Chinois en mâchant une chique.

S'ils m'arrêtent, je me mettrai à table dès qu'ils vont commencer à cogner !

Pas de quoi avoir honte. C'est humain. Qui voudrait que les hommes soient loyaux comme des chiens ? Si c'était moi, je cracherais tout *avant* qu'ils me frappent. Tu t'évites des ennuis et ça leur fait gagner du temps aussi.

La police retrouva le cadavre du courtier à un coin de rue, quelques jours plus tard.

Ils élucidèrent l'affaire avec l'aide d'un privé. C'était le Chinois qui s'était fait une réputation de dresseur qui était derrière tout ça. Il avait concocté un sédatif à partir d'herbes, qu'il avait mêlé à la nourriture de tous les chevaux sauf un. Ce sédatif avait un effet relaxant sur les muscles et provoquait une léthargie insoupçonnable. Naturellement, le seul cheval qui n'avait pas été drogué gagnait la course.

Pendant des mois, la police rechercha le dresseur de chevaux nommé Ah Kui.

Mais celui-ci ne remit pas les pieds à Chinatown avant trois ans, jusqu'à ce que l'affaire fût complètement retombée. Il ignorait quiconque l'appelait encore Ah Kui. Il avait à présent un nom tout neuf : Ah Ding. A la tête de la police, trois chefs s'étaient succédé en trois ans. L'un avait été révoqué pour avoir reçu des pots-de-vin, un autre pour incompétence. Le troisième avait soit oublié l'affaire, soit préféré ne pas s'ennuyer avec l'arnaque des champs de courses.

C'est ainsi que, l'esprit libre, Ah Ding fit son apparition à Chinatown. Il portait des vêtements très coûteux, un chapeau britannique et trimbalait partout avec lui une mallette en cuir de bijoutier. Cette mallette contenait ses bijoux personnels. Quand il était de bonne humeur, il pouvait changer de montre de gousset trois fois dans la même journée. La mallette faisait également office de portefeuille ; il était connu pour miser ses bijoux quand il avait de la chance au jeu.

Lorsqu'il était satisfait des prestations reçues dans un bordel — c'est-à-dire lorsqu'il se retrouvait menton pendant par-dessus le bord du lit, trop vidé de son énergie pour pouvoir même mâcher du tabac —, il fouillait dans sa mallette et en sortait un bracelet ou un collier de chien qu'il donnait à la fille.

Puis il prononçait avec un grand soupir : Ah Tao !... Non ? Ah Xiu !... Encore faux ? Ah Ping !...

La fille lui disait alors sur un ton d'excuse que ce n'était toujours pas son nom.

Il levait alors les yeux au ciel et soupirait plus profondément encore. Quelle importance ? Sois gentille maintenant et file d'ici.

Puis il restait allongé sur le ventre, aussi immobile qu'un mort, à regarder les volutes bleues de l'encens tournoyer dans la chambre.

Personne ne savait où il habitait vraiment. Et personne ne savait qu'il avait un point faible : le désir de retrouver l'épouse qu'il n'avait jamais vue.

Il s'agissait de la femme que ses parents lui avaient fait épouser en son absence, et qui était, lui avait-on dit, bonne et vertueuse. Il se l'imaginait sans cesse : son visage, ses mains, la courbe superbe de son dos lorsqu'elle poussait la meule, le léger mouvement de sa poitrine lorsqu'elle dévalait la montagne avec une charge de petit bois sur le dos (sans comparaison avec les seins nus mais usés qu'on trouvait par ici), son profil lorsqu'elle cousait ou brodait, baissant et inclinant la tête pour sectionner un fil d'un coup de dents. Parfois, mais pas très souvent, il l'imaginait faisant l'amour. Et cela le rendait presque fou. Elle se montrait passionnée et retenue en même temps, le contemplant avec une telle sincérité dans le regard, le duvet délicat de sa lèvre supérieure parsemé de minuscules perles de transpiration...

Il ne savait pas pourquoi il la désirait tant. Il était comme un désœuvré contraint de prendre la route, ou un voyageur saisonnier fatigué qui aurait connu trop d'auberges, mangé trop de repas riches et qui aspirerait à rentrer chez lui, aussi vague et éloigné que pût être cet endroit, guère plus qu'un mirage lointain sur le bord de la route.

Ah Ding croyait qu'une seule personne au monde pourrait le rendre normal et gentil, et que c'était sa femme. Le jour où elle apparaîtrait, il se roulerait sur le sol pour se débarrasser de sa mue, comme la victime d'un sortilège qui redevient enfin elle-même après avoir été toutes sortes de choses.

Le jour où Ah Ding refit surface, il était déjà Da Yong. Pendant la ruée vers l'or, alors que tout le monde allait et venait — quand tout le monde faisait l'histoire, explorait le présent et amputait l'avenir —, il repartait avec une ardoise vierge.

En descendant la montagne, Da Yong tomba sur les coolies qui gravissaient la côte. Ils se rangèrent pour les laisser passer, lui, son chariot et les deux prostituées qui suivaient à pied. A la lueur du jour reflétée par la neige, les coolies avaient le visage hagard, d'un jaune bilieux. Leurs yeux caressèrent les femmes parfumées, puis se détournèrent. Malgré leurs beaux atours, ces beautés ne pourraient soulager leurs maux et leurs souffrances.

Da Yong tira sur les rênes de son cheval et baissa les yeux sur les hommes qui flanquaient son chemin. Son dédain voilé se mua en un sourire mauvais. Il sauta de son cheval et souleva la bâche du chariot pour découvrir le vieux coolie. Le sang gelé avait commencé à fondre, et le vent ébouriffait les cheveux gris qui n'étaient plus retenus ni par la natte ni par le sang coagulé.

Le vieux coolie parut bouger.

Les hommes ne savaient plus s'ils devaient aller travailler.

Quelqu'un finit par reconnaître le cadavre et poussa un cri : C'est le vieux cuisinier ! Il nous a apporté du thé hier soir, et il a pris un raccourci.

Regardez bien. Vous voyez comme ses cheveux ont été coupés, son crâne défoncé ? Regardez bien, criait Da Yong comme un bonimenteur.

Quelqu'un s'approcha de la tête du cadavre et s'exclama : Merde, on lui a pété toutes les dents !

Ouais, fit Da Yong, le vieux aura sûrement du mal à manger, maintenant.

A cet instant, certains commencèrent à s'écarter lentement du reste de la foule. Où allez-vous ? demanda Da Yong.

Travailler. On va être en retard.

Da Yong les contempla avec un sourire, pendant un très long moment.

Comme s'ils ne savaient où mettre leur visage, les coolies faisaient rouler leurs yeux à droite et à gauche.

Da Yong finit par annoncer : Ces deux putains, là, c'est ma tournée. Tout le monde y aura droit. Je vous retrouve en ville.

Il sortit le cadavre du chariot, fit remonter les prostituées à l'intérieur et poursuivit son chemin.

A partir de ce jour, on ne vit plus un seul coolie sur le chantier.

Personne ne savait que l'instigateur de la grève était Da Yong, lui qui ne connaissait en ville que ripailles, beuveries, débauche et jeu.

Les cinq mille coolies cessèrent tous le travail.

Da Yong fonçait à cheval près de leurs cabanes, jetant, tel un ivrogne, des tracts devant chaque porte.

Cette annonce de la grève, qui est-ce qui l'a écrite ?

Lisez-la-moi, répliquait Da Yong, simulant une voix pâteuse d'analphabète.

Tu sais combien de temps elle va durer, cette grève ?

Quelle grève ? questionnait Da Yong avec ingénuité.

La grève des coolies fit la une des journaux. Les cours des chemins de fer s'effondrèrent du jour au lendemain. En disparaissant discrètement et complètement, les coolies avaient fait connaître leur existence.

A la septième heure de grève les propriétaires envoyèrent quelqu'un leur dire qu'on commençait déjà à embaucher. Si eux ne voulaient pas travailler, on trouverait toujours des Chinois moins chers qui voudraient bien le faire.

Les coolies baissèrent la tête, les yeux soudain fuyants.

Si vous revenez travailler dans l'heure qui suit, nous

vous payerons le double de ce que vous touchiez au départ. Si vous attendez une heure de plus, vous ne toucherez qu'une fois et demie votre salaire de base. Après trois heures cet après-midi, vous n'aurez que dix cents en plus. Si vous ne vous décidez à revenir que demain, désolé, ce sera trop tard parce qu'on va commencer à rayer les noms des listes dès ce soir.

Deux coolies suivirent l'homme pour aller travailler.

Une heure plus tard, cinquante autres coolies les rejoignirent sur le chantier. Les deux premiers briseurs de grève, voyant qu'on suivait leur exemple, se mirent à rire et lancèrent : Nom de Dieu, on ne peut pas sacquer les Blancs, mais on n'a rien contre leur fric !

Les cinquante hommes se gardèrent d'avancer. L'un d'eux remarqua : On dirait bien qu'on a deux traîtres.

Brisons-leur les jambes, proposa un autre.

Les deux ouvriers se figèrent et crurent avoir mal entendu.

Le bureau des grévistes a décidé de vous briser les jambes. Deux traîtres, quatre pattes de chien.

On se saisit d'eux et on les attacha à un tronc d'arbre.

Ne nous cassez pas les jambes ! supplièrent-ils. Il faut bien qu'on puisse s'accroupir pour chier !

D'accord, on va juste vous défoncer la gueule. On va vous démolir le nez !

Brisez-nous les jambes alors, tout mais pas la figure !

Un autre millier d'hommes arrivaient en courant. Ils avaient au départ été convaincus par les représentants des patrons d'aller briser la grève, mais lorsqu'ils découvrirent les traîtres attachés à leur arbre, en train de perdre complètement la face de huit générations d'ancêtres, ils se mirent à crier aux traîtres avec les autres : Qu'on leur brise les jambes !

Je cogne sur laquelle en premier ? demanda un homme armé d'un gros bâton, qui faisait mine d'évaluer les quatre jambes en sollicitant l'opinion de la foule.

La petite jambe du milieu, proposa quelqu'un.

En entendant cela, les traîtres supplièrent : Oh, frères, un peu de cœur ! Nous n'avons rien ici, dans ce pays de diables, ni rizières, ni lopins de terre, ni épouse ni opéra. Notre seule détente, c'est les putes, et encore, une fois par mois ; si vous nous frappez à cet endroit, on ne pourra même plus se détendre du tout !

Parce que vous pensez que vous pourrez encore aller voir les putes ? Ils acceptent les traîtres dans les bordels ? demanda à la foule l'homme au bâton.

Non ! même les vieilles biques ne veulent pas des traîtres !

Lorsque le bâton s'abattit, les cris d'allégresse étouffèrent les cris de douleur.

A une certaine distance, tout ce qu'on pouvait voir était le tremblement des feuilles sur les deux arbres.

Da Yong observait la scène de loin, chaque main fourrée dans la manche opposée de son manteau de vison.

Les coolies recouvraient la plaine et la montagne. La neige était battue comme sur un champ fraîchement labouré. Les oiseaux se fonçaient dedans, complètement affolés par l'apparition de tant d'hommes à natte.

Les représentants des patrons regardaient, bouche bée.

Tu n'es pas avec eux ? demandèrent-ils à Da Yong.

Je ne suis avec personne, répliqua celui-ci.

Ils remarquèrent que Da Yong avait choisi un bon endroit — une saillie rocheuse protégée par une autre, ce qui lui offrait à la fois une vue parfaite et une protection parfaite. Hé, lui dirent-ils, descends donc de là.

Vous voulez que je descende ?

Oui, c'est ça. Et puis que tu ailles là-bas.

Pourquoi ?

On veut ce coin-là.

Vous voulez venir ici ? Ça vous coûtera deux dollars. Chacun.

D'abord surpris, ils eurent bien vite un sourire méprisant.

Da Yong tendit la main, une bague à chaque doigt, et attendit que l'argent atterrisse dans sa paume.

Bon Dieu, je croyais qu'il n'y avait que les Juifs pour agir comme ça.

Ne prêtez pas tout aux Juifs, rétorqua Da Yong en comptant les pièces dans sa main.

Qu'est-ce qu'ils gueulent ? Traduis-nous.

Il s'agit d'un autre service. Combien payez-vous ?

Putain. Tiens, voilà un dollar.

Ils disent que ces fils de pute de diables blancs viennent de faire passer une nouvelle loi. Ils vont déporter tous les Chinois. Ils disent que ces fils de pute de diables blancs au gros nez, avec leurs dessous de bras qui puent et leurs poils de singe...

Tu peux ne pas traduire les détails.

On a droit à tout ça pour un dollar — il faut que je vous en donne pour votre argent. Ils disent qu'avec cette nouvelle loi les Chinois seront les seuls immigrés à être déportés. C'est de la discrimination raciale caractérisée. Et ils disent aussi que les patrons du chemin de fer attribuent l'achèvement de la voie ferrée à la rigueur des Allemands, à l'endurance des Anglais et à l'esprit insouciant des Irlandais, sans jamais mentionner les coolies chinois qu'ils ont toujours fait travailler comme des baudets.

Les représentants hochèrent gravement la tête : Continue.

Ils disent que chaque jour d'injustice est un nouveau jour de grève...

Pourquoi t'arrêtes-tu ? C'est la partie la plus intéressante...

Vous en avez eu pour votre dollar.

Ils examinèrent ce Chinois, resplendissant dans son costume traditionnel et avec ses bijoux. Et tout ce qu'ils virent, c'était un visage plus franc que celui d'un chien.

Da Yong empocha l'argent, enfourcha son cheval et s'éloigna.

Lorsque la grève eut poussé les quatre actionnaires vers l'alcool le plus fort, il se dirigeait déjà vers la cité de la montagne d'Or.

Ne bouge pas, Fusang. Laisse-moi regarder ton visage épuisé.

Comme je l'ai déjà dit lorsque je t'ai rencontrée, tu es âgée. Tu étais déjà trop âgée avant même de devenir célèbre. La plupart des filles ne vivaient pas si longtemps. D'abord, c'étaient leurs rêves, leurs désirs et leurs espoirs qui mouraient, les uns après les autres ; puis c'étaient tous les hommes qui avaient promis de braver océans et montagnes pour venir les chercher et faire d'elles des épouses et des mères qui mouraient dans leur cœur, les uns après les autres. Leur corps était ce qui mourait en dernier, et cette mort-là était de loin la moins douloureuse.

Tu tournes la tête vers la fenêtre. Un fil du rideau de perles se casse, et les perles tombent comme des larmes. Les épais barreaux de bois découpent la lumière en tranches qui me permettent de voir clairement les ombres de la maladie sur ton visage. L'éclat de la fièvre a disparu, et tu as à présent le même teint jaunâtre et les mêmes yeux usés que ceux des filles qui ont fini là où tu t'apprêtes à finir.

On appelle ça un hôpital.

Tu vois les plans dont je dispose pour le décrire, et tu souris avec terreur.

Personne ne vient te voir. Tes clients t'oublient dès qu'ils passent ta porte.

Chris ne vient pas non plus. Je sais, c'est à cause de lui que tu gardes la tête tournée vers la fenêtre. Il y a dix jours, il se tenait juste de l'autre côté, les joues baignées de larmes.

Il faut que tu saches que c'est son amour pour toi qui m'a poussée à écrire ton histoire. On ne sait plus aimer comme ça. Il entre aujourd'hui dans l'amour tant d'autres considérations : carte verte, travail, cols blancs contre cols bleus, Honda contre BMW ; et quand on en vient à parler d'amour, on se fait des grimaces par-derrière.

J'ai lu à fond ces cent soixante histoires de San Francisco dans l'espoir de trouver des indices concernant les sentiments qui vous unissaient, toi et Chris. Et les indices étaient fort rares. Tu devenais parfois carrément une autre personne ; quant à lui, on le présentait soit comme quelqu'un de tout à fait typique de son époque, soit comme un cas unique à condamner absolument. Si certains le considéraient comme un cas typique, je pense que c'est parce que les jeunes Blancs étaient si nombreux à fréquenter les prostituées chinoises que les historiens se sont contentés de se citer les uns les autres, reprenant aussi les erreurs, au point que Chris, entre huit et quatorze ans, n'est devenu qu'un client de plus, perdu dans les statistiques. Ces clients tout juste adolescents constituaient un phénomène social, surtout les jeunes clients blancs des prostituées chinoises, et chaque fois que ces deux circonstances se combinaient, le cas unique que représentait Chris disparaissait dans la masse. Peut-être, du point de vue des historiens, n'avait-il rien d'unique. Il est en effet impossible d'affirmer qu'il était le seul parmi plusieurs milliers de garçons à éprouver des sentiments véritables pour une prostituée chinoise. Peut-être qu'ils en éprouvaient tous. Chacun sait qu'un garçon reste rarement insensible à la première femme qu'il a connue. Cette expérience devient un souvenir secret qu'il garde en lui toute sa vie. C'est simplement que personne n'a pris la peine de comprendre ces garçons cas par cas. A partir du moment où ils deviennent un phénomène social, ils n'existent plus que dans la généralisation.

Tu entends les allées et venues habituelles dans l'entrée, les chamailleries aguichantes. Mais où est ce garçon ? Tu ne cesses de me regarder, sachant que je suis la seule à pouvoir te répondre.

Dans la lumière déclinante qui suit le crépuscule, tout devient triste dans ta chambre.

Tu attends tranquillement qu'on t'apporte un verre d'eau, mais personne ne vient. Cela t'importe peu. Ton calme n'a rien à voir avec le mot *endurance*, ce caractère que je vois sur des parchemins dans pratiquement tous les foyers chinois, si soigneusement encadrés, avec ses connotations de dents serrées et de bouches qui disent oui quand le cœur veut dire non. Je n'ai jamais eu le courage de demander ce que ce mot signifiait. Une fois, alors que j'en voyais un dans le living-room d'un vieil étudiant chinois de quarante ans, je suis restée devant un très long moment, craignant que son propriétaire ne remarque le cynisme dans mes yeux si je me retournais trop vite. Je me disais que si ce mot était calligraphié avec tant d'emphase et d'affectation, c'était sûrement que quelque chose m'échappait.

De la même façon que tu accueilles chaque client, tu accueilles calmement la mort qui te monte dessus et pénètre ton corps. Tu l'entends qui fait craquer ton lit de bambou. Tu la sens qui effleure timidement tes lèvres, ta poitrine, le bout de tes seins.

Entends-tu les pas dans l'escalier ? Ce sont ces hommes qui emmènent les mourants à l'hôpital sur une civière de corde. Tu entends le grincement musical de plusieurs portes qui s'ouvrent, puis se referment, et la voix d'une femme qui dit : Les voleurs d'âme sont de retour.

Dans le bordel, la matinée commence vers midi. Deux ou trois portes s'ouvrent et des hommes en sortent, leur pantalon hâtivement noué à la taille, leurs talons écrasant leurs chaussures, les cheveux jaillissant en mèches de leur natte. Ce sont les clients qui sont restés toute la nuit. Ils détournent la tête lorsqu'ils se croisent dans l'escalier ou dans le hall. S'ils ne peuvent éviter une rencontre frontale, ils échangent des cigarettes et des clins d'œil que seul l'autre peut comprendre.

Lorsque Ah Mian eut raccompagné son micheton, elle descendit dans le hall avec son bébé et frappa aux portes. Personne ne lui répondit — une fois les clients partis, toutes rattrapaient leur manque de sommeil.

Voyant que la porte de Fusang n'était pas verrouillée elle la poussa et entra.

Fusang se poussa au bout du lit pour que Ah Mian puisse poser son bébé. Ah Mian avait quinze ans.

Je ne l'ai pas entendu pleurer cette nuit.

C'est un bon garçon ; je l'ai mis sous le lit.

Tu n'a pas eu peur que les rats s'en prennent à lui ?

J'ai cassé un cracker en quatre et j'ai mis les morceaux autour de lui. Ce matin, quand j'ai vérifié, les bouts de cracker étaient partis et le bébé allait bien.

Ah Mian défit les langes et repoussa la couverture. Le nourrisson de deux mois roula sur le ventre, présentant son derrière tout bleu.

Mon petit bébé part aujourd'hui, annonça-t-elle. Troisième Oncle l'emmène. Pour le vendre, loin.

Troisième Oncle est-il son père ? demanda Fusang.

Troisième Oncle est-il aussi joli ? rétorqua Ah Mian. Non, si on le vend, la déesse des fils ne m'en donnera plus d'autres. Ah Mian avait déjà subi quatre avortements. Mais le dernier fœtus s'était accroché alors même que les produits qu'on lui avait administrés avaient projeté Ah Mian par terre de douleur. Lorsque l'enfant avait fini par naître, ceux qui assistèrent à l'accouchement examinèrent discrètement ses membres et ses traits. A leur grande surprise, l'enfant était parfait.

Au moment où Ah Mian allait reprendre la parole, Fusang se mit à tousser. Il y avait une semaine maintenant qu'elle avait attrapé cette fièvre, et sa clientèle avait diminué de moitié. La nuit, les quintes étaient si fortes que les clients des chambres voisines se plaignaient.

Arrête de tousser, fit Ah Mian, j'ai un service à te demander.

Fusang ne pouvait pas s'arrêter.

Fusang, je voudrais te demander d'être le père de mon bébé.

Fusang haletait et s'étouffait tout en la regardant avec ses yeux pleins de larmes. Cette requête n'avait rien d'extraordinaire. Les hommes parlaient sans cesse de mariage, puis disparaissaient dès que la promesse franchissait leurs lèvres. Quand une femme prenait conscience qu'elle attendait en vain, elle échangeait en secret avec une amie un serment succinct à la vie à la mort. Si l'une tombait malade ou avait un problème, l'autre avait ainsi le devoir moral de prendre soin d'elle. Cela donnait à chacune une confidente lorsqu'elle avait besoin de discuter d'une affaire personnelle ou de se plaindre ; cela donnait à chacune quelqu'un pour lui frotter le dos ou lui gratter des piqûres de moustique.

Fusang accepta d'être le père du bébé. Ah Mian

n'était venue la voir que parce que aucune autre porte ne s'était ouverte.

Tiens-le-moi, demanda Ah Mian, pendant que je lui arrache ce grain de beauté.

D'accord.

C'est un mauvais endroit pour un grain de beauté ; ça veut dire qu'il portera toute sa vie sur son dos des charges de bois, de boue et de dettes.

Uhum.

C'est exactement comme le mien. Ah Mian montra son dos.

Elle entoura d'un fil la protubérance grisâtre sur le dos de l'enfant, serra bien fort et tira d'un coup sec. Le sang coula. Elle pressa aussitôt une pincée de cendre d'encens sur la blessure.

Les hurlements du bébé noyèrent la toux de Fusang.

Si tu continues de tousser comme ça, tu vas te faire un grand trou dans la poitrine, avertit Ah Mian.

Fusang parvint à hocher la tête entre deux spasmes violents.

Ah Mian poursuivit : Mon papa avait un trou gros comme un œil de bœuf à cet endroit ; ma maman m'a vendue pour payer le docteur, pour qu'il arrête ça.

Fusang ne pouvait plus continuer la conversation car elle n'était pas loin de cracher ses poumons.

Ce soir-là, lorsque Troisième Oncle vint chercher le bébé, toutes les femmes de la maison sortirent pour les voir partir. Elles donnaient à Troisième Oncle des claques sur la tête, le dos et les bras en lui disant des choses du genre : Alors, Troisième Oncle, te voilà revenu pour truander et tuer encore un peu plus ?

Ça faisait un bail, Troisième Oncle, qu'est-ce que tu fabriquais ? Tes petits vices habituels ?

Hé Troisième Oncle, c'est quoi la viande dans ton panier ? Comment tu vas la préparer ?

Quand les étrangers ont mis le feu, l'autre jour, on s'est toutes dit : pourvu qu'on en réchappe, mais pourvu que la maison de Troisième Oncle grille du haut jusqu'en bas !

Qu'il ne reste même pas ses cendres ! Rien qu'une chips de Troisième Oncle ! Ou un concentré d'élixir de longévité !

Troisième Oncle gloussait comme une oie, sa tête bondissant sur son cou qui s'allongeait et rétrécissait. Pour l'empêcher de partir, les filles s'accrochaient à son col, à son entrejambe, ou à la queue de rat qui lui faisait office de natte avec le peu de cheveux qui lui restaient.

Il battit en retraite vers l'escalier en criant d'une voix aiguë : Petites garces ! C'est comme ça qu'on traite son troisième oncle ?

Une des filles répliqua : Hé, reste donc un peu pendant que je te prépare un petit ragoût de bites. Ça te rendra ta virilité. Tu peux toujours la rentrer, mais elle retombe à la première quinte de toux !

Dans le panier, le bébé hurlait tant qu'il pouvait. Lorsque Troisième Oncle fut parti, les filles riaient encore si fort qu'elles devaient se soutenir mutuellement. C'était Ah Mian qui riait le plus fort et se moquait de ce qu'elle avait oublié les petites bottes tigrées qu'elle avait confectionnées pour son bébé. Elle s'écroula par terre de rire.

Ah Mian riait si fort que Fusang se traîna hors de son lit pour regarder dans le couloir.

Quand tout le monde eut cessé de rire, on ramassa le petit tas que formait Ah Mian sur le sol en la pressant, en lui ordonnant d'arrêter de rire ; elle allait tous les rendre fous.

Ah Mian ne s'arrêta jamais.

Lorsque Fusang fut tellement mal qu'elle n'arrivait même plus à tousser, Ah Mian s'enfuit. Son rire brisa la tranquillité de toute la rue. Les passants s'écartaient, si troublés qu'ils en oubliaient de rentrer les dents sous leurs lèvres.

Personne ne sut où Ah Mian était partie. Troisième Oncle la chercha pendant quarante-neuf jours sans trouver la moindre piste. Il se lamenta auprès de la maquerelle : Si seulement j'avais vendu les deux ensemble !

Ah Mian partie, l'un de ses clients fut refilé à Fusang, qui prit une pincée d'opium pour étouffer la toux et mit un peu plus de rouge et de poudre pour avoir l'air presque présentable.

En plein milieu de la nuit, un grand tohu-bohu réveilla toute la maisonnée. Le client sortit comme un diable de la chambre de Fusang, le peignoir en soie de celle-ci drapé sur ses épaules, traînant Fusang d'une main et brandissant une serviette sanglante de l'autre. Il criait pour qu'on aille chercher Amah.

Vous essayez de me faire porter le chapeau ou quoi ? Qu'est-ce que je vais dire, moi, si elle meurt ? Avec une tuberculose aussi avancée ! Alors qu'il bombait le torse à chaque cri indigné, son pénis échappa au bord brodé du peignoir et lui battit les cuisses. Je veux qu'on me rembourse, et si jamais j'attrape la tuberculose à cause d'elle, c'est vous qui payerez mes médicaments !

Nue à l'exception d'une camisole, Fusang ne tenait debout que grâce à la main qui la tirait par les cheveux. A moitié endormie, elle ne comprenait pas bien la raison de ces cris.

Il continua : Allez me chercher un de ces diables blancs de flics, tout de suite ! Ils font partout la chasse aux tubards chinois !

Chacun essaya de le convaincre : Puisque vous allez chercher les flics, vous n'avez pas besoin d'emmener Fusang avec vous.

Ma preuve ! fit le micheton. Vous allez l'enterrer dès que j'aurai le dos tourné, et je n'aurai plus de preuve !

Ce n'est pas comme un chat qui enfouit sa crotte. Elle ne serait pas si facile à enterrer.

Il hurla : Mais qui va chercher les flics ? Il y a un poste au coin de la rue !

Fusang était toujours sonnée ; si on ne l'avait soutenue par les cheveux, elle se serait écroulée par terre depuis longtemps.

Quelqu'un remarqua du sang sur le sol de sa chambre, du sang qui brillait comme de la laque à la lueur des bougies.

Le micheton criait encore quand un autre client a monté l'escalier et s'est placé devant lui, les bras croisés sur la poitrine. Après avoir écouté un moment, il s'avança vers le type hystérique et lui assena un coup de poing bagué en pleine tête, qui l'envoya rouler à terre.

Le client regarda Fusang, puis se tourna vers les filles rassemblées dans le couloir : Retournez au lit.

Le lendemain matin, les filles se pressèrent toutes à la fenêtre pour regarder partir Da Yong. Elles savaient tout de lui : qu'il se servait de ses poignards surtout pour la chasse et la pêche. Il n'en avait guère besoin pour tuer quelqu'un. En fait, il ne recourait à ses poignards que lorsqu'il n'avait pas d'autre solution. Mais quand il s'y mettait, la police des diables blancs elle-même n'osait s'attaquer à lui car il était passé maître dans l'art de la feinte du double lancer. Dès qu'elles apercevaient la lame dans sa main droite, pointée vers l'espace entre leurs sourcils, ses victimes plongeaient en avant, mais seulement pour se retrouver la cible du couteau tenu dans sa main gauche. En fait, elles ne savaient jamais quelle lame allait frapper. Personne n'avait jamais réellement vu cette technique à l'œuvre. Avant d'en arriver là, il avait en effet déjà tout réglé avec ses poings.

Fusang était la seule à ne pas se presser contre la vitre pour le regarder partir.

Après le départ de Da Yong, les filles retournèrent se coucher. Fusang s'était retrouvée dans son lit sans même savoir comment elle y était arrivée, puis n'avait cessé de naviguer entre conscience et inconscience jusqu'au moment où deux hommes vinrent la chercher avec une civière. Ils portaient des vestes noires, des pantalons noirs et des Stetson noirs — dans l'escalier obscur, ils étaient complètement invisibles.

Ils firent prestement le vide dans le couloir. Celles qui ouvraient leur porte la refermaient aussitôt et mettaient le verrou.

Cela se passait avant l'arrivée des clients, à l'heure où les filles se baignaient, se parfumaient, allumaient les chandelles et accordaient leur *qin*.

Les hommes pénétrèrent dans la chambre de Fusang.

Elle se réveilla lorsqu'une main se porta à ses narines pour vérifier qu'elle n'était pas morte. En voyant ses yeux s'ouvrir, ils cherchèrent aussitôt de quoi la bâillonner. L'un ramassa une serviette par terre, la roula en boule et la dissimula derrière son dos dans l'intention de la fourrer par surprise dans la bouche de Fusang.

Fusang, cependant, ouvrit alors la bouche en grand, comme un bébé hirondelle attendant sa nourriture.

Cela les désarçonna, et il y eut un moment de gêne avant que l'homme lâche sa serviette. Pour une femme comme elle, si habituée au bâillon, c'était non seulement excessif, mais c'était embarrassant. Comme s'ils l'avaient cruellement sous-estimée.

Fusang ne fit ni bruit ni mouvement lorsqu'ils la roulèrent dans une couverture, si serrée qu'aucun rai de lumière n'y pouvait pénétrer. Ils l'allongèrent ensuite sur la civière.

Personne ne cherchait à arrêter les hommes en noir. Celles qui savaient qu'ils étaient là étaient les moins enclines à sortir de leur chambre, afin d'éviter de les rencontrer plus tard. Ces hommes étaient engagés pour transporter les cadavres, ou, occasionnellement, des malades sur le point de le devenir.

Ils descendirent les marches sans un bruit.

L'escalier était si étroit que quiconque le montait bloquait complètement le passage.

Un petit diable blanc de quatorze ans le gravissait justement, ses yeux bleus fixés sur la civière. Il pressa soudain la main sur son nez et sa bouche.

Avec un grand sourire, leurs yeux entièrement dissimulés par le rebord de leur chapeau, les hommes en noir lui demandèrent de se pousser.

Il se plaqua tant qu'il put contre le mur. La civière lui frotta le ventre en passant.

La civière s'était presque écartée quand une quinte de toux jaillit de la couverture.

Le jeune diable blanc eut un hoquet. Cette toux lui était familière. Mais avant qu'il puisse comprendre ce qui se passait, le groupe avait atteint le bas de l'escalier et se dirigeait vers la sortie.

Les hommes en noir poussèrent la porte gauchie de la cour.

Le petit diable blanc les suivit. Ses yeux bleu pâle pâlissaient encore à force de scruter la lumière déclinante.

Attendez !

Ils marmonnèrent : Bordel de merde ! Pressant le pas, ils essayèrent de faire passer la civière par la porte, mais elle bloquait sans arrêt.

Arrêtez ! Je vous dis d'arrêter !

Nous pas comprendre.

Ils finirent par y arriver. Un buggy était garé à la jonction de la ruelle pavée et de la route. Des herbes poussaient entre les pierres. Sur un tas d'ordures, des papiers à cigarettes battaient comme des ailes, prêts à s'envoler. Les dernières lueurs du jour retiraient toute substance au buggy et au cheval, réduisant tout en ombres.

Une brume crépusculaire tombait doucement.

Le petit diable blanc les poursuivit dans la rue : Arrêtez ! Restez où vous êtes !

Nous pas parler anglais.

Une violente quinte de toux creva à nouveau la

couverture. Une extrémité de la civière était déjà sous le rideau du buggy.

Merde, je savais bien qu'on aurait dû la bâillonner.

Assomme-la avec ce bâton, là-bas.

Oui, et ce petit diable blanc fera un parfait témoin.

Il ne peut rien voir de là-bas. Finissons-en.

D'accord, tu n'as qu'à le faire.

Non, toi.

Le petit diable blanc ne se doutait absolument pas de ce que cachaient ces civilités.

Attendez là ou j'appelle les flics !

Pas parler anglais, pas parler anglais.

Quoi qu'il en soit, la civière était à présent dans la voiture. L'un des hommes en noir alla détacher le cheval tandis que l'autre s'emparait du gros bâton. Si le jeune diable blanc appelait les flics, ils lui donneraient un coup sur la tête pour l'assommer quelques minutes, le temps de s'enfuir.

Mais le jeune diable blanc tourna les talons et repartit en courant vers la cour.

Chris franchit la cour au pas de course, traversa la bâtisse et gagna les écuries du devant pour récupérer son cheval. Mais lorsqu'il eut fait le tour du pâté de maisons, il n'y avait plus trace du buggy, et l'on ne percevait même plus le martèlement des sabots.

Il resta à cheval, tout seul, sans savoir où aller.

Dès qu'il fit complètement nuit, il retourna au bordel. Les lampes étaient allumées à l'étage, et l'on entendait de la musique. La petite fille qui portait des fruits dans les chambres le dépassa dans le couloir.

Fusang était partie, de toute évidence. Un vieil homme se tenait accroupi sur le plancher de sa chambre et nettoyait le sang coagulé. Il leva les yeux vers Chris sans cesser de frotter.

Où est-elle partie ?

Le vieillard se contenta de regarder Chris en frottant.

Elle est allée à l'hôpital ?

Le vieil homme poussa lentement la porte. Celle-ci hésita un instant avant de se refermer complètement.

Chris se retrouva dans la rue. Il avait oublié son cours du soir de latin. Il oublia complètement le couvre-feu qui lui était imposé.

Il fouilla les rues les unes après les autres. Le ciel s'éclaircit peu à peu.

La famille Koehler venait d'Allemagne. C'étaient des Allemands du Nord typiques, coincés par l'anxiété, aux lèvres serrées.

Il suffisait que quelqu'un lâche autour de l'énorme table du dîner : Sacré vent aujourd'hui, pas vrai ? pour que tout le monde le regarde avec surprise, se demandant ce qui avait pu le rendre soudain si bavard.

Si quelqu'un annonçait : Les loustics de Sydney ont fichu le feu dans le nord de la ville, il fallait bien attendre cinq minutes avant que quelqu'un d'autre réplique : Ça a dû être terrible.

Puis, cinq minutes plus tard : La police cherche des suspects.

Et, cinq autres minutes plus tard : Sûr qu'on a dû mettre le feu pour détruire des preuves.

Tous des criminels-nés !

On devrait les renvoyer tous en Australie.

En fait, ce sont surtout les maisons chinoises qui ont brûlé.

Tu appelles ça des maisons ?

Lorsque quelqu'un avait fini de parler, autour de cette table, la pause qui s'ensuivait aurait conduit n'importe quel étranger à croire que la conversation s'arrêtait là. Mais, en attendant cinq minutes, il se serait aperçu qu'elle n'avait nullement cessé, et qu'elle se poursuivait tout simplement en silence. Avant de répondre, l'interlocuteur devait assimiler les mots qu'on venait de lui adresser, les tourner et les retourner dans son esprit, puis répéter mentalement sa propre réponse (en prenant soin de vérifier qu'il n'allait pas priver quelqu'un d'autre de son tour de parole). L'étape finale était d'avaler ce qu'on avait en bouche.

Comme les membres de la famille Koehler avaient le verbe rare, c'étaient tous des poètes. Ils voyaient de la poésie en toute chose, mais ils n'en récitaient pas. Ou peut-être se contentaient-ils d'en déclamer avec les yeux. Ils avaient le regard profond, mais pas très vif, dans la mesure où il leur fallait s'attarder sur une chose assez longtemps pour que le poème passe de leurs yeux à leur cerveau, puis de leur cerveau à leurs yeux.

Curieusement, aucun d'entre eux ne prit jamais la plume pour écrire le poème qui lui traversait l'esprit à un moment donné. Ou peut-être que, le temps qu'il faut pour qu'un poème passe de l'idée à une forme manuscrite, il serait devenu tout autre chose. Ils lisaient cependant beaucoup de poésie. Lorsqu'ils avaient quitté l'Allemagne, ils n'avaient pu emporter avec eux qu'un seul carton de livres, uniquement des recueils de poésie, à l'exception de la Bible.

Les Koehler étaient des militaires. Tous les hommes de la famille entretenaient une maîtresse — une Indienne, une Sud-Américaine, une gitane ou une Maya. Le père de Chris et son oncle avaient à eux deux douze enfants, qui vivaient tous ensemble dans une petite ville située au sud de San Francisco. Chris était le neuvième des deux familles, ce qui fait que ses excentricités comme ses vertus passaient le plus souvent inaperçues. Les hommes de la famille tiraient une certaine fierté militaire de leur propre conduite austère, aussi n'avaient-ils jamais remarqué que Chris trahissait en fait leur héritage. Ils n'avaient jamais remarqué qu'il pouvait pousser un « Oh, non ! » entre ses dents serrées à la vue de quelque chose de beau ou d'étrange. Ils ne se doutaient pas qu'une putain orientale qu'il trouvait belle au-delà de toute mesure pouvait susciter en lui des sentiments aussi tumultueux.

Il décida sans la moindre hésitation qu'il s'agissait bien d'amour. Ses sentiments étaient chargés de tant de souffrance. Jamais dans la poésie l'amour se s'accompagnait de bonheur... il n'y était question que de douleur. Pour un enfant de quatorze ans, la douleur présente une originalité que le bonheur n'a pas, et est beaucoup plus romantique.

Son obsession pour Fusang lui fit négliger ses devoirs et offenser les serviteurs. En cette soirée du mois d'avril, elle brisa le silence coutumier autour de la table.

Où étais-tu, la nuit d'avant-hier ? Son père gratifia

alors Chris du premier regard attentif depuis bien des années.

Chris mâcha sa viande, puis l'avala tranquillement et se tamponna les lèvres avec sa serviette d'une blancheur de neige. J'avais un cours de rattrapage en latin, répondit-il en levant les yeux vers son père.

Cinq minutes plus tard, son père reprit : Je vois, tu ne comprends pas l'anglais. Il passa à l'allemand : Où étais-tu la nuit d'avant-hier ?

Chris resta calme, espérant trouver une réponse avant d'avoir avalé ce qu'il avait dans la bouche. Il serait stupide de mentir à nouveau car son père n'avait que mépris pour ceux qui s'accrochaient deux fois au même mensonge. Persister dans le mensonge quand on se savait découvert relevait de la pure bêtise.

Incapable de dire la vérité, Chris baissa les yeux le premier dans le concours qui l'opposait à son père.

J'ai reçu un mot de ton professeur de latin, aujourd'hui. Son père passa une feuille de papier pliée à la personne assise à côté de lui.

La feuille passa de main en main comme s'il s'agissait d'une simple poivrière. Il était considéré comme indigne et vulgaire de montrer ses sentiments dans cette maison. Lorsque le mot parvint à Chris, son père lui dit : Je te donne la permission de le lire.

Chris serra les lèvres et prit la feuille mais, au lieu de la déplier, il la glissa dans sa poche. Il savait qu'il serait scandaleux de la lire tout de suite. Ignorer le mot allait peut-être mettre son père en colère, mais *renoncer à sa dignité* l'aurait rendu absolument furieux.

Au contraire, l'expression de son père se radoucit.

En agissant comme son père l'aurait fait, Chris avait gagné son pardon. Mais l'effort l'avait épuisé, et sa mère lui manquait.

Les yeux de Fusang percèrent peu à peu l'obscurité.

L'hôpital disposait de huit lits superposés. A mesure que sa vue s'accoutumait au manque de lumière, Fusang remarqua une chaussure sous un lit. Elle gisait là comme un navire échoué sur des hauts-fonds. Le lit était vide, mais Fusang ne doutait pas que la chaussure fût encore tiède. La chambre sentait le plâtre humide. De nouvelles plaques de moisissures exhalaient leurs propres senteurs poivrées. Une goutte d'eau tomba entre les sourcils de la jeune femme.

Elle ouvrit si grand les yeux qu'ils parurent gonfler, afin de continuer à veiller sur sa propre vie. Si elle laissait ses yeux se fermer maintenant, c'en serait fini d'elle.

Au moment où les hommes en noir partaient, Fusang avait demandé : Est-ce que vous allez verrouiller la porte ?

Ils n'en étaient pas revenus. Elle avait prononcé une phrase complète, et sa langue ne semblait absolument pas enflée.

Si on ne la ferme pas, tu vas filer, avait répondu l'un d'eux, pour rire.

Oh ! avait répliqué Fusang. Elle ne savait pas si elle voulait s'enfuir ou non.

L'autre avait ajouté : Sois gentille et endors-toi maintenant. Le docteur viendra te voir demain.

Ces hommes n'avaient pas de temps à perdre à discuter. Ils avaient chargé précipitamment la propriétaire de la chaussure sur leur civière et s'étaient dirigés vers la porte.

Vous allez l'enterrer ou la brûler ? avait demandé Fusang.

Enterrer, brûler, elle ne verra pas la différence, avait répondu l'un d'eux.

Attendez que je sois complètement morte avant de me brûler.

Ne t'en fais pas, le docteur saura.

A l'instant où ils allaient fermer la porte, Fusang avait ajouté : Si elle était vraiment morte, sa chaussure ne serait pas tombée. Elle aurait voulu leur dire que les pieds d'une morte se raidissent toujours en se redressant parce qu'ils savent qu'ils n'auront plus jamais droit à une autre paire de souliers et qu'il ne veulent pas passer de l'autre côté sans être convenablement chaussés.

Mais la porte s'était déjà refermée, alors elle y avait renoncé.

Une nouvelle goutte d'eau lui tomba entre les sourcils. Fusang tourna la tête pour que la suivante tombe ailleurs. Il aurait mieux valu bouger son corps tout entier, mais elle n'en avait pas encore la force. L'irritation avait disparu au fond de sa gorge. Cela lui aurait déclenché des quintes de toux qui l'auraient réchauffée.

L'odeur permanente du sang avait disparu elle aussi. Ce sang sentait si bon... elle sentait sa propre odeur.

Ce confort glacé n'était rien moins que la mort. Fusang aurait préféré avoir mal car cela l'aurait gardée en vie alors que l'absence de douleur signifiait la mort. Elle aurait voulu ressentir à nouveau cette souffrance cuisante, comme la première fois qu'elle avait connu un homme.

Elle n'arrivait pas à se rappeler qui il était. Tout ce dont elle se souvenait, c'était de la douleur. Le corps entièrement raidi, la mâchoire serrée, elle avait alors découvert une ombre de plaisir. Il fallait franchir tout un océan de douleur pour l'atteindre. Si vous résistiez, la colère vous retenait. Mais alors qu'elle se laissait submerger par la douleur, des étincelles s'allumèrent et le plaisir s'anima.

A cet instant, elle avait connu le regain d'énergie du poisson que le couteau vient d'écailler.

Lorsque l'homme qui avait défloré Fusang l'avait sentie prête à se débattre tant elle avait mal, il avait cessé ses coups de boutoir et l'avait enserrée avec ses jambes, comme pour dompter un cheval. Il voulait dompter sa douleur.

Ça fait mal ?

Elle avait gémi.

Il lui avait caressé le visage en disant : Tu souffres vraiment. Ne te mords pas la langue.

Hum.

Ça te fait tellement mal que tu te souviendras de Big Daddy jusqu'à la fin de tes jours.

Hum.

Quand Big Daddy... aura de l'argent... il reviendra... et te fera... mal... mal ! Quand Big Daddy aura assez d'argent, Big Daddy t'emmènera chez lui et t'épousera pour que tu puisses avoir mal comme il faut, bien lentement.

Fusang l'avait aussitôt oublié. Puis, un beau jour, un homme était entré et avait jeté un sac d'argent sur la table. Celle-ci était bancale et l'un des pieds avait glissé.

Je t'avais dit que je reviendrais pour t'épouser. Alors me voilà !

Vous voilà, avait commenté Fusang.

J'avais vraiment peur que tu ne puisses pas attendre si longtemps et que tu sois partie avec quelqu'un d'autre. Tu ne commençais pas à t'inquiéter ?

Non. Vous préférez du jasmin ou du oolong, monsieur ?

Tu ne te souviens plus quelle sorte de thé je bois ?

Nous n'avons que du jasmin et du oolong ici.

Tu ne te souviens pas de moi ? Je t'ai dit que je ferais tout, des cambriolages, des vols à la tire, des meurtres, pour pouvoir te sortir d'ici ! Il s'était approché d'elle et lui avait pris le menton. Regarde-moi bien !

Mais oui, c'est bien vous.

Je suis parti en mer. Il y en a qui sont enrôlés de force ; moi je suis parti de mon plein gré ! Pour toi ! Sais-tu quel danger ça représente ? Il y a neuf marins sur dix qui meurent là-bas !

Fusang avait conduit le marin à la caisse.

Calculé sur la base d'une consommation quotidienne d'un *catti* de riz et de deux cinquièmes de *catti* de crevettes, le prix de la rédemption de Fusang excédait de cinquante dollars la somme qu'il avait apportée. Et ce n'était pas cher, vu quelle gloutonne elle était.

Il avait accepté de revenir le lendemain avec de quoi payer tout le riz et les crevettes que Fusang avait engloutis en cinq cent quatre-vingt-dix jours et, pendant qu'il y était, de quoi louer un palanquin, une coiffe nuptiale et acheter deux chapelets de pétards.

L'homme qui arriva, tout frais, de bonne heure le lendemain matin lança un sac de pièces au caissier, qui sut au premier coup d'œil qu'il était inutile de recompter.

Il avait aussi apporté un dais nuptial de fortune qui, en tirant un peu ici et là, ferait parfaitement l'affaire.

L'homme attira Fusang sous le dais, où ils se tinrent un instant debout l'un en face de l'autre avant de s'agenouiller côte à côte. Puis l'homme ne réapparut pas après la première prosternation, et Fusang découvrit qu'on venait de le tuer par-derrière.

L'assassin reprit sa hachette et s'avança vers elle en brandissant son arme. Il n'aurait pas manqué de tuer Fusang aussi si tout le monde ne s'était pas précipité. Tandis qu'on l'entraînait, le tueur frappa du pied en direction de Fusang : Hier, il me manquait un peu d'argent pour payer ton riz et ton poisson, et aujourd'hui, tu épouses quelqu'un d'autre ! Tu as attendu deux années entières et tu changes d'avis du jour au lendemain ?

Tout le monde le pressa de voir les choses différemment : le malheureux qu'il venait de trucider dans le dos avait attendu trois longues années.

Fusang était sincèrement effarée ; elle ne se rappelait pas avoir jamais attendu qui que ce fût.

Refusant toujours de lâcher sa hachette, l'homme déclara qu'il comprenait maintenant pourquoi on disait les putains volages et perfides.

Ne dites pas ça, répliquèrent les autres. Nous sommes toutes des putains ici.

Alors comment appelez-vous ce qui se couche toujours dans le sens du vent et ne connaît pas les lois de la décence humaine ? Une putain, voilà ce que c'est !

Allons, monsieur, calmez-vous, ce n'est pas facile d'être une putain, vous savez. Tout en cherchant à l'apaiser, elles l'entraînèrent vers la sortie et le jetèrent dehors.

Mais les choses ne s'étaient pas arrêtées là. Peu après, toute une bande s'était présentée au bordel, à la poursuite du tueur : Il a voulu enlever l'épouse de notre frère en plein milieu de son mariage ! Ils firent le serment de le réduire en pièces et de l'ébouillanter vivant.

Des avis de ce défi furent placardés dans tout Chinatown. Une autre bande de cavaliers ne tarda pas à arriver et placarda juste à côté d'autres avis pour relever le défi en question. Peu après, les deux bandes rivales affichèrent des déclarations de guerre dans lesquelles, après discussion, on fixait le jour de l'affrontement au printemps suivant, lorsque les pruniers seraient en fleur : hachettes et couperets étaient difficiles à manier en vêtements d'hiver, et les deux parties avaient besoin de temps pour s'entraîner.

Lorsque les pruniers fleurirent, les deux bandes rivales décidèrent d'un délai supplémentaire. Comme la moitié seulement des armes étaient prêtes, pourquoi ne pas repousser encore l'affrontement de deux mois ? Les deux bandes postèrent des hommes pour surveiller le seul forgeron de la ville. Ils le firent travailler de jour comme de nuit. Il doubla ses tarifs, réfléchit, puis les doubla encore. Il forgeait peu à peu et devenait de plus en plus riche. Dès qu'il en aurait terminé avec ces commandes, il achèterait un nouveau lopin de terre qui viendrait grossir sa ferme, à l'extérieur de la ville. Pendant quelque temps, toutes les coutelleries de la ville se trouvèrent à court de stock. Chaque fois que quelqu'un avait besoin des services du forgeron, les gardes des deux camps le mettaient dehors : Il travaille sur des lames qui vont tuer des hommes. Il n'a pas de temps à consacrer à des porcs ou des poulets.

Les armes furent enfin prêtes. La nouvelle se propageait de jour en jour, suscitant un intérêt de plus en plus général. Les diables blancs s'y mettaient aussi et cherchaient les meilleures places pour assister à la bataille.

Dans les maisons de jeux, les saloons, les bordels, il n'était pas rare d'entendre des gens se disputer pour savoir qui allait gagner. Chaque jour, on racontait à Fusang les derniers événements, mais sans jamais les relier à elle, la putain respectueuse qui ne cherchait jamais noise à personne.

Elle ne connaissait pas la raison de ce combat. Elle n'avait jamais su combien d'hommes s'étaient battus à mort pour elle. Chaque fois qu'une bagarre éclatait dans sa chambre, elle s'écartait tranquillement, prenant une poignée de graines de pastèque au passage. Lorsque les ennemis s'étaient mis mutuellement en sang et avaient perdu quelques dents, ils lui demandaient : Fusang, qui aimes-tu le plus ?

Elle se sentait bien embêtée. N'étaient-ils pas tous pareils ? Elle répondait avec un sourire : Vous me plaisez tous les deux.

Mais quel est ton préféré ?

Elle leur souriait alors à tous deux exactement de la même façon.

C'est alors qu'ils commençaient à la battre.

Elle avait pourtant l'impression de n'avoir rien fait de mal, et puis, même si elle avait fait mine d'en choisir un, le résultat aurait été le même de toute façon. Eût-elle dit en préférer un, elle se serait fait battre par l'autre, et bien plus méchamment qu'en se laissant battre par les deux. Une raclée effectuée à deux, c'était un peu comme deux moines portant un seau d'eau, chacun comptant bien que l'autre en portera un peu plus. Même si Fusang n'était pas très intelligente, ses vingt-deux longues années d'expérience lui avaient au moins appris cela.

Elle ne pouvait se rappeler combien d'hommes elle avait connus — des Blancs, des Jaunes, des doux, des violents — mais aucun d'eux ne lui avait donné la moindre raison de se souvenir de lui. Ils aimaient que les prostituées se souviennent d'eux, mais Fusang pouvait se concentrer autant qu'elle voulait, aucun d'eux ne lui revenait en mémoire.

Excepté le petit diable blanc qui avait pour nom Chris. Elle avait beau se détourner de lui, elle savait qu'il avait ses yeux pâles braqués sur elle.

Personne n'avait jamais parlé à Fusang du piège intemporel qu'on appelle l'amour.

Au point du jour, des pas et des bruits de sabots se firent entendre au-dehors.

Chris ne prit conscience qu'au lever du jour qu'il avait cherché toute la nuit. Un bâtiment isolé se dressait au bout d'une impasse. Le bas des fenêtres avait été muré et le reste condamné avec des planches, ne laissant tout en haut qu'un interstice de la largeur d'une main qui révélait une obscurité peu engageante à la lueur de l'aube. C'était là l'hôpital que tout le monde redoutait de mentionner.

Chris mit son cheval à l'attache et examina la bâtisse de plus près. Il s'agissait en fait d'un ancien entrepôt reconverti, conçu pour que les gens du dehors ne soupçonnent pas ce qui se passait à l'intérieur. Personne ne pouvait atteindre la partie supérieure des si hautes fenêtres, et, même si cela avait été le cas, personne n'aurait pu voir à travers ces interstices. La porte était fermée à clé, avec un verrou beaucoup trop gros pour elle.

Chris fit rouler un baril de pétrole depuis le coin de la bâtisse. La rue formait une côte. Après avoir fait faire quelques tours à son baril, il dut s'arrêter pour reprendre son souffle et rajuster son maillot de corps qui était tout retroussé, froissé et trempé de sueur.

Un Chinois allumait un réchaud devant sa porte. Il examina un moment Chris avec stupéfaction puis fit appel à quelques autres pour se joindre à lui.

Il y avait un petit rassemblement devant une autre porte. C'étaient des ouvriers tout juste débauchés de l'équipe de nuit de la fabrique de cigares. Chris ne savait pas qu'ils attendaient des lits, qu'ils ne pouvaient se coucher tant que ceux qui se trouvaient à l'intérieur ne s'étaient pas levés. Ils ne lui prêtaient aucune attention car ils dormaient déjà, accroupis sur les talons comme une rangée d'oiseaux perchés sur une branche. Chris finit de gravir la côte avec son baril de pétrole. Le vent soufflait nettement plus fort là-haut, et il eut beaucoup de mal à le mettre debout juste sous une fenêtre.

Chris monta sur le baril, mais il n'arrivait pas encore tout à fait à l'interstice. Puis il se rappela son petit miroir. Il le leva au niveau de l'ouverture et ajusta l'angle. Depuis qu'il était tout petit, il s'était toujours amusé à observer ainsi les scènes les plus inhabituelles : des renardeaux à la tétée, la cuisinière se curant le nez pendant qu'un journalier lui assenait une claque sur le derrière, des oiseaux en train de s'embrasser, ses frères et cousins se donnant des coups de pied sous la table de la salle à manger. Il avait même assisté, dans son miroir, à la naissance de sa plus jeune cousine.

Il fit patiemment jouer son poignet et, soudain, il put tout voir.

Tu émerges des brumes d'un sommeil léger pour voir un disque de lumière blanche courir sur ton oreiller et sur le mur à côté de ton lit. Tu me regardes en me demandant si c'est cela qui t'a réveillée.

Je reviens juste de la place où deux armées se sont affrontées pour toi il y a plus d'un siècle. Bien sûr, tu ne sais pas qu'elles se sont battues pour toi. Il te faudra attendre plus de cent ans pour que quelqu'un comme moi passe au crible cent soixante livres d'histoire, de la même façon que les Chinois ont passé au crible les mines d'or les plus épuisées, pour que la vérité finisse par apparaître. Les comptes rendus de la bataille sont plutôt vagues. On trouve des choses du genre : « Il paraîtrait que cela aurait à voir avec une prostituée » ou « Il paraîtrait qu'une prostituée serait cause de l'affrontement ». Moi, je refuse d'employer « il paraîtrait », je dis juste que c'était toi. Tu as été la cause de tout.

Inutile de t'inquiéter. On ne peut te juger responsable de toutes les guerres menées au cours des âges pour les beaux yeux d'une femme. Se battre pour une femme — surtout quand elle est aussi belle et aussi peu exigeante que toi envers les hommes — doit être l'un des meilleurs prétextes pour faire la guerre car toute guerre doit avoir un prétexte. Comparé aux combats et tueries perpétrés au nom du pétrole, de la politique, d'une poignée d'hommes qu'on ne connaît même pas mais qui se décrètent nos dirigeants, ou même au nom de la paix, se battre pour toi me paraît beaucoup plus authentique. Alors pourquoi devrais-tu te sentir coupable ?

Le rond de lumière blanche provient de l'interstice en haut de la fenêtre. Il caresse ton visage, tes cheveux, ton cou. Il ne provient pas de la lanterne des diables de la douane. Il y a plus de cent ans que les services d'immigration sont tout simplement odieux. Comment peux-tu imaginer que le douanier qui attend à la douane des aéroports internationaux soit différent de Grande-Barbe, le douanier qui attendait autrefois sur les quais ?

La lumière blanche s'est maintenant arrêtée à ton chevet, et elle éclaire un bol encore à moitié plein de riz, ton dernier repas avant la mort. Tu tends la main, prends un grain de riz et le portes à ta bouche. Le riz ne tarde pas à devenir la chaleur qui te parcourt à présent le corps. Mais tu es encore trop faible pour te demander ce qu'est ce rond de lumière et comment il a pu entrer.

Ta vision s'éclaircit peu à peu. Tu parviens maintenant à te lever pour suivre le petit rond lumineux. Un gros mille-pattes est suspendu dans les airs ; en te rapprochant, tu vois qu'il s'accroche en fait à un brin de cheveu noir. Le cheveu pend de la couchette supérieure. Tu le suis des yeux jusqu'à une tête, un visage. Depuis le début, il y avait donc quelqu'un enfermé ici avec toi. Le rond de lumière s'immobilise sur sa tête. Ta compagne est morte. Elle est morte mais t'a tenu compagnie tout le temps. Il y a un certain temps maintenant qu'elle est morte ; j'ai même l'impression qu'elle commence déjà à se décomposer. Mais toi, tu crois qu'elle vient juste de mourir parce qu'un bol gît, renversé, à côté de sa figure, et que les gouttes de thé qui ont traversé son sommier pour te tomber sur le visage étaient sûrement un message qu'elle t'envoyait, pour discuter avec toi.

Le mille-pattes a enfin terminé son ascension et s'arrête à cheval sur la chevelure noire et le front jaune cireux. N'y touche surtout pas ou tu vas me faire vomir... tu l'attrapes par la queue. Surpris par la lumière blanche, il lutte et se tortille. Tu le laisses tomber par terre et tu l'écrases, sachant que sinon il se remettra à grimper, et cette fois dans ta direction.

A côté de ta compagne morte, tu remarques qu'il y a aussi un bol de riz. Tu portes le bol à tes lèvres et, en deux raclements de doigts, engloutis le riz restant. Tu n'es pas comme elle, qui s'est sentie tellement accablée par un sort injuste qu'elle a imprudemment refusé de manger. Le riz est si sec qu'il paraît presque cru, et chaque petit grain te donne l'impression de se dresser tout debout au fond de ton ventre, mais tu t'en moques.

Tu la vois enfin... la porte. Le rond lumineux fait des va-et-vient entre elle et tes pieds. Tu es sûre que cette lumière blanche n'est autre que ton âme qui te pousse à sortir.

Lorsque tu t'écroules, ta main frôle la poignée. Ce

n'est pas grave, la porte est verrouillée de l'extérieur de toute façon. Je vais cesser de décrire ton environnement pour me concentrer sur ton visage inconscient. Tu ne sais plus rien. Tu ne sais pas que Chris se sert à présent de son miroir de poche pour éclairer ta tête qui repose sur ton bras gauche. On dirait simplement que tu dors.

Il finit par avoir une idée, saute de son baril de pétrole et détache son cheval. Tout ce que je peux dire, c'est que sa hâte est sans doute liée au plan qu'il a conçu. Mais je n'ai pas la moindre idée de ce que c'est. Dès qu'il s'agit de la pensée des Blancs, il est inutile de jouer aux devinettes. Ils opteront toujours pour les solutions les plus inattendues.

Je profite de ce que tu es encore inconsciente pour citer un autre passage concernant la bataille qui s'est livrée pour toi : « Les combattants sont arrivés à quatre heures de l'après-midi. Leurs habits de soie blanche faisaient des bosses par-dessus les hachettes et couperets dont ils étaient bardés. Des envoyés spéciaux des journaux du matin et du soir jalonnaient la place ; lorsqu'ils demandaient s'il n'y avait pas une prostituée célèbre derrière ce combat, personne ne répondait... »

Quelqu'un doit venir te chercher, car des pas se sont arrêtés devant ta porte.

Tu ne bouges pas. Tu n'as aucune réaction en entendant la porte s'ouvrir.

La porte s'ouvrit dans l'après-midi. Quatre hommes entrèrent et contemplèrent Fusang en silence. Elle avait presque atteint la porte. Aucune autre n'était arrivée aussi loin. Jamais elles ne s'étaient traînées au-delà du mur, où certaines étaient parvenues à nouer leur ceinture à la patère en bois. Aucune n'avait réussi à se pendre.

L'un des hommes mit la main sous les narines de Fusang et annonça : Presque. Encore une heure et ce sera bon.

Un autre répliqua : On n'a qu'à prendre celle-là en premier. Elle est morte en sachant se tenir.

On n'a qu'à les emmener toutes les deux ! Elle est tout près de passer de toute façon, non ?

Ouais. On n'a qu'à l'achever avec la corde et emporter les deux d'un coup. Ça nous épargnera un voyage.

La corde ? Putain ! Et si elle me mord la main ?

Ecoute donc son bide — c'est plus un ventre, c'est un opéra !

Alors il n'y en a plus que pour quelques minutes. Un dernier petit concert de vents avant de mourir. Donne-moi cette corde.

Fusang entrouvrit les lèvres et prononça : Ne m'étranglez pas.

Les quatre hommes sursautèrent puis s'entre-regardèrent. Le plus proche de Fusang demanda : Qu'est-ce que tu suggères alors ?

Fusang poussa un soupir et marmonna quelque chose, mais ils n'en comprirent pas un mot. Ils échangèrent des regards : On ne fait pas attention. On l'étrangle et on en finit avec elle.

C'est pour ton bien, tu entends ? Ça sera rapide et en douceur. Tu ne sentiras rien.

Dépêche-toi, bordel ! J'entends quelqu'un qui arrive !

C'est sûrement les diables blancs qui demandaient leur chemin. Je ne vais pas l'étrangler maintenant...

Putain de bordel, donne-moi cette corde. Il n'y a pas de temps à perdre.

Le nœud coulant passa par-dessus la tête de Fusang et commença à se resserrer en arrivant à sa mâchoire. Fusang le retint par le menton en cherchant l'air à pleine bouche.

Trop tard ! Ils arrivent !

Les hommes repoussèrent Fusang à l'intérieur.

Ferme la porte ! On l'achèvera quand ils seront partis.

Ils firent sans bruit le tour du bâtiment, se plantèrent tranquillement à proximité et enroulèrent leur natte sur le haut de leur crâne pour regarder trois diables blancs courir vers la façade et jeter des regards autour d'eux. Ils entendirent un bruit de sabots au loin.

Chris, tu es sûr que c'est ici ?

Oui, je viens de les voir verrouiller la porte.

Regardez ! Deux vieilles étrangères. Est-ce que ce sont des missionnaires ?

Au moins ce ne sont pas des flics.

Qu'est-ce qu'ils disent, Chris ?

Je ne comprends pas. Je parie qu'ils ont la clé !

Le petit diable blanc est un espion... des gens l'ont vu traîner par ici avant le lever du soleil.

Bonjour, ouvrez la porte, s'il vous plaît !

Nous faisons partie de l'Association de secours. Ouvrez cette porte tout de suite, je vous prie.

Nous pas parler anglais. Pas comprendre.

Le petit diable blanc leur chuchote quelque chose à l'oreille.

Regardez bien la tête qu'a ce jeune diable... un de ces jours, je vais lui briser les rotules.

Chris, insista l'une des femmes, tu es bien sûr que c'est ici ?

Absolument. Je vais chercher une hache ?

Ces missionnaires étrangères vont-elles appeler les flics ?

Moi, j'ai bien l'impression qu'elles veulent ficher le feu. Qu'est-ce qu'elles se sont mis sur le nez et la bouche ?

Ça s'appelle un masque de protection.

Vous n'avez pas peur qu'elles mettent le feu ? La dernière fois, ils ont brûlé huit maisons chinoises. Pour tuer des rats, qu'ils disaient !

Dieu leur pardonne de parler une langue aussi laide ! Le chinois est vraiment la langue la plus affreuse qu'il m'ait été donné d'entendre ! Chris a-t-il trouvé une hache ?

Oui, le voilà qui revient...

Ils n'ont pas voulu m'en prêter !

Dis-leur que nous ouvrirons cette porte avec ou sans clé.

Qu'est-ce qu'elles disent, tu sais ?

Ces dames de l'Association de secours veulent forcer la porte.

C'est quoi, l'Association de secours ?

Ce sont des gens qui ont décidé de se mêler de nos affaires. Tu punis une petite pute en lui disant de s'agenouiller devant toi, ils s'en mêlent ; tu achètes une putain et puis tu la revends pour te faire un peu d'argent, ils s'en mêlent ! Il n'y a pas une seule de ces petites putes qui n'ait été vendue par ses parents —

alors pourquoi ne pourrions-nous pas les vendre à notre tour ?

Cette saleté de mission a été créée l'année dernière et ils ont enlevé des dizaines de putains dès le premier mois.

Quel langue horrible !

C'est la volonté du Seigneur, Mary. Nous ne sommes pas ici pour sauver leur langue !

Le petit diable blanc a pris une grosse pierre !

Frappe, frappe !

Dorothy, ils sont armés...

Plus fort, Chris, plus fort !

On va s'attirer des ennuis, Dorothy. Nous sommes en territoire jaune !

En territoire jaune ? Et puis quoi encore ? Hé, Chris, laisse-moi essayer !

Dorothy, appelons la police ! Ils sont quatre !

La police de San Francisco a très nettement dit qu'elle n'interviendrait plus dans les affaires entre Chinois.

Arrêtez ! Ceci nous appartient !

Je croyais que vous ne parliez pas anglais ?

Ne touchez pas à ce cadenas ! Ou nous appelons la police.

Vous avez entendu ? Ils vont appeler les flics ! Chris, prends le relais, dépêche-toi !

Bon Dieu ! Ils vont y arriver ! Allez, il faut qu'on les en empêche !

A cet instant, le bruit de sabots en provenance du bas de la côte se rapprocha. Tous se retournèrent.

Une ombre obscure se répandit sur le sol comme une flaque d'eau sale, arrivant bien avant la personne qui en était la source.

On pouvait voir le soleil se coucher sous le ventre de son cheval.

Le cadenas tomba sur le sol et la porte s'ouvrit avec un couinement. La silhouette de la femme allongée sur le sol émergea peu à peu de l'obscurité.

Oh Seigneur ! Dieu tout-puissant ! Chris, vite, mets quelque chose sur ton nez !

Les étrangers n'ont pas le droit d'entrer ! C'est un hôpital chinois !

Nous serions donc les étrangers ?

Ne me touchez pas ! Vous appelez ça un hôpital ? Quelle honte qu'un tel hôpital puisse exister dans notre pays ! J'en mourrai de honte !

Si vous faites un pas de plus nous... nous appelons la police !

Je vous en prie ! Allez-y, appelez la police !

N'entrez pas !

Chris, tiens, voici un mouchoir. Couvre ton nez !

Laissez-les entrer, fit l'homme à cheval. Laissez-les se couvrir le nez et nous sauver tous.

Les Chinois le regardèrent descendre de sa monture. Il avait le visage encore dissimulé par son Stetson en vachette à large bord. Quelque chose brilla dans son visage — pas ses yeux mais ses dents — alors qu'il souriait. Il portait quatre bagues à chaque main et des pinces de pantalon en or. Les quatre hommes se demandèrent d'où pouvaient provenir des objets aussi précieux et rutilants.

En se rapprochant, ils se rappelèrent le Ah Ding qui avait disparu plusieurs années auparavant, et le Da Yong dont on parlait depuis quelque temps.

On te croyait mort, fit l'un d'eux.

Moi aussi, rétorqua-t-il.

Pendant ce temps, les diables blancs emportaient Fusang.

Où l'emmenez-vous ?

Loin de cet enfer !

Da Yong regarda avec amusement les missionnaires s'agiter autour de Fusang comme deux anges gardiens pendant que le petit diable blanc fixait ses yeux pâles sur l'hôpital, puis sur les quatre Chinois et enfin sur Da Yong lui-même. Tout en souriant, celui-ci prit une chique de tabac, la mit dans sa bouche et commença lentement à mâcher.

Le vieux cabriolet de l'Association de secours s'ébranla en grinçant.

C'est la première fois que tu te coiffes depuis un mois. Tu es assise bien droite, et le sol est couvert de cheveux cassants, morts. De nouveaux cheveux se sont mis à pousser sous ton cuir chevelu, et la tête te démange. Tu as réussi. Alors que tu tournes le cou d'avant en arrière dans la lumière matinale, j'aperçois tes oreilles réduites. En fait, ce n'est pas la médecine qui t'a sauvée. Tu savais que tu n'allais pas mourir quand tu as pris le riz de la morte. C'est comme ça que j'ai compris que je pouvais te laisser pour aller voir où en étaient les préparatifs du combat. Quelqu'un se rappelait-il encore que tu étais le prétexte de toute cette agitation ? Plus tard, j'ai pris conscience qu'il n'y avait même plus besoin de prétexte. Personne ne se souciait plus de ce que tu étais devenue.

Ta seule distraction, dans ta chambre stérile blanche, était une toile d'araignée. Pendant le mois où tu es restée couchée sur ce lit blanc, tu as concentré tout ton désir de rompre la blancheur sur cette toile d'araignée. Mais un jour, quelqu'un l'a arrachée avec un balai, et la blancheur a retrouvé sa plénitude.

Elles avaient les doigts aussi blancs que les racines écorcées des arbres. Elles te pinçaient le nez et te jetaient des comprimés blancs dans la gorge. Un jour, tu leur as souri, tu as pris les comprimés, les as mis dans ta bouche et les as mâchés comme s'il s'agissait de grains de soja rissolés. Elles t'ont dévisagée, ne sachant trop si elles devaient rire ou s'enfuir.

Chris venait te voir une fois par semaine. Entre son arrivée ponctuelle et son départ ponctuel, il prenait place sur le siège, dans le coin. Un jour, tu as troqué ta blouse blanche informe contre ton vieux sarrau de satin rouge très ajusté. Chris est entré dans la chambre et a paru terrifié par ce rouge éclatant. Au lieu d'aller s'asseoir dans le coin, il s'est dirigé tout droit vers toi, comme dans un rêve.

Tu te tenais appuyée contre le rebord du lit, un sourire encourageant aux lèvres, comme si tu regardais un enfant faire ses premiers pas. Il s'est approché de toi et s'est immobilisé tout près, comme la première fois qu'il t'a vue, quand il avait douze ans. Il avait quelque chose d'important à te dire, et tu as attendu. Mais le temps lui a manqué.

La vieille missionnaire qui s'appelait Mary est apparue à la porte. Chris et toi vous teniez près du lit. Elle a compris ce qui se passait entre vous alors que Chris et toi n'en aviez même pas conscience. Elle a été horrifiée. Comment pouvais-tu faire la débauchée *ici*, a-t-elle demandé. Comment pouvais-tu séduire un enfant ?

Soudain, Chris a compris.

Soulevant tes cils fournis, tu as regardé Mary, puis Chris. Mary a pris ton innocence tranquille pour de l'effronterie. Chris n'avait jamais imaginé que tu réagirais en ne faisant absolument rien, comme s'il y avait tellement de temps que tu étais imperméable à toute honte que les paroles de Mary ne pouvaient t'atteindre.

Ses lèvres décolorées s'agitaient toujours. Elle a dit qu'elle ne pouvait plus te laisser approcher cet enfant. Tu n'as donc pas de conscience ? a-t-elle demandé. Regarde-le, il n'a que quatorze ans ! Elle a jeté la blouse blanche vers toi en disant : La chose rouge que tu portes est un péché répugnant.

Le sarrau rouge a été roulé en boule et jeté à la poubelle. Plus tard, cette nuit-là, tu as descendu subrepticement l'escalier et fouillé la poubelle pour le récupérer. Tu t'accrochais à l'idée que c'était ce sarrau, et lui seul, qui permettrait à Chris de te reconnaître telle que tu étais vraiment.

Chris cessa de venir. Mais tu n'arrêtais pas de penser à ce qui ne s'était jamais passé. Tu savais bien, au fond, de quoi il s'agissait. Tu attendais en secret qu'il grandisse, qu'il te traite comme l'eût fait un adulte. Cependant, tu savais aussi qu'il ne serait jamais comme les autres.

Au début, tu n'avais même pas conscience de l'attendre. Tu te coiffais avec langueur en regardant passer les gens et les chevaux dans la rue. Sans bouger d'un pouce, tu es allée partout à sa recherche. Et puis tu as fini par le voir vraiment, debout de l'autre côté de la rue, le regard fixé sur toi.

Lorsque vos yeux se sont rencontrés, ton peigne s'est figé à mi-course et tu lui as souri. Mais il s'est détourné. Il a commencé à donner des coups de pied dans un pavé. Après l'avoir délogé, il a joué avec, du bout du pied. On aurait dit qu'il voulait se dresser contre quelque chose, mais que tout se dressait contre lui. Il ne se préoccupait même plus de cacher sa jeunesse.

Tu as attendu que son regard gravisse l'immeuble pouce par pouce jusqu'à ta fenêtre, de la même façon que le garçon avait grimpé à l'arbre, cette autre fois. Quand ses yeux sont enfin arrivés jusqu'à toi, tu les as reçus comme si tu le prenais dans tes bras.

Il a senti que tu le recevais en toi, et il est resté parfaitement immobile. Il n'avait soudain plus rien d'enfantin.

A partir de ce moment, tu t'es postée à cette même fenêtre chaque jour à la même heure. Il n'est jamais revenu. Pourtant, pendant un instant, chaque passant devenait lui de l'autre côté de la rue.

Permets-moi de te dire ce qui ne va pas avec ce que tu éprouves, avec ce sentiment qui nous fait rire dès qu'on en parle : l'Amour. Non, mais. Ce mot même a pour nous une drôle d'odeur, comme du lait qui aurait tourné. Nous sommes arrivés dans ce pays en répétant à travers nos dents serrées : Liberté, Devenir riche, Sexualité. Si quelqu'un avait l'idée de lâcher un « Je t'aime », que crois-tu que nous ferions ? Que pourrions-nous faire d'autre qu'en rire ? Le rire soigne l'insensibilité, la pudeur et un instinct qui s'est enfui de la mémoire. Cet instinct, qui par toi m'a été transmis en droite lignée de nos ancêtres jusqu'à aujourd'hui, c'est le désir d'amour. Au moins tu te rends compte à quel point je suis débordée ; nous sommes tellement occupés de nos jours, assez occupés en tout cas pour perdre complètement cet amour instinctif. Quand nous ne pouvons vraiment plus tenir, nous allons au cinéma voir des gens en deux dimensions aimer à en mourir et vivre pour aimer, puis nous revenons à nos trois dimensions, soulagés, heureux et reconnaissants qu'un tel amour n'existe pas dans le monde réel.

Je secoue la tête, consternée que tu aies pu te laisser prendre au piège immémorial de l'amour.

Tu ne t'es pas aperçue que Chris a évité de se montrer dans la rue toujours à la même heure. Il fait plus de quinze kilomètres à cheval, laissant le vent mettre son visage en feu, dans le seul but d'entrevoir ta fenêtre vide. Il éprouve le besoin de cette torture. Quelle importance, pour un garçon de quatorze ans, qu'il y ait quelqu'un à la fenêtre ou pas ?

Tu ne te doutes pas qu'il est allé voir les journaux pour raconter ce qu'il avait vu de ses propres yeux à l'hôpital des prostituées chinoises. Il a même dit que c'était pire que l'enfer sur terre. Il a décrit les marques de dents et d'ongles sur les montants des lits, les traînées de sang sur les murs, le plancher rongé par les termites. Les journalistes étaient contraints de ralentir le crépitement de leur machine à écrire pour attendre qu'il se reprenne et retrouve le fil de son récit. Il concluait en promettant de tout faire pour éliminer ces esclavagistes jaunes. Lorsqu'il employait le mot *sauver*, son visage prenait une expression adorable car cela le renvoyait aux histoires d'aventures de son enfance.

Comment pouvais-tu te douter de la haine qu'il éprouvait pour les hommes chinois ? Quand il parcourait, seul, les rues tapageuses de Chinatown, tout homme portant une natte devenait susceptible de te faire du mal. Il croyait qu'il suffirait de faire disparaître tous ces hommes pour que tous tes problèmes s'évanouissent. Tu étais belle, tu étais bonne et tu deviendrais libre. Ce qu'il ne prévoyait pas, c'est que si ces hommes disparaissaient, tu disparaîtrais aussi.

Grâce à Chris, photos et reportages sur l'hôpital occupèrent les colonnes de plusieurs journaux. Les Blancs, amis comme ennemis des Chinois, frissonnèrent à la pensée qu'une telle horreur pût exister sur le sol américain.

Si Chris a fait tout cela, c'est pour toi.

Il ne s'était pas attendu à ne plus se mordre la lèvre ni s'éloigner avec des sueurs froides à la vue des violences perpétrées contre des Chinois. Il avait changé. Il pouvait à présent arrêter son cheval et se frayer un chemin dans la foule pour regarder sans frémir cinq ou six Chinois se faire pendre par la natte. Un pauvre type se vantant de porter une ceinture en nattes de Chinois tressées ne le dégoûtait même plus tant que cela. Debout près de la clôture du ranch de son père, en train de regarder une bande d'excités s'en prendre à leur seul voisin chinois, il réfléchissait au mot *sauver*.

Tu séjournes encore dans ton premier refuge, ce bâtiment blanc, trop immaculé pour tolérer ne fût-ce qu'une toile d'araignée dans ses murs. Ta chambre est tout en haut, pour te maintenir en quarantaine, mais aussi pour t'empêcher de corrompre des filles qui ont déjà été réformées.

Approche-toi un peu, s'il te plaît, que je puisse voir les petits cheveux duveteux qui te couvrent le crâne et ton visage qui s'arrondit.

Par la fenêtre donnant sur la cour, on entend chanter les rangs de pensionnaires. Elles ont toutes les mêmes cheveux courts, pour éviter la vermine. Tu sais que les chants seront suivis par de longues prières. Et puis chacune ira à table, prendre un bol de soupe et un morceau de pain.

Tu plisses le front en t'imaginant comme elles, et cela te fait rire.

Il y a trois rangées de filles, et le vent fait des vagues identiques sur leurs robes de coton gris toutes identiques.

Elles s'agitent un moment dans la brise. La missionnaire prénommée Dorothy s'approche. C'est une jeune femme sympathique, gentille et jolie.

Les bras croisés sur la poitrine, elle annonce : Mesdemoiselles, il s'est passé quelque chose d'affreux. On ne saurait dire si elle est triste ou gênée.

Elle s'interrompt, puis ajoute : Mes enfants, comment avez-vous pu faire une chose pareille ?

Comme les filles de la cour, tu tends le cou. Qu'a-t-il bien pu se passer pour mettre Dorothy dans un tel état ?

N'en dites pas plus ! aboie Mary. Qu'elles se rendent compte par elles-mêmes !

Tu vois les filles jeter autour d'elles des regards affolés tandis qu'elles suivent Mary et Dorothy à l'intérieur. Vingt-quatre paires de pieds identiques montent l'escalier d'un pas lourd. Rien de ce qu'elles avaient fait jusque-là n'avait jamais mis les missionnaires si en colère, ni les fois où elles avaient gaspillé la moitié d'un morceau de pain, ni celles où elles s'étaient penchées par-dessus le mur d'enceinte de la mission pour entendre le chinois coloré qu'on parlait à l'extérieur. Tu te dis qu'il a dû se produire quelque chose de terrible.

Tu te penches par-dessus la rampe d'escalier pour regarder en bas. Les filles se tiennent devant la plus grande des chambres.

Mes chères enfants, reprend Dorothy, je n'arrive tout simplement pas à croire...

A cet instant, deux filles sortent de la chambre, portant un seau métallique. Mary scrute les vingt-quatre pensionnaires derrière ses lunettes. L'une d'elles est entrée un jour dans ta chambre pour te demander : Tu viens d'être sauvée ?

Tu as répondu : Oui.

Ça fait des lustres que j'étudie ici, a-t-elle dit. Il faut étudier longtemps ici avant d'apprendre à être bonne.

Qu'est-ce que c'est que ça ? questionne Mary en désignant le seau. Même son doigt a l'air dégoûté.

Tu poses le menton dans tes mains et continues d'observer la scène.

Aucune des vingt-quatre filles ne s'avance ni ne dit mot.

Qui a fait ça ? insiste Mary.

Dorothy répète la question.

Et ce n'est pas le fait d'une ou deux filles, dit Mary. Y en a-t-il parmi vous qui ne connaissent pas le chemin des cabinets ? Ou qui trouvent les cabinets trop éloignés pour s'y rendre ? Comment pouvez-vous utiliser la chambre pour... pour vous soulager ? J'imagine que certaines préfèrent vivre dans des cabinets, ou transformer l'endroit où elles vivent en cabinets !

Les pensionnaires retournent dans la cour. Tu restes où tu es, les coudes appuyés sur la rampe. Tu entends Mary dire : Je m'aperçois qu'il y a des choses impossibles à réformer, comme ces créatures possédées par le diable.

Tu entends des pleurs, et des mots ânonnés : Ces Chinois... ils nous punissent tous en mettant de tels enfants au monde.

Tu sens confusément qu'il n'est pas utile de comprendre tous les mots de ce genre de conversation.

Un groupe de Chinois en Stetson noirs s'arrêta devant la grille écaillée de la mission et jeta des coups d'œil alentour. Les Chinois s'interrogèrent du regard : C'est ici. On y va ? D'accord, c'est parti.

L'un d'eux tira sur la sonnette. Cinq minutes s'écoulèrent et personne ne répondit.

L'homme qui avait sonné déclara : Ils sont sûrement en train de la cacher maintenant, Da Yong.

Sonne encore.

Da Yong, ils sont juste de plus en plus fourbes. Ces missionnaires savent mentir et prêcher les Saintes Ecritures en gardant le même visage.

Sonne encore. Da Yong lissa sa natte et la rejeta par-dessus son épaule. Laissez pendre votre natte, indiqua-t-il à ses six hommes, ou ils vont croire que nous sommes venus l'enlever.

Et on est là pour quoi ?

Da Yong eut un sourire : Pour l'enlever.

La porte s'entrouvrit et un vieux gardien les examina avant de regarder derrière lui. Il demanda : Qu'est-ce que vous voulez ?

Nous cherchons... Juste à temps, Da Yong fit taire d'une claque derrière la tête celui qui avait commencé à parler puis répondit à sa place : Nous cherchons une certaine Ah Fu. Il plaqua son chapeau contre sa poitrine et s'inclina cérémonieusement.

Le portier referma la porte et s'éloigna. Les hommes se tournèrent vers Da Yong sans rien comprendre : d'où sortait cette Ah Fu ?

Da Yong remit son chapeau, alignant le milieu du rebord sur son nez, ce qui le fit presque loucher sous l'effort. En demandant Ah Fu, il avait fait en sorte que les missionnaires ne cachent que cette jeune fille. Ah Fu était la future bru du pharmacien, elle avait douze ans et avait été fiancée pour aider à élever puis, plus tard, épouser le fils encore tout jeune de celui-ci. Elle avait un jour été soudainement sauvée par les missionnaires et conduite à l'école réformiste, portant toujours les cinquante grammes de langues de canard au vinaigre qu'elle venait d'acheter pour le pharmacien. Da Yong tenait mentalement la liste de toutes les filles secourues.

La jeune missionnaire apparut et regarda Da Yong et ses acolytes d'un air dédaigneux. Ah Fu ? je n'ai pas ce nom sur notre registre.

Qui avez-vous sur votre registre alors ? fit Da Yong avec un sourire en contemplant, avec encore un soupçon de strabisme, son cou ravissant.

Elle se sentit d'une certaine façon offensée : Les noms qui figurent sur notre registre ne vous regardent pas.

C'est vrai, concéda Da Yong.

Décrivez-la, s'il vous plaît, proposa-t-elle.

Inclinant presque imperceptiblement la tête en avant, Da Yong voûta légèrement les épaules, exprimant à présent par tout son corps l'image même de la timidité balourde. Ceci empêcha Dorothy de le reconnaître comme étant le cavalier aux mains baguées qu'elle avait vu deux mois plus tôt. Il parlait en outre un parfait sabir et roulait des yeux stupides en fouillant son cerveau pour trouver chaque mot. Faire en sorte que ses adversaires le sous-estiment était un de ses vieux trucs. L'un des avantages étant que si jamais il se retrouvait entre les mains de la justice, il pouvait toujours invoquer la barrière de la langue pour s'en sortir.

Dorothy abaissa quelque peu sa garde. Bon, d'accord, dit-elle. La jeune femme évalua l'importance du petit groupe et ajouta : Mais deux d'entre vous seulement entreront.

Merci, mademoiselle, répondit Da Yong. Puis, se tournant vers les autres, il annonça : La dame dit que deux d'entre vous devront rester dehors, mais que le reste peut entrer.

Avant que Dorothy ait pu le corriger, ils étaient cinq à avoir franchi la porte.

Les vingt-quatre élèves de la classe interrompirent ce qu'elles étaient en train de faire lorsqu'elles virent arriver Da Yong et ses hommes. Les filles se tenaient assises autour d'une longue table, une pile de pages de la Bible devant chacune d'elles. Elles passaient quatre heures par jour à les relier, quatre heures par jour à les lire et les copier, et deux heures à en chanter les psaumes.

Pratiquement personne n'avait réussi à récupérer une fille de la mission. Le bâtiment était doté d'un passage secret, et à peine le nom d'une pensionnaire était-il annoncé à la porte que la jeune fille était aussitôt cachée. Une seule fois, alors que deux hommes étaient entrés en se faisant passer pour des plombiers puis les avaient menacées avec une chaîne, les missionnaires avaient dû laisser partir une petite de onze ans sans rien pouvoir faire.

Dorothy suivit des yeux Da Yong alors qu'il s'immobilisait devant chacun des vingt-quatre visages avant de passer au suivant.

Alors, l'avez-vous trouvée ? demanda-t-elle.

Da Yong ne répondit pas. Evidemment, la fille qu'il cherchait n'était pas là.

Je dois donc vous prier de sortir, fit la missionnaire.

Merci. Da Yong se laissa docilement escorter hors de la pièce.

La porte est à droite, indiqua Dorothy.

La porte est à gauche, annonça Da Yong à ses hommes.

Ceux-ci firent volte-face et prirent l'escalier sur leur gauche.

Dorothy fut stupéfaite et Da Yong ne le paraissait pas moins.

Au dernier étage, les hommes crièrent pour annoncer qu'ils avaient Fusang. Ils lui passèrent une chaîne autour des poignets et du cou, serrèrent bien fort et fermèrent le cadenas. Le bruit métallique s'entendit jusqu'en bas de l'escalier.

Lorsqu'elle vit Da Yong à la porte, Fusang ouvrit la bouche, les souvenirs lui revenant en partie, puis se figea.

Da Yong lâcha : C'était vraiment très grossier de ta part de partir comme ça, en vidant ma mallette à bijoux.

Le regard de Fusang retomba lentement vers ses

pieds. Son chignon s'était défait et ses cheveux avaient besoin d'être coiffés.

Mary appela une fille assez grande pour servir d'interprète et lui dit : Ne perds pas un seul mot.

Dorothy s'approcha de Fusang : Ne t'inquiète pas. Nous savons qu'il ment. Elle se tourna vers Da Yong : Comment peut-on proférer de tels mensonges ? Nous lui avons sauvé la vie !

Da Yong attira d'une main Fusang et lui assena de l'autre un coup de poing au visage. Dorothy ne pouvait plus rien faire pour la protéger.

Un autre coup envoya Fusang valdinguer contre le mur.

Les missionnaires poussèrent un cri d'horreur et se cachèrent la figure pour ne plus voir une telle barbarie.

Ne m'en veux pas, fit Da Yong d'une voix douce à l'adresse de Fusang, j'ai d'abord retiré mes bagues. Il la frappa à nouveau en disant : Regarde, tu n'as pas perdu une seule dent. Il se tourna vers les missionnaires : Si je la bats, c'est pour vous aussi... Elle vous a sûrement volé plein de choses. Il s'apprêta à frapper encore.

Arrêtez ! cria Dorothy. Pour l'amour de Dieu, arrêtez !

Mary lança : Il est interdit de frapper ! Espèce de brute !

Demandez-lui s'il est permis de frapper ou non, fit Da Yong en désignant Fusang. Regardez, elle s'en moque. Il se tourna vers la jeune Chinoise et lui dit : Ne t'inquiète pas, je ne t'assommerai pas.

Plus de coups ! Arrêtez !

Elle a le vol dans le sang, assura Da Yong en continuant de frapper Fusang. Attachez-lui les mains et elle volera avec les pieds !

Personne ne remarqua Chris, qui se tenait juste de l'autre côté de la porte entrouverte et voyait, entre les têtes de l'assistance, Fusang recevoir coup sur coup.

Da Yong s'interrompit, rajusta son chapeau et ses vêtements et ordonna à ses hommes d'emmener la fille.

Vous n'avez pas le droit ! protesta Dorothy.

Vous ne ferez sortir personne de cette école, décréta Mary.

C'est une vieille coutume chinoise, dit Da Yong ; le voleur appartient à celui qu'il a dépouillé.

Nous ne l'avons jamais vue prendre quoi que ce soit !

Vous avez des preuves ?

Da Yong assura qu'il comprenait leurs bonnes intentions toutes maternelles, puis ajouta avec un air méprisant : Bon, au revoir. Quand nous serons rentrés, nous prendrons tout notre temps pour la cuisiner et lui soutirer des preuves.

Si vous êtes décidés à l'emmener, alors vous devrez m'emmener aussi.

Da Yong examina la jeune sainte qui venait de montrer tant de courage, sourit comme s'il souffrait de migraine et répliqua : Oh non, mademoiselle, nous sommes déjà si serrés qu'un chien ne peut agiter la queue que de bas en haut.

Ne croyez pas que vous allez pouvoir m'arrêter. Mary, s'il vous plaît, apportez-moi mon chapeau et mes gants. Nous avons secouru cette sœur, et sa parole vaudra toujours pour nous plus que la vôtre ! Je resterai à ses côtés et je ne capitulerai que si vous me montrez des preuves. Je ne croirai que c'est une voleuse que si je l'entends de sa propre bouche.

Avec un mouvement du bras, Da Yong pressa ses hommes : Saisissez-la et allons-y. Ne me dites pas qu'elle vous a fait peur ? Ces vieilles biques d'étrangères n'arriveraient même pas à tuer une fourmi si elles le voulaient ! Voyant que ses hommes continuaient d'hésiter, il se mit à rugir : Que vos vieilles mères aillent se faire foutre, et mort à votre engeance !

Répète-moi ce qu'il vient de dire, mot pour mot, demanda Mary à la jeune fille qui traduisait.

Si tu fais ça, je reviendrai et je te transformerai en *chop suey* ! menaça Da Yong.

L'un des hommes entreprit de resserrer les chaînes autour des poignets de Fusang.

La jeune Dorothy écarta tranquillement les bras et se planta comme un crucifix en travers du chemin de Fusang.

Poussez-la, ordonna Da Yong. Allons-y !

Chris remarqua que Fusang le regardait. Elle avait sur le visage une expression de complet détachement, comme si elle n'avait pas la moindre idée de ce qui opposait tous ces gens. Elle lécha une traînée de sang qui dévalait sa joue avec l'indifférence d'une simple passante.

Puis tout le monde l'entendit dire : Je suis une voleuse. Je vais avec vous.

Tout se figea.

Fusang insista : J'ai pris ses bijoux.

Elle baissa la tête et sourit avec insistance.

Chris fut le seul à déceler une très légère pointe de satisfaction dans son sourire.

Quelques années plus tard, Chris finirait par comprendre ce sourire.

Cela lui revint soudain un matin, alors qu'il avait dix-sept ans : c'était donc cela. Il se trouvait sur un vapeur et avait appris à accepter qu'il y avait beaucoup de choses qu'on ne pouvait empêcher, ce qui revient à dire qu'il devenait adulte. C'est en effet un signe de maturité que de savoir reconnaître qu'il y a des situations sans espoir. Chris comprit donc enfin le sens du sourire de Fusang.

Elle avait *vraiment* souri, sans réfléchir.

Avant de sourire, elle avait dit : Je suis une voleuse. Je vais avec vous. J'ai pris ses bijoux. Elle n'avait nullement prémédité ses mots. Mais elle avait eu ce sourire-là en prenant soudain conscience de qui elle était. Elle avait compris alors qu'il était dans sa nature de tirer plaisir de la souffrance. Ou peut-être cette idée lui était-elle déjà venue le jour où elle avait affirmé sa personnalité en remettant son sarrau rouge. Chris était comme tous les autres hommes — la Fusang qui l'attirait le plus était celle vêtue de rouge.

En ce matin, à l'âge de dix-sept ans, Chris se rappela que la première fois qu'il était entré dans la chambre blanche stérile et qu'il l'avait vue, appuyée contre la tête de lit, vêtue de cette informe blouse monastique en coton blanc, il ne s'était pas approché. Ils étaient soudain devenus des étrangers. Il avait pris place sur la chaise, dans le coin, et s'était répété pour s'en convaincre : C'est bien Fusang, ma prostituée orientale aussi belle et séduisante que la tentation elle-même. Mais cela n'avait pas marché. Tout à coup, il ne ressentait plus pour elle l'obsession de ces dernières années.

Elle avait paru sentir le changement intervenu en lui. Elle avait défait sa tresse et joué langoureusement avec l'extrémité de ses cheveux.

Il n'avait pas éprouvé le désir de se rapprocher d'elle. Il l'aimait tout autant, mais la distance lui apparaissait à présent juste et nécessaire.

Cette fois-là, Chris était resté une demi-heure. Les jours qui suivirent, il partit s'asseoir directement sur la chaise, dans le coin, comme s'il venait pour affaires. Il fallait qu'il se répète : C'est quelqu'un à qui j'ai sauvé la vie. Elle va chaque jour un peu mieux. Il lui arrivait parfois de se demander : Mais qu'est-ce que je fais là ? A cause de la blouse blanche informe, il n'y avait plus rien de spécial entre eux. Il écourta peu à peu ses visites. Trente minutes. Vingt. Dix.

Le jour où il décida que ces visites ne leur faisaient de bien ni à l'un ni à l'autre, il gravit l'escalier en écoutant la vingtaine de filles qui chantaient avec seulement leur bouche, sans faire vibrer quoi que ce soit au plus profond d'elles-mêmes. Lorsqu'il trouva la porte de Fusang entrouverte, il s'apprêta à frapper, mais sa main se figea à mi-course. Il se contenta de pousser un peu le panneau et vit le corps moulé dans la douce étoffe rouge se tourner vers lui.

Assise devant un miroir craquelé de la taille d'une feuille de *wutong*, Fusang se tourna pour le regarder. L'écarlate défraîchi l'aiguillonna et il sentit ses sens chavirer. Même en se remémorant cet instant, trois ans plus tard, il éprouva le même chavirement des sens dans son corps tout entier. Il fut aussi commotionné que la première fois où il l'avait vue.

Elle faisait une trouée de rouge dans la blancheur oppressante. Le rouge saignait sur le blanc comme de l'encre sur du papier de riz.

Sa main fixait sa seconde boucle d'oreilles. La main s'immobilisa, mais pas la boucle.

Pas à pas, Chris s'était approché d'elle. Cette fois, il savait bien que les choses ne devaient pas s'arrêter là, qu'il lui faudrait aller plus loin, que chaque pas en entraînait un autre et que lorsqu'il aurait parcouru toute la distance qui les séparait, il resterait encore un autre pas à faire.

Il aurait pu y avoir beaucoup d'autres pas à franchir. Ce matin-là, à dix-sept ans, Chris envisagea chacun d'eux dans leurs moindres détails.

L'étape suivante aurait été d'avancer encore quand il ne restait plus d'espace entre eux, et d'entrer en elle.

Il aurait pu lui dire : Viens avec moi. Sois ma maîtresse ; tous les hommes de ma famille ont une maîtresse. Ceci aurait constitué un autre pas.

Ou il aurait pu l'enlacer solennellement et sceller solennellement un serment sur ses lèvres. Sans qu'il soit besoin de prononcer un mot, il n'aurait eu qu'à sortir le collier, celui que sa mère lui avait donné, prendre la main de Fusang et presser le bijou dans sa paume comme s'il plaçait la dernière pièce sur un échiquier.

Chris songea, en cette matinée, à l'âge de dix-sept ans, que tous les pas qu'il aurait pu faire auraient mis en branle un avenir impossible à connaître. Que chaque nouveau pas ouvre la voie du suivant, encore plus impossible à deviner. Il se rappela clairement la façon dont Fusang avait posé les mains sur ses épaules, sur son visage, rasé pour la première fois. Le rouge semblait embraser l'air autour d'elle.

A l'instant où Chris, quatorze ans, se tenait devant le sarrau rouge de Fusang, conscient de tous les pas qu'il lui restait à franchir, la porte s'était ouverte à la volée et avait claqué contre le mur.

Puis la tirade de Mary avait suivi, faisant l'effet d'un mur de briques qui s'effondre.

Fusang était un animal sauvage en rouge et Chris, sa proie, se laissait entraîner dans son antre. Vous voyez, les événements peuvent s'interpréter aussi de cette façon pour une missionnaire chargée d'une association de secours aux filles perdues. Chris regarda Fusang ouvrir de grands yeux étonnés et perçut le tremblement vertueux agitant brusquement les iris gris de la missionnaire, qui criait et se signait. Chris en vint à penser qu'elle avait raison ; il ne devait pas s'approcher de cette prostituée, surtout pas dans cette pièce si blanche et si pure qu'elle en devenait sacrée.

Ensuite, il s'est souvent posté sous la fenêtre de Fusang, mais en évitant de la voir. La fenêtre lui suffisait sans elle.

Ce matin-là, à dix-sept ans, Chris se rappela la scène de l'enlèvement de Fusang, la chaîne par laquelle on la tirait brutalement, les murs éclaboussés de sang. Il avait failli charger par la porte, saisir la chaise dans le coin et pourchasser ces hommes à natte avec tout ce qu'il trouvait. Et puis Fusang l'avait vu. Elle avait regardé par-dessus la confusion qui régnait dans la chambre et lui avait fait signe avec les yeux. C'était comme s'ils avaient eu un plan secret et qu'elle lui rappelait de ne pas l'oublier. Peut-être bien que ni l'un ni l'autre ne savaient ce que c'était, mais il leur suffisait de savoir qu'ils en avaient un, assez solide pour les empêcher d'en parler ou de faire intervenir qui que ce fût. La rage avait abandonné Chris, mais Fusang et lui semblaient avoir tissé une sorte de lien à travers la pièce. Il vint à présent à l'esprit de Chris, dix-sept ans, que c'était comme s'ils s'étaient engagés à fuir ensemble.

Puis les missionnaires avaient tout fait pour empêcher les Chinois d'emmener Fusang, se servant tant de leur corps que de leur âme comme boucliers. Des preuves ! Vous ne pouvez pas l'emmener sans preuves...

Je suis une voleuse. J'irai avec vous, avait dit Fusang à ce moment critique.

Si elle voulait quitter la chambre blanche, il fallait qu'elle fût une voleuse.

Peut-être avait-elle déjà envisagé de partir quand Mary l'avait sermonnée. Ou quand on avait jeté son sarrau rouge aux ordures.

Chris comprenait enfin ce qui s'était passé ce jour-là. Enchaînée par une bande de brutes, la figure en sang, les cheveux défaits, Fusang était devenue l'image même de l'esclave. Pourtant, elle avait baissé la tête et avait souri.

Quelle absurdité ! A trente ans, à quarante ans, pour le restant de ses jours, Chris repenserait au sourire de Fusang. Qu'elle fût asservie ou libérée par les autres, Fusang ne pouvait de toute façon ressentir sa liberté que de l'intérieur. Mais c'était là une notion trop difficile à comprendre à quatorze ans. Il regarda Fusang franchir la porte et monter dans la voiture.

Il se souviendrait toujours du marchand d'esclaves appelé Da Yong, dont le visage semblait une moquerie au monde entier. Revenez vite voir nos prostituées, jeune monsieur.

Tôt ou tard, vous finirez en enfer, lui avait annoncé Chris.

Merci, sale petite merde. Et, avec un dernier sourire, Da Yong avait sauté à son tour dans la voiture.

Lorsque Chris était enfin rentré chez lui, il était minuit passé. Il venait de retirer ses bottes quand un domestique était monté lui annoncer : Votre père vous attend, monsieur.

Son père s'était assoupi sur sa chaise, dans la salle de séjour. Ses lunettes avaient glissé jusqu'au bout de son nez droit et semblaient en équilibre au-dessus d'un à-pic. Chris aurait pu les remettre en place, mais il n'en fit rien. Il ne voulait surtout rien faire pour s'attirer les faveurs de son père en un moment pareil. Il ne voulait surtout pas non plus montrer un comportement qui aurait pu passer pour une tentative de l'amadouer, de crainte que son père ne croie, à tort, qu'il cherchait à éviter la conversation qu'ils allaient avoir.

Il savait que la situation se présentait assez mal. Un garçon de quatorze ans qui faisait l'école buissonnière, rentrait tard la nuit et enfreignait les règles établies par son père ne pouvait guère espérer s'en tirer comme ça. Mais il n'avouerait rien. Le silence était permis dans cette famille ; toutes ces secrètes liaisons interraciales en dépendaient.

Le silence permet de rester honnête. L'honnêteté est la base de l'estime de soi. Quand on ne peut pas dire la vérité, mieux vaut se taire. C'est ce que lui avait dit un jour son père. Il venait de rentrer du Sud.

Il ne parla de la guerre qu'avec son frère. Si l'on voulait son avis, des notions comme la vie et la mort ou le courage et la cruauté étaient complètement différentes pour ceux qui n'avaient jamais connu la guerre. Les gens qui n'avaient jamais fait la guerre ne méritaient même pas d'en entendre parler. Au début, quand on l'interrogeait sur ce qu'il avait vécu, il soupirait, souriait vaguement et racontait quelques anecdotes. Quand Chris fut assez grand pour avoir envie d'en savoir plus sur la guerre, tout le monde dans la famille s'était déjà habitué au silence de son père sur le sujet. Ils feignaient tous de ne rien savoir de la jeune femme noire qu'il avait gardée sous sa tente.

Quand son père se réveilla, ses lunettes tombèrent sur le livre de poésie ouvert sur ses genoux, rebondirent et se brisèrent sur le sol. Sans y prêter la moindre attention, il regarda Chris bien en face. Il n'y avait pas eu la moindre transition entre le sommeil et l'éveil ; il fut pleinement réveillé à l'instant où il ouvrit les yeux.

Il y a longtemps que tu attends ? lui demanda son père.

Oui, répondit Chris.

Je ne m'excuserai pas car je t'ai attendu plus longtemps encore.

Chris ne baissa pas les yeux.

Puis-je savoir, reprit son père, pourquoi tu m'as fait attendre si tard avant de rentrer à la maison ? Ai-je au moins ce droit-là ?

Oui, monsieur.

Un long silence. Qui donna le temps à son père de sonner un domestique et d'attendre que celui-ci ait ramassé les débris de lunettes sur le sol. Ensuite son père prit son coupe-cigare et coupa la cendre du cigare qui se trouvait près du cendrier. Puis il ralluma le cigare et lâcha : Alors ? L'interrogatoire n'était donc pas terminé, en fin de compte.

Chris lui parla de la manifestation qui avait secoué la ville, des dizaines de milliers de personnes qui réclamaient du gouvernement qu'il renvoie les coolies chez eux, et de la mission qui avait secouru de jeunes esclaves chinoises. L'une d'elles a été libérée de ses chaînes aujourd'hui...

Son père l'interrompit brusquement : Regarde tes mains, regarde comme tu les serres sur ton pantalon. D'accord, tu peux continuer.

Chris savait que son père voulait faire cesser ses mensonges, ou ses demi-vérités.

Il se rendit compte qu'il était stupide de se montrer aussi bavard.

A partir de maintenant, déclara son père, cinq minutes après sa remarque précédente, tu n'auras plus le droit de monter ton cheval. Jusqu'à ce que ton secret — je n'ai aucun moyen de savoir de quoi il s'agit, mais je sais que c'est ce qui te pousse à aller en ville — meure de lui-même. Moi aussi, j'ai des secrets, beaucoup, beaucoup de secrets, mais, tôt ou tard, ils finissent tous par mourir et sont remplacés par de nouveaux secrets. Il en ira de même pour les tiens. Au bout de quelque temps, tu te remettras à sourire et tu te tourmenteras pour un autre secret. Mais ce nouveau secret ne sera pas aussi terrible que celui-ci, parce que, pour autant que je puisse le savoir, celui-ci a maintenant atteint son paroxysme. Quel âge as-tu, Chris ?

Chris se demanda un moment si son père se moquait de lui ou non, puis finit par répondre. Je crois que j'aurai quinze ans dans onze mois et vingt-neuf jours.

Je ne me souvenais plus si tu étais déjà né ou pas quand la santé de ta mère a commencé à se dégrader.

Vous voudriez bien m'excuser ?

Ai-je dit que tu pouvais être excusé ?

Cinq minutes plus tard, son père reprit : Voudras-tu savoir lequel de mes secrets a duré le plus longtemps ?

Cinq autres minutes s'écoulèrent. Je le sais déjà, répondit Chris.

Tu en es sûr ?

Oui. Et vous détestez probablement la personne qui en a parlé à Mère.

Faux. Je déteste la personne qui a causé à ta mère tant de chagrin. Tu vois un plein champ de fraises et tu commences à en ramasser. Si tu te fais mordre par un serpent, te mets-tu à détester le serpent ? Non ; si j'étais toi, je détesterais les fraises.

Puis-je aller dormir, s'il vous plaît ?

Ne t'inquiète pas. Tu ne pourras pas dormir, de toute façon. Tu vas rester debout toute la nuit pour essayer de trouver un moyen d'aller là-bas sans ton cheval. Tu vas te demander comment t'en sortir avec moi. Quelqu'un te conduira à l'école. Mises à part les heures d'école, tu ne mettras pas les pieds ailleurs qu'ici. Je t'enverrai chercher à n'importe quelle heure. Qu'en penses-tu ?

On dirait une prison.

On ne dirait pas, mon fils, c'en est une.

Chris dévisagea son père un long moment, puis demanda : Y a-t-il une autre solution ?

Oui. Tu pourrais aller à Londres. Tu as remarqué

comment tu parles anglais ? Tout le monde l'a remarqué en tout cas : tu t'exprimes comme un Asiatique.

Chris releva brusquement la tête pour examiner son père.

Si cette façon de parler sortait de la bouche d'une Jaune, je trouverais cela adorable, tout à fait charmant. Le père jaugea ouvertement du regard son fils. Tu as envie de me dire que tu me trouves bien bavard ce soir, n'est-ce pas ?

En effet.

Tu n'aimes pas beaucoup ces allusions, n'est-ce pas ?

Non.

Bien. Alors tu vas immédiatement cesser de voir cette putain de Chinoise.

Je peux essayer.

Peu importe. Si tu échoues, tu iras à Londres.

Tu parais surprise. Il est vrai que cela fait un moment que nous ne nous sommes pas vues. Depuis ta mise en quarantaine à la mission, je me suis dit qu'il valait mieux ne pas trop t'importuner. La mission a été classée monument historique maintenant, à la mémoire de Dorothy et de Mary, ces missionnaires qui vous ont secourues, toi et tant d'autres prostituées chinoises. J'ai même rencontré la dernière prostituée à avoir été sauvée. Elle a soixante-dix-neuf ans et vit dans un tout petit appartement, fatigué mais propre, son réfrigérateur quasi vide. Elle portait une vieille robe qu'elle avait achetée à l'Armée du Salut. Elle s'anima vraiment dès que la conversation porta sur la grande campagne de secours. Elle m'a rappelé ces femmes révolutionnaires qui n'ont plus que leurs idéaux pour leur tenir compagnie sur leurs vieux jours. Sa seule source de fierté dans la vie était d'avoir été sauvée et d'avoir sauvé à son tour. Elle n'a pas pu s'empêcher d'évoquer ton histoire. Elle avait entendu parler de toi par la vieille génération des missionnaires. Comme nous te connaissions toutes les deux, j'ai accepté de retourner lui rendre visite.

Si elle était si contente de me voir, c'est probablement parce que plus personne aujourd'hui ne lui parle de la mission. Nous avons constaté que les Chinois ne se rappellent plus très bien l'époque où ils sont arrivés à la montagne d'Or. Les Blancs s'en souviennent encore moins. Ce sont des souvenirs qui gêneraient tout le monde. En 1870, un journal de San Francisco a publié les résultats d'une étude où l'on demandait à des Blancs de comparer — en toute objectivité — les gens de couleur. Cinquante pour cent d'entre eux trouvaient les Chinois pires que les Noirs, trente pour cent trouvaient les Chinois et les Noirs aussi mauvais les uns que les autres, et vingt pour cent considéraient que les Chinois étaient un peu moins mauvais que les Noirs. Nous avons aussi parlé de Jack London. Je lui ai demandé si elle savait ce que cet auteur, vénéré par tant de jeunes gens en Chine, pensait des Chinois. Elle m'a répondu que non. Je lui ai donc expliqué que même si je ne me rappelais pas les mots exacts, je ne pourrais jamais oublier la substance de ses réflexions. Il trouvait les Chinois fourbes, paresseux, impossibles à comprendre ou à fréquenter, et qu'ils ne pourraient jamais être de la moindre utilité pour l'Amérique. Et puis j'ai éclaté de rire et j'ai ajouté : Dire que c'était mon auteur préféré quand j'étais enfant, parce qu'il avait une telle compréhension bienveillante des loups !

Je me suis ensuite rendue sur la place près de la baie. Pendant soixante-dix ans, elle a été le lieu de rassemblement des vieux Chinois, l'endroit où ils jouaient aux échecs, chantaient l'opéra et se racontaient des histoires de prostituées. Il y avait ceux qui s'étaient embarqués et qui, lorsqu'ils ne pouvaient plus naviguer, se retrouvaient ici. Ceux qui avaient passé toute leur vie à travailler dans des ranches puis avaient dû partir quand ils étaient devenus trop vieux. Aucun d'entre eux n'avait jamais rassemblé assez d'argent pour se marier. Pourtant, aussi pauvres qu'ils pussent être, aucun d'eux ne s'était jamais laissé aller à devenir clochard ou mendiant. Pendant plus de cent ans, entre ton époque et la mienne, la pauvreté a rarement poussé les Chinois à mendier. Elle pouvait en rendre certains fous, mais la folie est toujours respectable. Ceux qui ne sont pas fous prennent un repas par jour et conservent leur dignité malgré la faim qui leur tenaille le ventre. Jack London ne l'aurait jamais imaginé.

Ces vieux te connaissent eux aussi. Ton histoire a commencé son voyage sur cette place.

Tu es célèbre aujourd'hui. Tu parais plus radieuse que jamais dans la lumière de cette fin d'après-midi, parce que ta journée commence tout juste. Il y a tant de satisfaction dans tes yeux. Tu ne manques de rien. Tu es devenue célèbre du jour au lendemain. Je me suis plongée dans les livres et dans mes interviews pour voir si je pouvais trouver la vraie raison d'une telle célébrité.

Certains disent que c'est Da Yong. Certains disent que c'est Chris. D'autres pensent que c'est à cause de la bataille rangée sur la place.

Si tu voyais tous ces livres dans ma bibliothèque, tu ne manquerais pas d'être embarrassée. Comment pourrais-tu savoir que certains ont vécu et sont morts pour toi ? Et que pourrais-tu y faire, de toute façon ?

Certains des immeubles qui entourent cette place s'écroulent, d'autres s'élèvent toujours plus haut. Comment pourrais-tu savoir que le forgeron Cai a pu devenir un grand propriétaire foncier en fabriquant les armes de la bataille ? Nuit après nuit, le vacarme des marteaux contre l'acier se poursuivait jusqu'à l'aube, jusqu'au moment où même les prostituées soufflaient leur bougie pour dormir.

Tu n'as jamais imaginé que toutes ces armes avaient en fait quelque chose à voir avec toi.

Tu continues juste de t'occuper de tes affaires, d'être plus belle que jamais et de sourire pour des raisons connues de toi seule.

Les hommes qui se sont battus pour toi ne se doutaient absolument pas que tu avais été secourue par la mission et que tu te trouvais dans une chambre si stérile que même une araignée n'y pouvait pas survivre. Nul ne se souvenait même que tu étais la cause de la bataille, que tu avais éveillé les mêmes espoirs chez deux hommes différents, sans te rendre compte de rien. Nul ne se rappelait la source d'une telle haine. La haine n'a pas besoin de cause.

Regarde, ils sont armés de hachettes et de couperets. Mais surtout, ils ont pour arme leur haine. Ils se sont dirigés vers la place. Les conséquences de l'affrontement avaient déjà été prévues. Si un guerrier ne rentrait pas du champ de bataille, ses aînés en Chine recevraient une compensation de la part de ses amis proches et frères de sang.

Ils pénétrèrent lentement sur la place, d'un pas lourd. Chacun avait mis grand soin à s'habiller, à se raser le crâne pour le rendre lisse comme un œuf, à oindre sa tresse de cheveux d'huile parfumée. Ils portaient tous une veste et un pantalon de mandarin en soie couleur d'ivoire, pour que le sang pût mieux se voir. Ils gardaient la veste ouverte ; les longues rangées de boutons en tissu et de brides serrées ressemblaient à des dents. La soie se gonflait au vent comme des voiles, et les battements d'étoffe paraissaient des aiguillons.

Le jour où les avis de combat furent placardés dans tout Chinatown, les journaux des Blancs passèrent une réclame bien à eux pour lancer le plus grand combat de gladiateurs orientaux. La place était idéale pour une bataille ; les balcons des immeubles environnants faisaient des loges parfaites. Une semaine avant le combat, les étrangers allaient de porte en porte pour chercher à louer des places assises : Je paierai cinq dollars de l'heure.

Cinq dollars ? Vous vous moquez de moi ? C'est une occasion unique de voir sauter nattes et têtes chinoises ! Cinq dollars ! Le dernier balcon est parti pour vingt.

Le public commença à arriver vers midi. Les balcons étaient équipés d'ombrelles, de fauteuils et de tables pour les boissons. Lorgnette à la main, toutes ces dames avaient revêtu leur plus belle tenue de promenade. Même les buggies, dont certains avaient parcouru de très grandes distances, étaient découverts pour les festivités.

A deux heures, la place était comble. Des vendeurs mexicains sillonnaient la foule tandis que les Chinois avaient dressé de petites baraques où vous attendaient la bonne aventure, des courbettes à n'en plus finir, des écrivains publics et des souffleurs de verrues. Quelques vieillards louaient les bancs de l'opéra pour permettre aux curieux de monter dessus.

Lorsque les combattants apparurent, par rangs de deux ou trois, la foule s'écarta largement, se retenant respectueusement de manger ou de parler pour les regarder s'engager d'un pas imposant sur la place. On appelait ces hommes les *buhao.*

Tu en avais déjà vu. Ils avaient tous l'expérience du combat et des cicatrices pour le prouver. Ils avaient fait leur part de rapts et d'actes de terrorisme, mais se révélaient par ailleurs de fort honnêtes hommes. Ils aimaient à se voir comme des tueurs froids et détachés car, pour eux, le meurtre était un art, et ils établissaient une grande distinction entre eux et ceux qui tuaient quand l'envie les en prenait.

Jusque-là, personne ne s'est préoccupé de la cause de la bataille. Personne ne s'est enquis de la putain en question. Tu as été épargnée, non seulement en ne te disputant jamais avec le monde, mais en ne te mêlant même jamais à lui. Si l'on avait su où te trouver, nul doute qu'il serait bien venu à l'esprit de quelqu'un de demander : Mais pourquoi donc est-ce qu'on se bat, putain de bordel ?

Les hommes des deux camps ont une bande noire ou jaune nouée autour du bras droit. Leurs hachettes et couperets sont décorés avec des glands assortis, comme des armes de théâtre, vert et noir d'un côté, bleu et jaune de l'autre, afin de s'harmoniser avec les brassards.

Quand tout le monde fut prêt, quelqu'un s'avança avec des paroles de guerre. Elles n'étaient pas bien violentes, peut-être une insulte touchant aux défauts supposés de la mère de quelqu'un. La provocation, quelle qu'elle fût, était permise, utile même, pour mettre un ennemi hors de lui et amener les adversaires à s'affronter en combats singuliers.

Les deux premiers guerriers croisèrent enfin le fer. Ni leurs armes ni la manière dont ils s'en servaient n'avaient beaucoup évolué depuis les temps anciens.

Lorsque plus de vingt couples de guerriers eurent pris possession de la place, les étrangers ne virent plus que des éclairs blancs dansant sous le soleil. Ils avaient l'impression d'être aux premières loges d'une ancestrale bataille orientale. Ils applaudissaient à chaque beau coup. Pour vingt dollars, ils s'offraient une plongée dans l'Antiquité.

Le sang formait assurément un beau spectacle sur la soie blanche. A part ceux qui étaient tombés dès le début et avaient été emportés par les mains tendues de la foule, tous saignaient abondamment.

Les mains des étrangères tremblaient tellement qu'elles ne parvenaient plus à ajuster leur lorgnette. Les hommes buvaient sans s'interrompre et l'alcool se muait instantanément en transpiration, baignant des visages qui rouges au départ finissaient blêmes. Les poils se hérissaient sur les bras qui s'accrochaient aux balcons, frémissant telle l'armoise avant un orage.

A mesure que les combattants se raréfiaient sur la place, l'arène paraissait s'agrandir. Leurs cris devenaient plus rauques et ils chancelaient à chaque mouvement. Une main coupée gisait à terre, paume offerte vers le ciel.

Les balcons s'étaient vidés. Cette petite rencontre avec les Chinois avait laissé les Blancs déprimés. Quelqu'un donna dans un murmure le nombre des morts. Un autre rit froidement et commenta : Dommage qu'on n'ait pas vu rouler de tête avec une natte. Mais le rire sonnait faux.

Tu ne savais rien de tout cela. Tu passais d'un médecin à un autre, et tous se demandaient ouvertement si tu allais vivre ou non alors que tu gisais sur ton lit blanc, les yeux fermés. Tu n'étais qu'à deux doigts de la mort.

La mort est comme le reste ; elle revêt de nombreuses significations. On peut dire la même chose de la survie. Depuis plus de cent ans maintenant, la notion de survie a pris un sens particulier pour des gens comme nous. Tu as survécu à ton époque et nous continuons de survivre à la mienne. Lorsque nous descendons d'avion et que nous passons devant les visages peu amènes des services de douanes et d'immigration, nous sommes aussi désorientés que toi. Comme tu as pu le ressentir, nous avons l'impression que l'océan qui se trouve derrière nous n'est nullement aussi insondable que la terre aride qui s'étend devant nous, aussi tout étranger à peau jaune nous apparaît-il comme un proche voisin.

Nous aussi, nous fonçons tous vers Chinatown pour réduire le fossé culturel. Nous aussi, nous nous entassons dans de petits appartements minables, partageant le loyer à plusieurs, notre sécurité venant de l'insécurité des autres, et notre félicité de leur malchance. Ensuite, exactement comme ceux qui t'ont succédé, nous avons commencé, à petits pas prudents, à nous aventurer en territoire non chinois.

Dès les années vingt et trente, les employés chinois ont permis aux non-Chinois de s'enrichir à bon compte. Le jeune homme qui fut le premier à sortir de Chinatown pour devenir directeur d'une banque étrangère, dans les années vingt, modifia à tout jamais notre histoire.

Nous n'avons pas beaucoup changé. Nous nous échinons toujours tranquillement comme ces Chinois qui cherchaient de l'or dans les mines épuisées, utilisant les méthodes les plus archaïques pour accumuler des richesses. Notre richesse se construit comme une couche de poussière, grain par grain. Ton zèle et ton endurance nous ont été transmis, à nous, cinquième génération d'immigrants jaunes.

Que dire de la première femme à avoir décroché un petit rôle dans une compagnie de ballet étrangère, dans les années quarante ?

Ou de l'astronaute, dans les années soixante ?

Tout aussi tranquillement, nous suivons leur sillage. Les Chinois des années trente et quarante prenaient timidement l'ascenseur, descendaient le couloir et présentaient leur superbe dossier scolaire pour demander un boulot subalterne. Nous sommes différents aujourd'hui. Lorsque nous nous présentons dans notre unique costume occidental, que nous regardons les gens dans les yeux, nous exprimons dans un anglais impeccable et obtenons la place, nous contemplons les gratte-ciel, les larges avenues et nous nous disons : Putain, et alors ? Une expression cynique passe dans nos yeux puis prend peu à peu possession de toute notre physionomie : alors c'est pour en arriver là que les immigrants de la cinquième génération se battent ? Pour quoi ? Nous sommes toujours isolés, aussi isolés que les premiers Chinois à avoir mis le pied sur le sol américain.

Et en plus, nous ne partageons même plus la fièvre de la ruée vers l'or. Nous avons perdu la foi en l'or qu'avaient nos ancêtres. Autrefois, même quand on n'avait rien, on avait confiance. Nous ne partageons plus cette confiance inébranlable. Avec la dépression qui, inexplicablement, nous mine, notre réaction, dès que nous atteignons un objectif, est : A quoi bon ? Cela ne nous empêche pas d'essayer de gagner de l'argent, mais la détermination passionnée à survivre a disparu.

Nous savons tous produire ce rire cynique (non, toi, tu en es incapable) devant notre propre zèle et la paresse des étrangers ; nous rions de notre propre côté fuyant comme de l'hypocrisie des étrangers ; nous rions de notre propre frugalité comme de l'attitude d'enfants gâtés des étrangers. Nous rions des espoirs et de l'industrie proverbiale de chaque nouvelle vague d'immigrants chinois, à commencer par la tienne, nous rions de ceux qui réussissent et de ceux qui échouent.

Nous ne sommes plus aussi polarisés sur l'objectif final ni aussi maîtres de nous-mêmes que nos prédécesseurs. Nous ne parvenons même pas à trouver des stratégies pour lutter contre la discrimination. Elle revêt trop de formes différentes maintenant ; elle est trop subtile, trop sophistiquée. On dirait presque une illusion tant elle paraît sensible à un moment et inexistante l'instant d'après. Ce n'est pas comme à ton époque, où la discrimination prenait la forme de chasses aux voyous et de tabassages en règle, et où des gens comme Da Yong n'avaient aucun problème pour la repérer et la démonter.

Nous ne savons plus nous battre. Nous ne savons plus comment exprimer notre haine et notre rage. Nous n'avons plus d'ennemis concrets. Les visages blancs qui nous entourent nous sourient tous de la même manière stéréotypée, bien loin des chasses et des tabassages. Nous ne savons donc plus quoi faire.

Quelle autre issue y a-t-il que le cynisme ?

Tu regardes ma mine blasée, mon sourire sceptique, et tu ne reconnais rien. Tu n'appellerais même pas cela un sourire. Personne n'aurait jamais souri de cette façon au début ou même au milieu de notre histoire en Amérique.

Mais il ne s'agit pas de mon histoire. J'ai déjà bien trop écrit sur ce qui m'est arrivé. Je veux simplement retrouver mes racines dans des récits où il est question de travail, d'étude et de cohabitation avec les non-Chinois, des récits qui me permettraient de savoir si la lune est plus ronde au-dessus d'une terre étrangère qu'elle ne l'est, là-bas, au pays.

Le sang s'est effacé du champ de bataille. Ecoute, un de ces journalistes pressés pose la question : Qui était la putain à l'origine de tout ça ?

Lorsque le vapeur qui faisait route vers l'est fut à quai, Da Yong et ses hommes embarquèrent.

Fusang portait un chapeau à l'occidentale, dont la voilette impeccable lui couvrait le visage jusqu'au menton. Cela dissimulait plaies et hématomes. Elle s'était changée et coiffée dans la voiture. Alors que quelqu'un lui retirait ses chaînes, Da Yong avait commenté : Au moins tu ne sens plus cette odeur de désinfectant.

Le vapeur était séparé en deux classes, la première étant réservée aux Blancs.

Quand Da Yong s'assit, les autres hommes l'imitèrent, mais leurs yeux ne quittaient pas les lèvres voilées de Fusang.

Elle n'était pas seule à avoir pris place près de Da Yong. Il y avait aussi un chien, un perroquet et sa mallette à bijoux. Il veillait toujours sur ses petits animaux. En remarquant les regards que coulaient les hommes vers le corps de Fusang, il poussa un soupir de satisfaction. Fusang était le petit animal de tous.

Avant le départ du bateau, quinze ou seize Blancs montèrent à bord, prétendirent qu'il faisait trop froid en première classe et qu'ils devraient se contenter de la seconde.

Vous, les Chinois, allez tous vous asseoir là-bas ! commanda un homme d'une quarantaine d'années. Les hommes à natte interrogèrent Da Yong du regard.

Celui-ci jaugea les Blancs en souriant. Tous des soldats en permission, certains appartenant à la marine. C'était le genre de types à prendre les Chinois pour cibles dès que l'occasion s'en présentait. Chacun avait à son actif au moins trois Chinois étendus au tapis.

Je compte, répondit Da Yong.

Ce qui signifiait : Nous sommes en trop petit nombre.

Le milieu de la cabine se vida donc, les Chinois se rassemblant d'un côté et les diables blancs de l'autre.

Chaque groupe parlait sa propre langue, chacun

s'estimant heureux d'avoir trouvé les autres si conciliants.

Chaque groupe s'en tint pour le moment à cette bonne humeur, ce qui permit de maintenir le calme au centre de la cabine.

Mais chacun évaluait aussi l'armement et la force de ceux d'en face. Les diables blancs remarquèrent tout de suite les poignards de Da Yong, visibles au début puis dissimulés par sa veste entrouverte. Ils avaient déjà entendu parler de ce Chinois et de ses poignards.

Da Yong savait qu'une bagarre ne le servirait pas. Il venait juste d'enlever Fusang à la mission, aussi les journaux et la police des Blancs étaient-ils furieux de ne pas pouvoir l'épingler. Dans l'hypothèse bien improbable où les policiers auraient fait preuve de diligence, ils auraient bien pu exhumer quelques vestiges de ses anciennes vies les plus récentes. Chaque fois qu'il disparaissait puis refaisait surface, ses calculs se faisaient plus précis. Il avait réussi à se bâtir un calme à toute épreuve : que l'extrémité de sa natte soit coupée par des diables blancs, il ne ferait rien de plus que de mettre le feu à l'une de leurs écuries afin de lâcher un peu de vapeur. Aujourd'hui, particulièrement, il lui fallait se contrôler car une très grosse vente aux enchères de femmes et de chevaux, la plus importante de l'année, était sur le point de commencer de l'autre côté de la baie, et il ne voulait surtout pas risquer de perdre son acuité visuelle dans une bagarre à coups de poing.

Quelqu'un marmonna : Qu'est-ce qu'il y a ? Le bateau est en panne ou quoi ? Pourquoi est-ce qu'on ne part pas ?

Tout en caressant la main de Fusang, Da Yong lança un ordre à l'homme assis près de lui : Va demander au capitaine s'il a l'intention de faire partir ce cercueil un jour.

L'homme atteignait à peine le milieu de la cabine quand un Blanc arracha le goulot d'une flasque de whisky de sa bouche pour dire : Recule.

Je vais juste demander pourquoi le bateau ne part pas...

Mais avant que les mots ne puissent s'échapper de ses lèvres, d'autres avaient déjà rugi : Recule !

Tirant sur sa queue nattée et s'inclinant légèrement, il répliqua : Pardon, je ne voulais pas franchir la ligne.

Recule ! Une douzaine de diables blancs brandirent un poing velu. Le whisky avait rendu cramoisis certains de leurs visages tandis que d'autres avaient pris une teinte verdâtre.

Celui qui s'était levé pour aller trouver le capitaine se retourna et adressa à Da Yong un sourire de chien battu.

Da Yong, cependant, semblait ne rien avoir remarqué et continuait de caresser Fusang de cette même manière ostensiblement intime qu'il caressait les plumes du cou de son perroquet.

Le bateau se mit en branle, et la bonne humeur revint de part et d'autre de la cabine.

D'un côté, les hommes ne cessaient d'éclater d'un rire gras tandis que, de l'autre, on gueulait des airs d'opéra cantonais comme si on était chez soi.

Quelqu'un sortit un *huqin* et se mit à en jouer.

Fusang contemplait l'eau par la fenêtre.

La première fois que je t'ai vue, c'était il y a trois ans, lâcha Da Yong.

Quelqu'un battait la mesure avec le pied.

Da Yong reprit : Ce cercueil n'avance pas. Ça me rappelle la rivière qu'il y a chez nous, murmura-t-il pour lui-même.

Fusang battit des cils, signe qu'elle avait entendu. Il se sentit ému car il lui plaisait de savoir qu'elle le comprenait, prenant une expression qui rappelait plus ou moins celle de son chien en pareilles circonstances.

Là-bas, un bateau descendait la rivière une fois par mois jusqu'à la mer. Il parlait toujours tout seul, jouant tour à tour avec les plumes du perroquet puis avec une boucle des cheveux de Fusang.

Si tu me fais un sourire aguicheur maintenant, je te vends. Sinon, il faudra que je te garde pour moi.

Fusang s'était tournée vers lui, un demi-sourire rêveur aux lèvres.

Da Yong aimait bien les sentiments qu'elle suscitait chez lui.

D'où es-tu ? demanda-t-il. Il n'interrogeait jamais les prostituées sur leurs origines parce que les récits qu'elles lui faisaient, le visage baigné de larmes, l'ennuyaient à mourir. Ta famille fait la culture du riz ?

Non, du thé, répondit Fusang.

Où ça ?

Hunan.

Les doigts de Da Yong se crispèrent si violemment qu'il arracha la mèche de cheveux de la tête de Fusang. Un de mes amis, à peu près de mon âge, a une épouse là-bas, au pays, la fille d'une famille de planteurs de thé de la région de Hunan, expliqua Da Yong. Quiconque le connaissait bien aurait été étonné de l'entendre parler ainsi. Est-ce qu'il va bien ? Il vient de dire quelque chose de sérieux !

Oh, fut tout ce que dit Fusang, le visage tourné vers lui contre l'eau illuminée par le soleil. Elle n'ajouta pas : Allez-y, je vous écoute, et cela plut à Da Yong. Il avait l'impression que devant un visage aussi docile et vide d'expression qui vous regardait, on ne pouvait s'empêcher de parler.

Cet ami m'a dit qu'il allait retourner au pays pour la voir dès qu'il en aurait l'occasion, mais que pour le moment cela lui est impossible...

D'un léger hochement de tête, Fusang montra qu'elle comprenait l'ami en question. Elle ne demanda pas ce qui l'empêchait de retourner chez lui maintenant.

Tu vivais donc heureuse à faire pousser du thé à Hunan. Pourquoi es-tu venue ici ?

On m'a enlevée.

Qui t'a enlevée ?

Fusang sourit, du sourire que prennent les adultes pour répondre aux questions impossibles des enfants. Puis elle se détourna, présentant à Da Yong son profil, toujours souriant.

Tu as été kidnappée à Guangdong ?

Oui.

Da Yong lui saisit le menton et, l'expression soudain ombrageuse, lui tordit la figure vers lui. Il la maintint ainsi deux ou trois minutes avant de la lâcher brutalement. Comment cette putain pouvait-elle avoir plus ou moins le même parcours que celui de sa propre femme ? Il baissa avec colère les yeux sur ses mains qui enserraient ses genoux. On aurait dit des étoiles de mer accrochées à un récif. Il ne voulait surtout pas que ces deux femmes coïncident d'une façon ou d'une autre. Son épouse se trouvait toujours là-bas, en train de broder, de pousser la meule, de l'attendre. Chaque fois qu'il envoyait de l'argent au pays, il recevait la même réponse courte et explicite de sa mère : L'argent est arrivé. Tout le monde va bien. C'était bien la preuve que sa femme l'attendait. Il pouvait bien échapper de très peu à la mort, le moment venu, il y aurait toujours une place pour lui là-bas. Où rien de ce qu'il avait fait ne lui serait reproché, où son ardoise serait effacée d'un seul coup. Là-bas, dans les bras de sa femme. C'était bien cela qui le rendait si téméraire : aussi mal que pourraient tourner les choses pour lui, il aurait toujours une porte de sortie, un foyer vers lequel retourner. S'il envoyait de l'argent là-bas, c'était pour continuer à se ménager cette porte de sortie. Celle-ci lui était absolument indispensable parce que, si elle n'existait plus, il ne serait même plus question de revenir de tous ces voyages périlleux et il en serait réduit à une vie d'errance désespérée. Sans cette épouse censée l'attendre, il pourrait très bien passer le reste de sa vie à faire la ronde des bordels. C'est pour cela qu'en découvrant la similitude des origines de Fusang et de sa femme, il avait bien failli lui décrocher la mâchoire. Il avait le sentiment que la putain qui était sur le point de gagner son affection allait également le priver de sa porte de sortie. Les hommes qui chantaient des airs d'opéra cherchaient visiblement la bagarre avec ceux qui criaient et riaient de l'autre côté de la cabine. Ils étaient de plus en plus nombreux à prendre des voix de fausset qui évoquaient surtout des hennissements de chevaux.

Certains Blancs avaient ôté leur chemise pour montrer leurs cicatrices et leurs tatouages. Curieusement, les hennissements ne paraissaient pas les déranger tant que cela. Ils s'entêtaient simplement à crier et puis rire, désirant seulement éviter de perdre cette bataille où chaque camp se voulait le plus fort et le plus offensif.

Da Yong émit un petit rire et commenta : J'ai entendu des pets qui sonnaient mieux.

La remarque fit le tour des chanteurs. Lorsque les chants se furent soudain interrompus, les Blancs furent surpris par le silence électrique qui faisait soudain écho à leur propre silence, et tous tournèrent la tête vers le Chinois pour chercher à déterminer ce qu'il y avait de si bizarre et de si menaçant.

Le fil de l'humeur était tendu à craquer dans la cabine.

Le vapeur arrivait tout juste au milieu de la baie.

Le silence passa d'une phase interloquée à une phase hostile tandis que les muscles se raidissaient, prêts à frapper, les yeux s'affrontant déjà.

C'est le moment que choisit Da Yong pour bâiller, longuement et ostensiblement. Tous les regards se concentrèrent sur lui. Il prit une flûte de bambou à la ceinture d'un de ses hommes, en vérifia une extrémité, puis l'autre, et la tendit à Fusang en disant : Voyons comment elle sonne.

Sans regarder personne, Fusang sourit, pencha la tête et glissa la flûte sous son voile. Avec une légère ondulation du corps, elle joua une note parfaitement timbrée.

Joue *Le berger Su Wu*, demanda Da Yong.

La jeune femme se mit à jouer.

La mélodie semblait un boyau qui se frayait un passage entre toutes les personnes présentes. Tous les corps se mirent à osciller comme celui de Fusang, même ceux qui débordaient de whisky.

Les poings se desserrèrent, comme des mains immergées dans l'eau courante qui laissent le flux couler entre leurs doigts détendus.

Pendant toute la chanson, les Blancs avaient pris la même expression de poisson mort, lèvres crispées et yeux tristes.

A la première reprise, certains essayèrent de se secouer, comme pour briser le charme. Ils commençaient à s'apercevoir qu'on leur jouait un tour. Que cachait donc cet air étrange et envoûtant ? Les Chinois s'en servaient pour prendre l'ascendant puisque ce son n'avait pas d'équivalent : rien ne pouvait le couvrir.

Le même air fut joué et rejoué, inlassablement, sur un ton si monotone et mystérieux qu'il semblait se déverser d'en haut, pénétrer par la tête puis s'enrouler jusqu'en bas.

Tous les Chinois se balançaient comme des serpents charmés par la musique.

Les Blancs sentirent que les Chinois l'emportaient.

Arrêtez ! s'exclama l'un d'eux en cognant une bouteille de whisky contre la vitre de la cabine.

Fusang ne l'entendit même pas. Elle reprit à nouveau l'air à son début.

Arrête ! Eh, toi là, la pute chinoise ! Arrête ! criaient à présent en chœur tous les Blancs.

Fusang venait d'atteindre un passage évocateur de merveilleux ciels ensoleillés, de prairies verdoyantes et de fleurs rouges... et elle n'avait évidemment aucune envie de s'interrompre. Elle contempla à travers son voile les visages blancs puis regarda à travers eux, en direction d'un endroit infiniment plus lointain.

Pour les Blancs, cette musique était de plus en plus proche de la torture. La souffrance devenait intolérable. Cet air témoignait d'une connaissance beaucoup trop intime de la fragilité humaine. Il touchait précisément à la faiblesse et aux points sensibles de chacun.

Quelqu'un lança une bouteille de whisky par terre, au milieu de la cabine.

Fusang jouait un long *decrescendo*. Elle regarda le verre exploser.

Arrête ! Pour l'amour de Dieu, arrête ! gémit l'homme qui avait lancé la bouteille.

Da Yong se leva et demanda : Pourquoi ? Les Chinois n'ont plus le droit de jouer de la musique chinoise maintenant ?

Vous appelez ça de la musique ? Espèces de fils de putes chinetoques ! Vous appelez ça de la musique ?

Et comment voulez-vous l'appeler ? rétorqua Da Yong. Dites-le-moi, je vous en prie, espèce de fils de pute blondasse. Qu'est-ce que c'est alors, si ce n'est pas de la musique ?

C'est de la torture pour des oreilles civilisées !

Les Blancs ne cessaient de lui crier d'arrêter, mais Fusang dévalait en jouant les cours d'eau qui sillonnaient la terre comme un filet, ou chevauchait les nuages éparpillés dans un ciel infini.

Da Yong était frappé par la sérénité rare dont faisait preuve la jeune femme. Si vous n'aimez pas notre musique, lança-t-il aux Blancs, vous n'avez qu'à retourner dans votre cabine.

Mais c'est *notre* cabine. C'est notre pays, et vous pouvez toujours retourner d'où vous venez pour écouter autant que vous voudrez de cette saloperie à vous casser les oreilles et vous ficher les nerfs en pelote !

Arrête ça ! Arrête !

Si tu ne la fais pas arrêter tout de suite, on te fout à poil et on te balance par-dessus bord !

Les hommes assis près du centre ne quittaient pas Da Yong des yeux, pour voir s'il allait enrouler sa natte autour de la tête. Mais Da Yong restait assis, jambes croisées, balançant paresseusement le pied.

Fusang en était à un *allegro* d'oies filant vers le sud. Ses yeux semblables à des étendues d'eau calme contemplaient les visages blancs hostiles et les visages jaunes indignés. Elle ne paraissait pas comprendre pourquoi les deux clans se rapprochaient de la sorte.

La natte de Da Yong se retrouva soudain enroulée sur le sommet de son crâne.

Fusang continua de jouer en regardant la mêlée de bras et de jambes. Peu à peu, le plancher se couvrit de gouttes, puis de flaques de sang. De chaussures. De dents. De cheveux.

Lorsque l'un des Blancs sortit un fusil, Da Yong avait déjà la main sur l'un des poignards de sa ceinture. Le Blanc se rappela soudain les légendes qui circulaient au sujet d'un caïd chinois et de ses poignards. Il n'avait aucune envie d'en vérifier la véracité. Il abaissa son arme et fit demi-tour.

Lorsque Da Yong eut dépouillé le dernier Blanc de son pantalon avant de le jeter à l'eau, Fusang avait terminé son chant. Elle avait laissé la dernière note s'éteindre et refermé les lèvres quand elle remarqua enfin que les hommes étaient couverts de sang. Il ne restait plus un seul Blanc en vue.

Le bateau fit résonner la sirène et s'approcha du quai. Da Yong rassembla son perroquet, son chien, sa mallette à bijoux et Fusang, puis se dirigea vers la porte de la cabine. Soudain, il fit demi-tour, se pencha et se mit à chercher quelque chose par terre.

Allons-y, fit quelqu'un. Les flics arrivent !

Tu as tout, commenta quelqu'un d'autre. Qu'est-ce que tu cherches ?

Merde, mon doigt, répondit Da Yong en montrant sa main.

Mais ils y sont tous... commentèrent les autres.

Putain, fit-il, comment ai-je fait pour perdre une bague ?

Laisse-moi te raconter ce qu'il est advenu de Chris.

Il est allongé sur son lit, fulminant d'être emprisonné. C'est la septième nuit qu'il est ainsi consigné dans sa chambre et il boit du brandy qu'il a payé un prix exorbitant au cuisinier. La rage et le manque lui donnent la fièvre. Au même instant, tu relèves ta longue jupe pour gravir un escalier garni d'un tapis. C'est ta nouvelle cage, une maison que Da Yong a achetée juste entre Chinatown et North Beach. Tu t'arrêtes sur le palier et tu regardes derrière toi, comme si tu avais perdu quelque chose. C'est la première fois que tu as senti que tu manquais à quelqu'un. Tu t'aperçois que l'ombre de Chris ne t'a pas quittée. Regarde-toi. Tu rates une marche, et ton visage est en proie à une lutte d'émotions, comme celui d'une muette. Tu identifies peu à peu tes propres attentes. Là, tu me prends par surprise car l'attente ne fait pas partie de la Fusang que je connais.

Maintenant, Chris est appuyé contre une meule de foin, les mains derrière la tête. Dans le champ, les pousses clairsemées sont couronnées de rouge. Chris regarde le soleil sombrer dans la mer tandis que les mouettes tournoient au-dessus de lui. Il parle à mi-voix. Il a peur de ne plus pouvoir converser avec toi, d'oublier sans même s'en apercevoir le langage simple que vous partagez.

Pendant que Chris reste allongé dans ce champ, tu verses de l'eau sur ton corps à l'aide d'une louche en laiton. Tu ralentis soudain le mouvement et ta main tremble. Lorsque l'eau dévale ton corps en filets dont le cours change abruptement à chaque courbe, tu sais que le désir est revenu.

Pendant que Chris écoute un journalier italien jouer du violon, tu mets tes boucles d'oreilles. Quoique vous regardiez des scènes différentes, vos yeux se croisent.

Pendant que Chris contemple le plafond en cherchant à apprendre ses leçons, tu t'amuses à un petit jeu : tu fermes les yeux et, quand tu les rouvres, tu dois trouver quelque chose de nouveau sur le bord de la fenêtre ; un moineau, un rayon de lune, une feuille de peuplier. C'est là que ton désir devient le plus intense. Tu imagines que le moineau, le rayon de lune ou la feuille sont Chris et que vous vous regardez sans un mot.

Chris marche à présent dans les bois. Il n'y a pas de sentier. Il prend conscience de l'immensité de la prison de son père et se dit qu'il est impossible d'en sortir sans cheval. Il arrache une feuille et la porte à ses lèvres pour imiter un cri d'oiseau, une stridulation d'insecte. Au même instant, tu essayes une nouvelle coiffure. Tu te regardes dans le miroir et ta respiration se coince dans ta gorge. C'est le centième jour sans ce garçon, sans Chris.

Lorsque toutes les richesses de son domaine ont cessé d'intéresser Chris, tu es venue à bout de cette coiffure compliquée. Il se dirige maintenant vers le bureau de son oncle, où celui-ci, âgé d'une quarantaine d'années, discute avec un groupe d'amis de son père. Ils parlent de l'attitude des candidats vis-à-vis de la Chine — lequel se montre le plus radical, lequel se présentera avec le plan le plus efficace pour se débarrasser des Chinois, lequel sera capable le premier de transformer la haine contre les Chinois en force politique, et, donc, lequel obtiendra la majorité des voix. Pour ces politiciens, le sentiment antichinois est en effet un badge de patriotisme.

Chris se tient appuyé contre le chambranle de la porte, les mains dans les poches, les lèvres serrées comme s'il s'apprêtait à s'éloigner en sifflotant. Comme personne ne l'invite à venir s'asseoir, il s'invite tout seul. Il entre dans le bureau et ramasse un journal par terre. Il y a une caricature représentant quatre Chinois portant la natte, suivie d'un éditorial expliquant combien la race chinoise peut être répugnante et inférieure. Avant que Chris n'ait terminé sa lecture, il perçoit soudain des accords de flûte dans le lointain. A l'éclat vitreux qu'ont pris ses yeux, tout le monde remarque que le garçon n'est pas dans son état normal. Il reste ainsi jusqu'à ce que son oncle le prenne par l'épaule et le secoue plusieurs fois. Chris entend les rires autour de lui et se force à les imiter.

Pendant que Chris se trouve dans le bureau de son oncle, à écouter toutes les horreurs que lui et ses amis peuvent débiter sur les Chinois, tu prends la bouilloire sur le réchaud. Tu inclines légèrement le menton et entreprends de servir le thé. Un client est assis en face de toi, mais ce n'est pas pour lui que tu accomplis ces gestes. Tu le fais pour les yeux bleu pâle qui ne sont pas là, pour les yeux émerveillés de ce garçon. Tu verses le thé et tu sens le duvet se hérisser sur ta nuque, signe que, où qu'il soit, le garçon te regarde.

Le client qui est assis en face de toi n'est autre que Da Yong. Peut-être n'est-il pas réellement approprié de l'appeler client puisqu'il est le propriétaire de cette maison. Il possède en secret bien des choses discutables dans la région. Ses doigts couverts de bagues contrôlent nombre de ficelles, au bout desquelles s'agitent toutes sortes de marchandises illégales, comme des filles, de l'alcool, ou peut-être même une putain comme toi qui atteint à présent un prix fort honorable.

Si ton prix a augmenté de façon aussi brutale, c'est peut-être à cause de ton sauvetage par la mission. Ou peut-être qu'après la bataille, après avoir vu tous ces hommes risquer leur vie et mourir avec une telle sauvagerie, s'est-on souvenu que tout avait commencé avec toi. Ou peut-être que ton prix a eu depuis toujours cette tendance cachée à s'envoler, en tout cas depuis que l'on a remarqué l'engouement peu courant qu'éprouvait pour toi ce petit diable blanc. Tout ce qu'on pouvait raconter sur votre relation n'a pas manqué d'attirer sur toi l'attention des Chinois, et même celle des Blancs. Une autre raison était Da Yong. Il avait réussi à faire monter les prix de manière vertigineuse. C'était tout simplement un vendeur hors pair. A dix lieues des vendeurs à domicile d'aujourd'hui qui restent plantés dix minutes d'affilée à ma porte, à la fois nerveux et lisses, présentant ce qui apparaît au départ comme des produits de maquillage, du liquide à vaisselle, de nouvelles céréales ou des religions tout à fait correctes, et puis qui finissent toujours par tout flanquer par terre, parvenant même à entamer ma propension à afficher la meilleure volonté du monde. Da Yong était le seul Chinois en ce pays à ne pas casser les prix pour attirer la clientèle. Il savait que rien n'a de valeur intrinsèque, mais que le prix de chaque chose dépend uniquement d'un consensus. Bien entendu, cela ne l'a jamais empêché de tricher ni de pratiquer l'escroquerie chaque fois qu'il en avait l'occasion.

Deux mois plus tôt, de longues files ont commencé à se former devant ta porte. La moitié des hommes étaient des étrangers. Blancs et Chinois s'entendaient mieux ici que partout ailleurs, parce qu'ils avaient quelque chose en commun : toi.

Deux gardiens se tenaient devant cette maison de brique rouge au toit noir, chacun portait une cuvette en laiton. Avant d'entrer, chaque homme de la file d'attente jetait une pièce dans l'une des cuvettes. Puis, l'un après l'autre, ils gravissaient l'escalier, entraient dans ton salon et s'asseyaient un moment avec toi, appréciant ton sourire, tes lèvres, tes dents qui faisaient craquer des pépins de pastèque, la complexité de ta coiffure. Certains s'inclinaient discrètement, feignant de ramasser leur mégot de cigare, pour effleurer le bout de ton pied, aussi petit qu'un bouton de fleur. Les plus téméraires étreignaient ta main aux ongles laqués et la portaient juste sous leur nez pour mieux l'examiner. Tu les laissais faire. Ils sortaient par une autre porte au bout de dix minutes. Ils partaient en rêvant à ton sourire et à ton parfum, avec l'impression que tu leur avais fait une promesse. Ta sincérité leur donnait à tous une intimité avec toi que nul autre ne pouvait partager. Ils avaient le sentiment d'en avoir eu pour leur argent car il leur semblait que leur prochain rendez-vous avec toi était déjà fixé, scellé par ton sourire.

Les plus riches prévoyaient une séance complète.

La dernière partie de la nuit était réservée à Da Yong. Qu'il vienne ou pas, tu te lavais et te changeais pour lui, puis tu sortais des bougies neuves et du thé.

Da Yong t'aimait comme il aimait son chien et son cheval. Son expression, lorsqu'il t'a offert ce collier, était exactement la même que celle qu'il prend quand il met une selle coûteuse à son cheval. Il prenait ton corps nu sur ses genoux et te caressait de la tête aux pieds, comme si tu étais un précieux perroquet géant.

Tu ne l'as jamais remercié pour quoi que ce soit, et cela aussi lui plaisait — son cheval et son chien ne le remerciaient pas non plus, mais il savait que l'amour qu'il leur portait ne se manifestait jamais en vain. Les plus belles paroles du monde n'étaient jamais aussi expressives ou sincères que la gratitude muette des animaux.

Avec toute la chaleur d'un criminel endurci, Da Yong te regarde verser le thé. Son sourire est empreint de la lubricité habituelle. Quel animal rare pour savoir sourire et servir le thé ainsi !

Il ne peut pas s'empêcher de te toucher avec la main, sa rudesse éclatant comme les diamants qui l'ornent.

A l'instant où Da Yong tend la main vers toi, tu lèves brusquement la tête. Une comète fend le ciel nocturne par la fenêtre.

Au même instant exactement, Chris se tient à la rambarde du balcon quand quelque chose le pousse à lever les yeux. La même comète traverse le même ciel.

Il pense qu'il t'a oubliée. Cela fait six mois maintenant.

Six mois représentent un long laps de temps dans cette ville. C'est un début pour certains, la fin pour d'autres. En six mois, un immeuble peut pousser ou au contraire s'écrouler et disparaître sans laisser aucune trace. Un riche peut devenir pauvre et un pauvre peut s'enrichir. En six mois, les tendances, et même certaines rues, peuvent changer de direction. Et surtout, pour la plupart de ces immigrants parachutés dans ce port, six mois représentent souvent toute une nouvelle vie. Après avoir tenu une demi-année, j'avais appris à ne plus rien éprouver pour les familles chez qui je travaillais comme bonne à tout faire ; j'ai pris conscience qu'ils ne se souciaient pas du tout de moi et je me suis contentée de faire ce qu'il fallait pour survivre. Au bout de six mois, je connaissais tous les marchés les moins chers et les boutiques d'occasion, tous les itinéraires pour éviter de me faire agresser, tous les moyens pour pouvoir continuer à survivre. Il ne m'a pas fallu plus de six mois pour ravaler ma fierté et ma retenue, et les remplacer par un sourire effronté pour dire à mes professeurs : Ne suis-je pas la plus qualifiée pour obtenir cette bourse ? Mes notes ne sont-elles pas excellentes ? Vous ne trouvez pas que je bosse comme une dingue ? Mes racines, en cherchant douloureusement à se réimplanter dans le sol américain, ont appris à faire des tours et des détours, à s'accrocher à leur coin de terre pour ne plus se laisser arracher.

Au bout de six mois, Chris, qui n'avait pas encore quinze ans, se rebella. Il prit tout l'argent dont il disposait et tout ce qu'il considérait comme étant sa propriété personnelle, et partit sur la route de la diligence, en direction de San Francisco.

Laisse-moi voir ce que tu fais. Tu es descendue pour appeler une voiture. Tu sors. Tout à coup, tu ne te rappelles plus si tu dois aller chercher de l'huile d'abrasin (aux vertus contraceptives) chez Woo, le Demi-Immortel, ou te faire faire des vêtements chez le tailleur Mei. Tu indiques au chauffeur de rouler vers le nord.

Il y a au nord une grande échoppe de tripier et, juste derrière, un petit salon de thé. Le soleil te réchauffe le bout des pieds à la lisière du rideau. Comment pourrais-tu savoir que Chris et toi vous dirigez justement l'un vers l'autre, séparés par une quinzaine de kilomètres à peine.

Chris entra dans Chinatown à midi pile.

Il faisait beau et tellement clair que l'on distinguait tous les bateaux de pêche et les îles de la baie, même les plus petits et les plus éloignés. Le soleil était si lumineux qu'il rendait l'ombre des maisons et des arbres d'un noir intense.

Chris respira profondément, humant une fois

encore les parfums de l'opium et de l'encens. Il passa devant la boutique où l'on vendait des serpents de bambou et autres jouets à cinq sous, l'obscurité à couper au couteau qui régnait toujours à l'intérieur. Mais il n'y entra pas. Six mois lui avaient suffi pour remettre ces objets à leur place. Il prit soudain conscience de la distance qui le séparait maintenant du monde des jouets et des livres de contes.

Chinatown n'avait pas changé d'un iota en six mois. Les constructions lui parurent simplement plus basses et plus étriquées que dans son souvenir, ce qui fit naître en lui une vague répugnance et étouffa sa curiosité.

Une foule importante s'était rassemblée devant une boutique. Les gens étaient aussi tassés que les briques d'une forteresse.

Chris s'apprêtait à s'éloigner quand la muraille des gens se fendilla, révélant le spectacle qui l'avait agglutinée là. Les passants de la journée n'étaient pas du tout les mêmes que ceux de la nuit. Les gens de la journée avaient des visages simples qui montraient bien qu'ils avaient conscience de faire un travail honnête. Leur visage n'exprimait pas facilement leurs émotions. Les gens de la journée n'avaient rien à voir avec ceux de la nuit et il s'agissait là d'une foule de la journée. Tous ces travailleurs de jour commençaient leur journée si tôt qu'ils dormaient déjà profondément à la tombée de la nuit, et n'avaient donc aucune idée de ce qui se passait à ce moment-là. Maintenant, s'ils se pressaient ainsi, c'était pour voir une femme de la nuit. Ils se glissaient des chuchotements sonores à l'oreille. Quelle étrange vision que cette femme qui descendait les marches en rajustant sa jupe.

La foule comprenait également de nombreux visages blancs. L'un de ces hommes, profitant de sa haute taille, ne cessait de regarder alternativement la femme et son calepin, sur lequel il notait le style et l'étoffe dont était faite la jupe ainsi que le nombre total de boutons qui ornaient sa tenue.

La femme pénétra dans la maison de thé, puis se retrouva coincée là par la foule.

Le grand homme blanc en profita pour noter que le chemisier de la jeune femme était brodé de cinq couleurs différentes.

Elle sourit ! Elle sourit ! remarqua quelqu'un.

Elle rougit, commenta quelqu'un d'autre.

Elle s'assoit, elle s'assoit, elle s'assoit sur le seuil.

Elle dit quelque chose, ses lèvres remuent !

Elle sourit encore.

Qu'est-ce qu'elle dit ?

Elle dit : S'il vous plaît, je vous en prie, laissez-moi passer.

Le serveur de la maison de thé était parvenu à héler une voiture par-dessus la foule. Les gens s'écartèrent juste assez pour permettre à la voiture de s'éloigner.

Au moment où elle passa devant lui, Chris entrevit le visage de sa passagère par la fenêtre.

A deux heures de l'après-midi, les hommes alignés devant la maison de Fusang se mirent à bouger. Ils entreprirent d'écraser leur cigarette, de faire craquer leurs jointures et de remettre leur chapeau. Ils martelèrent le sol de leurs pieds afin de chasser la poussière de leurs souliers.

La file s'ébranla.

Un peintre proposait à la foule sa provision de portraits en couleurs.

Un portier, la jambe calée contre une chaise, entonnait ses instructions à l'adresse des visiteurs. De la bonne volonté, messieurs, s'il vous plaît ; pas de contrefaçons, nous vous en supplions ! Si vous manquez d'argent, dites-le simplement, et Mlle Fusang se fera un plaisir d'écourter la visite, de réduire l'entretien. Puis-je vous rappeler, messieurs, que Mlle Fusang ne vit pas que de l'air du temps... elle dépend entièrement de votre financement ! Evitez de nous donner de la fausse monnaie et nous vous remercierons de la part de Mlle Fusang ! Comme vous pouvez le voir, messieurs, nous sommes un peu à court et trimons comme des ânes ; nous ne voyons plus assez clair pour repérer les faux, alors nous comptons sur vous, messieurs. Hé, toi, là ! Fiche le camp ! Et il sortit sans ménagement un homme de la file d'attente tout en ramassant la pièce que celui-ci venait de jeter dans la cuvette pour la lancer au loin.

Elle est fausse ? C'est impossible !

Fiche le camp !

Comment pourrait-elle être fausse ? C'est vous qui essayez de m'avoir !

Est-ce que j'ai dit qu'elle était fausse ? C'est toi qui l'as dit !

L'autre gardien s'approcha, tout un assortiment de couteaux à la ceinture comme sur le mur d'une boucherie. L'homme finit par abandonner, ramassa sa pièce par terre et disparut.

En tête de file, un autre homme indiqua au portier

qu'il n'avait pas assez d'argent mais qu'il avait un sachet de crevettes séchées.

Le portier en prit une poignée, les examina et répondit : Si vous aviez eu des abalones, je vous aurais laissé entrer.

Mais nous sommes pêcheurs de crevettes depuis des générations dans ma famille !

Alors je vous conseille de changer de métier, répliqua le portier.

Non loin de là, Chris essayait de comprendre la situation en parcourant la cour sans cesser de taper dans une coque de noix de coco vide. Il ne voulait surtout pas qu'on puisse penser qu'il faisait partie de la file. D'après le boniment du portier et les bavardages des clients qui attendaient, il savait que les temps avaient changé pour Fusang, mais il hésitait toujours sur ce qu'il fallait en penser.

Il tapait dans la noix de coco comme dans un ballon tout en étudiant les possibilités. Sur le côté de la maison, il remarqua un mur d'enceinte couronné d'éclats de verre qui évoquaient une rangée de dents acérées. Il n'y avait aucune chance de pouvoir entrer par là.

Tout en poussant la noix de coco du bout du pied, il fit le tour du mur et vit les hommes qui étaient entrés assez peu de temps auparavant sortir par une petite porte, les uns après les autres. Il entendit une voix masculine dire : Merci, revenez nous voir.

Il n'y avait pas d'arbre à proximité du mur, juste des ordures entassées à son pied, comme si la marée les avait poussées là en couches successives de saleté.

Dans l'impossibilité de grimper à un arbre ou de se servir de son miroir, Chris éprouvait une forme d'anxiété apparentée le plus souvent à des rêves étranges. En fait, c'était la situation tout entière qui semblait sortie d'un rêve... cette maison luxueuse, cette file d'hommes qu'elle avalait puis recrachait, ce tas d'ordures. Et Fusang, plus que jamais inaccessible.

Qu'a-t-il pu se passer, en six mois tout juste ? se demanda Chris.

Un jeune Blanc qui venait de sortir par la petite porte jeta un coup d'œil sur Chris. Il n'était pas beaucoup plus vieux que lui — dix-sept ou dix-huit ans tout au plus. Il semblait ivre et avait de la terre plein les cheveux. Sa chemise sale était maculée de taches et ses bottes de cuir étaient couvertes de poussière. Sa démarche indiquait au premier coup d'œil qu'il ne savait absolument pas où il allait.

Chris eut envie de s'approcher pour lui demander : Comment c'est, là-dedans ?

Il frissonna. Dans l'épave qu'était déjà cet homme, il se reconnut soudain, tel qu'il serait d'ici à deux ou trois ans. Il avait toujours l'impression de se trouver au cœur d'un rêve étrange. Il se mit à suivre le type, qui n'était plus guère qu'une enveloppe humaine vidée de son âme par l'opium, le jeu, les prostituées et tout ce que cet endroit avait de sale et de corrompu. Quelques années plus tôt, il avait dû, comme Chris, être séduit par toutes les tentations qui s'offraient ici à lui, et il s'était laissé dévorer par elles, petit à petit.

Chris vit dans l'enveloppe de l'homme qu'il suivait le dernier vestige des centaines et des milliers de garçons qui venaient chercher plaisir et distraction à Chinatown.

La pensée de devenir un jour pareil à cet homme lui fit serrer les dents. Il aurait voulu que ce rêve étrange s'arrête. Il lui fallait s'arracher à l'attraction de l'inconnu.

Celui-ci s'arrêta brusquement et fit à Chris un croc-en-jambe. Chris tomba sur le sol jonché d'ordures.

Il foudroya l'inconnu du regard, mais celui-ci se contenta de grimacer un sourire niais en le regardant essuyer le sang qui coulait de ses paumes.

En y repensant par la suite, Chris n'arriva pas à comprendre comment il avait pu suivre ce type dans les fumeries d'opium, les maisons de jeux et les saloons, lui donnant tout son argent pour qu'il lui achète à boire au point de se saouler. Quand l'inconnu suggéra de mettre au clou la chaîne que Chris portait autour du cou, celle qu'il tenait de sa mère, celui-ci ne protesta pas. Il n'était plus en état de formuler la moindre objection.

Au milieu de la nuit, le type traîna Chris dans la rue, vérifia une dernière fois qu'il ne restait plus d'argent à lui soutirer, lui dit : A bientôt et s'éloigna, titubant, vers une nouvelle destination inconnue.

Il ne prit même pas la peine d'expliquer à Chris ce qui l'attendait après une cuite pareille. Le jeune garçon prit conscience que sa voix avait changé quand il commença à vomir ; il ne comprit pas tout de suite à qui appartenaient les sons qui sortaient de sa bouche. Il n'en voulait pas, mais il ne pouvait rien y faire. Rauque, rocailleuse, la voix jaillissait simplement de sa gorge avec tout le reste. Enfin, au lever du jour, Chris s'aperçut qu'il avait retrouvé sa voix normale. On aurait dit qu'il avait pris un drôle de raccourci pour avoir une voix aussi chaude et profonde le temps d'une nuit.

Pourtant, encore au milieu de la nuit, il s'était

d'abord précipité toutes les cinq minutes vers le bord du trottoir pour vomir à l'écart. Mais il avait bientôt cessé de se gêner et s'était mis à dégueuler n'importe où, ouvrant simplement la bouche quand le besoin lui en venait. Après tout, il n'était pas le seul. Personne ne protestait ; on se contentait de s'écarter.

La nuit, cette partie de la ville était méconnaissable. Les entraîneuses et patrons de tripots sortaient dans la rue et abordaient les passants comme s'ils les avaient connus toute leur vie. Les critères minimaux de décence qui avaient cours dans la journée disparaissaient. Sous le couvert de la nuit, tout le monde connaissait tout le monde. Tous se montraient si amicaux, trop amicaux. Chris ne cessait de se faire harponner par des putains qui l'appelaient Chaw-li ou Li-chaw et le grondaient d'être resté absent si longtemps.

Au point du jour, Chris arriva devant une maison chinoise en brique rouge surmontée d'un toit de tuiles noires. Epuisé, il contempla longuement la maison. Il se sentait purgé d'avoir tant dégueulé. Il s'avança et frappa doucement à la porte. Puis il s'endormit en attendant qu'on vienne ouvrir.

La porte s'ouvrit à dix heures du matin.

Un homme sortit, regarda à peine (ou ne vit peut-être même pas) le jeune Blanc étendu sur le seuil, passa par-dessus son corps souillé (comme s'il enjambait un obstacle ordinaire), et s'éloigna. Le martèlement de sa canne ne troubla même pas le sommeil de Chris.

A onze heures, le patron d'une blanchisserie se présenta à la porte avec un chargement de draps, rideaux de baldaquins, nappes, jupes et chemises, le tout lavé et amidonné, et cinq rouleaux de bandages de pieds.

Le portier se réveilla et fit entrer le blanchisseur.

Celui-ci compta les articles, puis compta l'argent, releva ses paniers vides suspendus à chaque bout de la perche et demanda : Le type, là, dehors — comment est-il mort ?

J'en ai pas la moindre idée, répondit le portier.

Vous devriez aller voir.

Pourquoi s'embêter ? Il n'est pas mort chez nous.

Le blanchisseur fit deux pas, puis se retourna et vit que le portier s'apprêtait à se recoucher. C'est un jeune diable blanc, annonça-t-il.

Quoi ?

Le mort. Je crois que vous feriez mieux de le mettre ailleurs, pour ne pas vous attirer d'histoires.

Quand j'aurai dormi un peu plus. Puis, voyant que le blanchisseur n'allait pas en rester là, le portier éleva la voix pour lancer : Dépêchez-vous de partir, ou vous allez tomber sur les flics.

Ça va beaucoup mieux, maintenant ; ils ne courent plus tellement après les porteurs de perche.

Pourtant, pas plus tard que l'autre jour, j'ai vu des types qui transportaient des huîtres se faire arrêter.

C'est juste qu'ils sont tombés sur un flic cruel. Vous ne savez pas ? La loi n'est pas passée — celle qui interdisait de porter des charges avec des perches et de garder sa natte, elle n'est pas passée. Au moment où il franchit la porte, il pensa qu'il ferait peut-être bien de les aider à déplacer le corps du jeune diable blanc, puis il se ravisa : S'ils se fichent de ce qu'on pourrait dire, pourquoi m'en ferais-je ?

Peu après midi, sachant que les rues seraient

désertes à cette heure, Fusang décida d'aller chercher de l'huile capillaire. Elle ouvrit la porte, s'apprêta à sortir et interrompit son mouvement à mi-course. Aussitôt elle s'agenouilla, et pencha la tête afin de se mettre au même niveau que le visage écrasé contre le sol.

Le portier jeta un coup d'œil et s'exclama : Merde, je n'avais pas compris qu'il était mort en plein devant la porte ! Il coula un regard en direction de Fusang et vit qu'elle n'allait pas le punir pour sa remarque. Il ajouta : Je vais chercher quelqu'un pour qu'on l'emporte ailleurs.

Fusang se releva et dit : Portez-le dans ma chambre.

Hein ?

Elle était déjà rentrée et commençait à gravir l'escalier quand elle sentit sur elle le regard dubitatif du portier. Elle réfléchit donc et corrigea : D'accord, portez-le dans la salle de bains.

La salle de bains s'emplit en un rien de temps de relents d'alcool.

Oubliant le portier qui restait planté là, à attendre de nouvelles instructions, Fusang concentra toute son attention sur le garçon répugnant qui gisait sur le sol. Il dormait sans faire le moindre bruit.

Elle le regarda dormir pendant plus d'une heure. Lorsqu'il finit par remuer, elle ne cilla même pas. Il se contenta de se retourner et replongea dans un profond sommeil. Il bougea les épaules à plusieurs reprises, visiblement en quête d'une position plus confortable, alors elle glissa ses petits pieds sous sa nuque.

Bien qu'elle s'aidât des deux mains pour garder l'équilibre, puis changeât de position pour s'appuyer contre la baignoire afin que ses pieds fissent un meilleur coussin pour la tête et la nuque du jeune homme, elle ne cessa pas un instant de le regarder, clignant à peine des paupières. Elle se rendait compte de ce qu'il avait dû traverser. Ses bottes s'avachissaient, plus fatiguées encore que leur propriétaire. Fusang savait qu'il avait marché longtemps, toute une journée et une bonne partie de la nuit. Elle savait quelle route il avait prise : la route postale, entre l'océan et le désert. Elle savait même qu'il n'avait cessé de décliner les invitations à monter. Elle le voyait secouer la tête et répondre « Non, merci » chaque fois qu'une voiture s'arrêtait pour lui proposer une place.

Elle lui retira doucement ses bottes. Puis ses chaussettes. Il avait encore des pieds délicats d'enfant, même s'ils avaient la taille de ceux d'un homme. Des ampoules avaient éclaté et saignaient.

Elle lui retira sa veste, cette même veste bleu marine ornée de boutons de cuivre rutilant qu'elle lui connaissait déjà. Elle savait ce qu'il avait fait toute la nuit. Elle déboutonna précautionneusement sa chemise et remarqua qu'il n'avait plus sa chaîne. A ce moment-là, elle le serrait dans ses bras.

Lorsqu'il fut dans le bain, elle s'assit sur le bord de la baignoire et nettoya le vomi.

Il se réveilla.

Elle sourit et lui dit quelque chose sans vraiment savoir quoi.

Il lui répondit sans vraiment savoir ce qu'il disait non plus.

Il semblait hébété et contemplait son corps dans l'eau. Il n'avait pas l'air de le reconnaître. Le corps et l'esprit étaient encore déconnectés. En attendant que se rétablisse la liaison entre lui et lui-même, il ferma les yeux et abandonna son corps aux mains de la jeune femme.

Elle écarta ses cheveux de son visage et essuya ses larmes.

Elle ne savait pas qu'elle avait cela en elle, cette capacité de pleurer, le nez tellement congestionné qu'elle n'arrivait plus à respirer.

Lorsqu'il rouvrit les yeux, elle souriait.

Il dit quelque chose.

Elle lui répondit.

Il rougit.

Elle portait la même tunique couleur de pêche, une longue jupe noire et de longs, longs pendants d'oreilles. Son anglais ne s'était guère amélioré, et Chris devait encore compter sur son intuition pour la comprendre.

Fusang entendit la bouilloire et sortit. Elle s'aperçut qu'elle allait avoir un nouvel accès de larmes. Ces pleurs, c'était vraiment nouveau pour elle. Elle vit dans le miroir combien pleurer la transformait, à quel point son nez était rouge. Elle songea qu'il avait usé ses bottes et abîmé ses pieds pour elle, qu'il avait perdu sa chaîne et tout son argent pour elle, qu'il avait touché le fond pour elle. L'enfant avait fini par dévaler tout le chemin qui conduisait à l'état d'homme.

C'est ce qu'elle attendait depuis le début.

Elle le vit venir dans le miroir. Il sortait de la salle de bains complètement nu.

Sachant qu'il approchait, elle se dirigea vers la bouilloire, qu'elle n'avait toujours pas retirée du feu.

Toutes les fenêtres donnant à l'ouest étaient tendues de stores blancs, et la lumière qui en filtrait donnait un éclat blanc à tout ce qui se trouvait dans la pièce, y compris le corps de Chris.

Trop foncé, le thé qui jaillit du bec de la théière évoquait la couleur du sang séché.

Il la regarda sans faire de bruit. Il retint sa respiration lorsqu'elle porta la tasse à ses lèvres pour souffler sur le thé puis en effleura la surface du bout de la langue.

Fusang découvrit qu'il n'y avait plus de distance entre eux. La lueur dans les yeux bleu pâle de Chris était chauffée à blanc. Son corps et son esprit s'étaient reconnectés.

Il dit quelque chose sans trop savoir quoi.

Elle sourit, se mit à rougir et répondit elle ne sut trop quoi.

Elle commença par retirer ses épingles à cheveux. Puis ses boucles d'oreilles, ses bracelets et ses bagues, qu'elle posa sur la table de nuit.

Elle ne savait pas ce qu'elle disait.

Il ne savait pas ce qu'il répondait. Des perles de transpiration se formèrent sur ses lèvres et au bout de son nez.

Elle pensa qu'elle n'aurait rien à lui apprendre.

Il la regarda et avala une pleine gorgée de salive tiède.

Elle le prit dans ses bras et l'attira vers le lit.

Elle ne savait pas ce qu'elle lui disait.

Il en fut terrifié. Il se mit à trembler.

Il ne savait pas non plus ce qu'il lui disait.

Elle respira plus vite. Sa jupe glissa, à la fois fluide et compacte, comme de l'eau sur le sol.

Il cala les bras contre les flancs de la jeune femme

et pencha tout son corps en avant. Il semblait que la force qui le poussait vers l'avant était contrariée par une force qui le retenait en arrière. Il avait les membres longs et minces, le front plus large, les joues moins rondes qui révélaient le visage adulte.

Mais il ne bougeait pas.

Elle s'ouvrit à lui.

Cependant, le corps tout entier agité de tremblements, il ne put que la regarder, éloigné d'elle de quelques centimètres seulement.

Ses lèvres finirent par chercher celles de Fusang. On aurait dit les lèvres d'un nourrisson cherchant le lait.

Fusang l'enveloppa de ses bras et l'attira contre sa poitrine dénudée.

Ne m'évite pas. Je sais que ton visage est d'une pâleur mortelle.

Tu te dérobes sous ses mains.

Il vient de se produire quelque chose de très étrange : tu savais que le premier contact de ces mains blanches t'apporterait le trouble.

Je croyais que c'était justement ce que tu attendais.

Tu n'avais jamais éprouvé auparavant cette sorte de sensibilité physique. Tu avais l'impression d'avoir été écorchée vive, ce qui laissait tes nerfs exposés à l'air et à la lumière. Cesse de me regarder comme ça. Je n'ai aucune explication.

Il te contemplait, et ses yeux bleu pâle semblaient deux trous dans une épaisse couche de glace. Sa jeunesse exhalait une vague odeur de suint ; à la lumière du soleil, le duvet de sa poitrine devint une sorte de halo. Il était si jeune, pourtant, sous la peau légèrement tachée de son, il bouillonnait.

N'était-ce pas ce que tu attendais ?

Tu te tournes vers moi, les yeux pleins de questions, mais vers quoi puis-je me tourner ?

D'accord, tu as réussi à me convaincre d'essayer d'expliquer ce que tu ressens. Laisse-moi prendre d'abord une tasse de café, pour m'aider à trouver les mots justes.

Evidemment, si je me trompe, je pourrai toujours recommencer.

Ce n'est pas ce que tu avais imaginé...

Non ? Recommençons alors.

C'était à cause de la sensation trop vive. Le contact de ses mains t'était douloureux. Le détachement qui noyait tout d'habitude s'était retiré, pareil à un reflux, et la douleur avait afflué. Tu n'avais jamais rien ressenti de tel. Tu n'avais pas encore conscience que c'était le prix à payer pour ton engagement, le don irrévocable de toi-même. C'était presque insoutenable. Tu n'étais plus libre désormais.

Tu as contemplé son corps étroit et sans défaut, pas encore totalement sorti de l'enfance, son visage, qu'il avait tout juste commencé à raser.

Tu es devenue un maelström d'émotions brutes dont ton corps ne parvenait plus à te protéger.

C'est ce que les gens civilisés appellent l'amour.

C'est ce dont les gens comme moi se moquent tant.

C'est la plus grande fumisterie de la terre.

Ne fuis pas. Ecoute-moi : c'est un mensonge qui vaut la peine qu'on meure pour lui, qu'on vive pour lui, qu'on se batte toute sa vie pour lui.

Laisse-moi te dire aussi que c'est l'amour qui rend la vie si insoutenable.

Mais qu'est-ce que j'en sais ? Je m'agite dans le vide

et je ne connais sûrement rien à rien. Comment puis-je vouloir analyser ou expliquer une figure historique comme la tienne ? Je n'arrive même pas à analyser ni à expliquer mes contemporains, sans parler de moi-même.

Continue donc à vivre ta vie. Ne t'occupe pas de moi.

Lorsqu'ils entendirent le bruit, Chris se redressa sur ses avant-bras et regarda Fusang avec inquiétude.

Elle écarta une boucle de cheveux de son visage. Ils restèrent allongés en silence, le cou tendu, comme font les petits animaux lorsqu'ils flairent le danger.

Il s'esquiva dans la salle de bains et elle passa une tunique sur ses épaules, rassembla rapidement ses cheveux en chignon et prit quelques graines de pastèque dans une assiette. Quand elle leva les yeux, Da Yong se tenait déjà dans l'encadrement de la porte. Elle mordit dans une graine avec un craquement, et l'enveloppe rouge sang qui sortit de sa bouche était réduite en morceaux.

Da Yong resta un moment à l'observer, une épaule tombant de fatigue et une expression de vague curiosité sur le visage. Puis son habituelle lubricité espiègle reprit le dessus. Il proposa une explication décousue pour son arrivée subite. En fait, il pouvait débarquer n'importe quand sans avoir à fournir la moindre explication. Il était en chaussettes blanches — il avait laissé ses souliers à cirer à l'entrée de la maison. Depuis qu'il avait fait l'acquisition de cet endroit, la règle instituée était que quiconque entrait pour la totale devait laisser ses chaussures à la porte où il les retrouverait cirées en partant. Cela empêchait les voleurs ou les clients trop violents de s'enfuir.

Fusang cracha une autre enveloppe de pépin de pastèque écrasée en le regardant pénétrer dans la pièce.

Avec un grand sourire, Da Yong planta un pied sur la coiffeuse, pour empêcher Fusang de sortir.

Elle lui demanda s'il voulait qu'elle lui lave et lui tresse les cheveux, comme d'habitude.

Da Yong attendit qu'elle crache une nouvelle enveloppe. Il ne dit rien, se contentant de suivre des yeux chacun des mouvements de la jeune femme et d'afficher un large sourire. Elle sourit aussi, prit un autre pépin, le mit dans sa bouche et, du bout de la langue, le plaça doucement entre ses molaires. Le craquement fut si vif que Da Yong cilla. Lorsqu'elle cracha l'enveloppe, elle était en morceaux, comme les précédentes.

Da Yong se mit à rire. Il le savait : il se passait quelque chose d'important, quelque chose de bizarre, quelque chose qui faisait perdre à Fusang son calme et troublait le rythme de sa respiration pour qu'elle écrase ainsi ses pépins de pastèque.

Qui veut fuir avec toi ? demanda-t-il, sans se départir de son sourire.

Concentrée, elle décortiquait le pépin avec sa langue.

Il est toujours dans cette pièce. Dans quel placard l'as-tu caché ? Ne t'en fais pas, je vais juste prendre ma hache et le réduire en pièces en fracassant tous les meubles. Il éclata de rire.

Je vais chercher de l'eau pour te laver la tête, dit-elle.

En tout cas, n'emporte pas ma tête ailleurs pour

aller la laver, c'est compris ? répliqua-t-il en lui pinçant la joue.

Fusang leva la tête pour le regarder avec une attention soutenue, puis ouvrit un autre pépin d'un coup de dents. Cette fois, l'enveloppe en sortit quasi intacte, ses deux moitiés encore reliées comme celles d'une coquille de moule tout juste vidée.

Il enroula sa natte autour de son cou puis la déroula sans quitter Fusang du regard. Quelque chose le gênait. Il n'était pas jaloux. D'autres pouvaient bien s'amuser avec son chien ou son perroquet, du moment qu'il les récupérait ensuite. Un cheval que tout le monde désire chevaucher est un cheval de valeur. Un pur joyau brille quelle que soit la personne qui le porte, et plus il est revendu, plus son prix augmente. Ses bijoux, son cheval, son chien, Fusang... que valait réellement chacun d'eux ? Que des milliers de personnes puissent les caresser lui importait peu puisque, au bout du compte, ils lui appartenaient toujours. En fait, plus on choyait ses biens, plus ils devenaient précieux.

Mais il ne parvenait pas à chasser ce poids de son esprit. Il n'avait jamais vu Fusang écraser ainsi ses pépins de pastèque. Il devait y avoir une grosse complication quelque part. Il sourit à nouveau à Fusang et pensa : C'est bien ça, nous avons un gros problème sur les bras.

Il se dirigea vers la chaise, prit ses jambes de pantalon au niveau des genoux et les releva pour s'asseoir, comme s'il faisait une croix sur ce poids qui lui alourdissait l'esprit, comme s'il renonçait à toute sa personne. Il ferma les yeux et se balança sur le siège. Puis il retira ses bagues, sa chaîne, sa montre de gousset, son bracelet et les pinces en or qui enserraient ses jambes de pantalon pour les aligner, pareils à de petits soldats, sur la coiffeuse derrière lui. C'est ce qu'il faisait toujours lorsqu'il voulait se reposer un moment. Quiconque concevait des desseins meurtriers à son encontre se laissait momentanément distraire par un tel bataillon de bijoux. Da Yong pouvait alors profiter de ce moment de distraction pour transformer sa position de défense en attaque. La plupart du temps, il n'en avait même pas besoin. Une main posée sur le poignard qui ornait sa ceinture et l'autre s'agitant derrière sa tête, il disait : Allez-y, prenez-les avant que je ne me retourne et ne cause de gros ennuis à tout le monde.

Il laissa échapper un bâillement, puis un autre, et éternua à plusieurs reprises, ce qu'il se serait bien gardé de faire s'il avait été occupé. Puis il s'arracha un cheveu — Fusang avait déjà défait sa natte — et entreprit de se le passer vigoureusement entre les dents, le cheveu crissant tout en délogeant des fragments qui se trouvaient là depuis des jours. Da Yong se plaisait à mettre de l'ostentation dans tout, même dans ses dents et ses cheveux.

Fusang lui étendit une serviette chaude sur le visage. Le soleil de l'après-midi était trop lumineux, et Da Yong remonta la serviette sur ses yeux. Ses cheveux retombaient par-dessus le dossier du fauteuil et formaient comme une coulée de goudron jusqu'à la cuvette en émail blanc posée par terre. Juste à côté, une autre bassine émaillée, plus petite, contenait huit œufs empilés les uns sur les autres. Fusang en prit un, le cassa et laissa le blanc couler sur les cheveux noirs.

La chevelure de Da Yong était célèbre dans toute

la ville ; lâchée, elle devenait une pièce de satin noir, tressée, c'était un python obscur entre tous. Les cheveux qui poussaient sur son cou et jusque sur ses épaules étaient plus foncés et plus impressionnants que ceux de sa tête, pareils à des lianes au cœur de la jungle.

Fusang s'agenouilla par terre pour masser toute la chevelure au blanc d'œuf. Elle écoutait le silence de la salle de bains, à trois mètres de là. D'habitude, Da Yong s'endormait toujours à ce moment-là, mais pas aujourd'hui. Elle sentait ses yeux se balancer comme des pendules sous les paupières closes. Et ses pommettes se tendre, comme s'il ruminait quelque plan.

Au cœur du silence de la salle de bains, elle crut entendre Chris faire rouler lui aussi ses yeux dans leurs orbites, les dents tellement serrées qu'il en avait mal à la mâchoire. Elle ne savait pas ce qui lui avait pris de cacher ce garçon. Ni comment elle savait que Da Yong et le jeune Blanc ne pouvaient pas rester sous le même toit.

Da Yong entrouvrit soudain ses lèvres charnues, comme s'il se concentrait pour écouter. Au bout d'un moment, il lâcha : Excellent. Ce qui signifiait qu'il appréciait ses efforts.

Pas un seul cheveu n'est tombé, commenta Fusang.

Il ne manquerait plus que ça ! beugla Da Yong.

Du coin de l'œil, elle entrevit quelque chose de blanc. Elle tourna doucement la tête, et Chris était là, torse nu. Il ne la regardait pas, mais avait les yeux fixés sur le cou de Da Yong, renversé sur le dossier du fauteuil. Son regard ne cillait pas tandis que les muscles se soulevaient sur sa poitrine encore enfantine.

Le cou de Da Yong semblait un tronc d'arbre, renforcé par toutes sortes de cicatrices. Sa pomme d'Adam proéminente roula lorsque les yeux de Chris virent le rasoir à main dans le nécessaire de toilette en bois. La lame en était merveilleusement aiguisée ; enfoncée dans ce cou de taureau, elle aurait été plus merveilleuse encore. Le manche dépassait du rebord de la boîte ; il serait si facile à saisir.

Fusang comprit les intentions du souple adolescent. Il suffisait à Chris de faire un demi-pas. En fait, il n'avait même pas besoin d'avancer tant il avait les bras longs et fermes. Il pourrait se contenter de faire passer son poids d'un pied sur l'autre. Le tapis, qui absorbait sa peur et son excitation, rendrait ce dernier pas absolument silencieux.

Il écarta les jambes et se campa sur ses pieds. Un rayon de soleil couchant éclaira la pomme d'Adam de Da Yong. Le soleil projetait une lumière différente sur le rasoir. La lame était aussi fine qu'une plaque de glace presque fondue. Le cou était tendu, comme offert ; le coup de lame serait propre et rapide.

Fusang vit l'éclat de la lame se refléter dans les yeux de Chris. Il avait les lèvres tellement serrées qu'elles en avaient perdu toute couleur. Fusang versa une louche d'eau sur la chevelure de Da Yong, et celle-ci s'alourdit, tendant encore davantage le cou sur le dossier. Quelle tête magnifique. Elle roulerait au bas du fauteuil alors que le sang fuserait vers le plafond.

La fin donnerait ceci : Fusang, tu es libre. Tu peux aller où tu veux. Je n'ai aucun droit sur toi ; je ne suis qu'un type qui s'appelle Chris. Tu ne dois rien à la mission ni à personne. Tu n'appartiens qu'à toi-même désormais. Tu n'es plus obligée de t'agenouiller pour laver ces cheveux plus noirs que la terreur. Tu peux sortir par la grande porte, et si les gardiens tentent de t'arrêter, tu peux te contenter de leur sourire en disant : Que le diable vous emporte. Quand tous ces hommes, avec leurs pièces de monnaie vraies ou fausses, se presseront autour de toi en bourdonnant comme des frelons, tu pourras leur dire la même chose : Que le diable vous emporte.

Et quand tu partiras, sauve-toi loin, très loin. Je ne sais pas où, mais je te retrouverai. D'autres filles, beaucoup de filles peut-être, partiront avec toi, et s'apercevront qu'elles peuvent vivre jusqu'à vingt, trente, quarante ans. Tu sauras où aller. Peut-être quitteras-tu la ville, l'Etat, en compagnie de tous ceux qui détestent l'esclavage. De plus en plus de gens partent à tout moment, tu sais, parce qu'ils ne veulent pas laisser grandir leurs enfants au milieu des esclaves ; ils considèrent qu'il est mal d'acheter et de vendre des êtres humains. Ils partent tous, laissant derrière eux des esclaves pareilles à toi, ils partent pour construire une société entièrement blanche. Peut-être ferais-tu mieux de ne pas les accompagner en fin de compte. Mais le monde est vaste. Tout ce que je sais, c'est que tu es libre. A toi de trouver un endroit où vivre ta liberté.

Chris avait l'impression d'être d'une taille gigantesque, sinon d'être un géant. Mais nous ne sommes pas dans un conte de fées. C'était un vrai chevalier, bien vivant, sans peur et sans reproche. Lorsqu'il baissa les yeux sur son esclave adorée, les pieds qui avaient conservé pendant tout ce temps la même position étaient à présent aussi fermes que l'acier des étriers. Tu es libre.

Mais, à ce moment, quelqu'un dit : Eh bien ! Vas-y maintenant, avant que je ne me retourne.

Il fallut à Chris un long moment pour saisir la voix insolente de Da Yong. Une satisfaction ensommeillée engourdissait sa gorge, et sa voix était étouffée par la serviette sur son visage.

Chris quitta brutalement la chevalerie pour redevenir un jeune homme ordinaire. Il ne savait pas quoi faire.

Allons, reprit Da Yong. Sors d'ici. J'entends ton papa qui t'appelle.

Le rasoir luisait. Chris tendit la main.

Fusang ne fit rien ni pour l'encourager ni pour le dissuader. Elle resta agenouillée, à peigner encore et encore la chevelure noire du haut jusqu'en bas.

Bien qu'il ne lui plût guère de l'admettre, Chris fut séduit par cette vision. Il s'en dégageait une parfaite harmonie, et la position agenouillée rendait Fusang incroyablement belle.

L'eau qui coulait des cheveux de Da Yong tombait dans la cuvette. Fusang les enroula autour de sa main pour les essorer.

Chris sentit la lumière s'écarter de la lame. Son désir de s'en emparer s'estompait lui aussi. Le calme de Fusang faisait paraître tout le projet inutile, absurde. L'idée de la sauver, de la libérer, s'opposait tout simplement à la beauté qui l'entourait.

Tu es encore ici, s'étonna Da Yong. Tu ne comprends pas ou quoi ? Les Jaunes sont faites comme les Blanches, tu sais. Vos feuilles de chou disent des conneries quand elles prétendent qu'après le corps des Blanches auquel vous êtes habitués, vous pouvez très bien vous tromper de porte en couchant avec une Jaune. Tu ne t'es pas trompé de porte, hein, mon garçon ?

Il ricana en arrachant d'un geste la serviette de son visage, puis fit tourner son siège pour faire face à Chris et à Fusang. Il semblait désireux de poursuivre cette conversation avec Chris.

Fusang s'appuya sur l'autre jambe et voulut se tourner sur le côté pour dégager le passage, mais Da Yong la saisit par la mèche de cheveux qu'elle s'était précipitamment coincée derrière l'oreille à son arrivée. Comme son regard avait du mal à percer la pénombre après avoir été exposé au soleil, le Chinois ne put s'empêcher de plisser les yeux pour regarder Chris. Ses cheveux mouillés trempaient le tapis autant qu'une averse.

Chris regretta de ne pas avoir saisi le rasoir lorsqu'il en avait eu la possibilité. Da Yong s'en était emparé, à présent.

Tenant Fusang d'une main et le rasoir de l'autre, Da Yong sourit à Chris en disant : Tu la veux ?

Chris ne savait que répondre pour épargner Fusang. Il se tenait prêt à bondir à tout moment.

Laissez-la partir, dit-il. Ce que j'aimerais vous voir aller en enfer !

Comme tout le monde, répliqua Da Yong.

Voudrais-tu l'acheter ? demanda-t-il, quelques instants plus tard.

Oui.

D'accord, fit Da Yong en hochant la tête. J'ai toujours su que tu n'étais pas comme les autres petits diables blancs, ceux qui viennent ici en quête de frissons pas chers. Qu'est-ce que tu vas faire avec elle ? Tu vas l'emmener à l'église et l'épouser ?

Pourquoi pas ?

Et voilà. Tu ne sais donc pas que les Blancs n'ont pas le droit d'épouser des Asiatiques ou des Noires ?

On pourrait aller dans un autre Etat.

Hon. Da Yong examina le rasoir, puis Fusang, et soupesa ce que Chris venait de dire. Toujours souriant, il lâcha les cheveux de la jeune femme et vérifia le tranchant de la lame de rasoir sur son pouce, l'expression de son visage tout aussi obscène que les mouvements de son doigt. Sans quitter Chris du regard, il tendit le rasoir à Fusang.

Tu vois ? dit-il. Elle manie le rasoir tous les jours. Il se tourna vers elle. Tu sais te servir d'une lame, n'est-ce pas ? Tu n'as pas besoin de ce petit assassin, si ? Tiens, montre-lui.

Da Yong renversa à nouveau la tête contre le dossier de son fauteuil et ajouta : Elle a une technique merveilleuse.

Les poings serrés, Chris observa le mouvement régulier du rasoir tandis que Da Yong remuait la bouche puis le cou pour mieux se prêter à la lame. Celle-ci passa uniformément sur le visage, sous la mâchoire et sur le cou.

Il est bien aiguisé ? s'enquit Da Yong.

Oui, répondit Fusang.

Ça vaut mieux pour toi !

Dans la main de Fusang, le rasoir, sur le cou énorme, faisait posément le tour de la pomme d'Adam.

Chris regarda la lame dépasser un point d'entrée parfait après l'autre. Encore et toujours, ses espoirs s'effondraient. Soudain, Fusang leva le rasoir et se tourna vers lui, comme si elle voulait le lui donner.

Mais elle se contenta d'en essuyer la lame sur la serviette qui se trouvait près de sa trousse de maquillage. Se rappelant apparemment tout juste sa présence, elle lissa ses cheveux et lui adressa un regard chaleureux, comme s'ils faisaient tous partie de la même maisonnée.

Da Yong respirait fort et profondément. Il s'était endormi. Les derniers rayons du soleil s'attardèrent sur une dent qui dépassait légèrement de ses lèvres.

Chris se sentait épuisé.

L'harmonie était revenue. Il ne parvenait pas à comprendre cette harmonie de la cruauté, du mal, du danger et d'une lame étincelante. Lui-même ne se sentait pas le désir de la détruire. Il en faisait pour le moment partie intégrante.

Sans savoir comment il y était arrivé, Chris se retrouva en bas. A l'instant où il allait franchir la porte, il lui vint à l'esprit que son rêve étrange de la veille n'était pas terminé... qu'il n'avait pas cessé un instant. Il englobait les portiers qui mangeaient à présent des nouilles, de ces enchevêtrements impossibles qu'ils engouffraient à pleine bouche. Et il englobait le monde au-delà de cette porte, les salles de jeux, les fumeries d'opium et les bordels aussi, toutes ces images obsédantes.

Un jour, bien des années plus tard, alors que Chris aurait une quarantaine d'années, il se remémorerait ce qu'il avait éprouvé ce jour-là en quittant la maison de Fusang et de Da Yong. Tout lui reviendrait, y compris des détails qu'il avait cru jusque-là oubliés. Fusang, vêtue d'une soie légère qui soulignait la forme de son corps, était agenouillée. Il ne se rappelait pas la couleur de sa robe, mais il s'imaginait parfois qu'elle était de la même couleur que sa peau. Elle aurait tout aussi bien pu être nue. Il se souvenait simplement qu'elle formait un très beau tableau. Parce que au fond d'elle-même, en fait, elle était libre. Elle disposait de cette sorte de liberté que ne pourront jamais donner le salut ou la délivrance, de cette sorte de liberté qu'on ne peut ni donner ni prendre.

Mais Chris, adolescent, n'avait pu le comprendre. Il n'avait pas compris que lui-même représentait une menace pour la liberté que connaissait Fusang.

Il se sentit mortifié de ne pas avoir compris. Bourrelé de remords, il secoua sa tête dont les tempes étaient maintenant grisonnantes. Il se rappela ce qu'il avait ressenti en quittant cette maison. Sa détresse s'était muée en haine. Il détestait le quartier chinois. Il détestait ces gens. Il regarda les petites silhouettes jaunes se presser dans le crépuscule. On ne savait jamais s'ils s'appréciaient ou se détestaient les uns les autres ; ils semblaient tous se comprendre en profondeur, si profondément qu'ils finissaient pas se heurter. Cela le rendait presque fou.

Ce jour-là, en sillonnant les rues, il contempla tout avec désespoir, et détesta tout ce qu'il vit. Sa boussole morale n'avait encore que deux pôles : le bien et le mal. Elle était ici inutilisable et il se sentait perdu. Il aurait voulu détruire ce refus de faire clairement la distinction entre chaque chose. Il aurait voulu détruire ces horribles constructions orientales, tous ces pieds et nattes grotesques. Il aurait voulu détruire tout ce qu'il ne pouvait pas comprendre.

Le Chris de la quarantaine frissonna en prenant conscience que l'anéantissement qu'il avait tant désiré incluait forcément Fusang. Avait-il vraiment haï la femme qu'il avait aimée toute sa vie ? Chris sonda les profondeurs de son cœur. La réponse était oui.

Au début, personne ne paniqua en apercevant les flammes ; il y avait toujours un incendie quelque part dans cette ville. La plupart des maisons avaient été bâties à la hâte, sans que rien ne soit prévu pour lutter contre le feu. Rien ne durait longtemps dans ces endroits où l'on se précipitait pour amasser le plus de richesses possible avant de repartir aussi vite qu'on était venu. Après un cambriolage ou un meurtre, il n'était pas rare qu'on mette le feu pour détruire toutes les preuves.

Le théâtre était plein comme d'habitude, et l'on y donnait un opéra. Les cris du dehors furent noyés par les chants aigus des artistes sur scène. Quelques étrangers avaient pris place sur les bancs de grossières planches en bois pour admirer la belle Chinoise interprétée en fait par un jeune garçon. Ils venaient souvent, et plus ils regardaient le spectacle, moins ils arrivaient à croire que la comédienne fût un comédien. Le feu faisait déjà rage à l'extérieur lorsqu'elle monta sur scène. Ses doigts comme délavés et dépourvus d'ossature accomplissaient la figure de l'orchidée en un grand mouvement partant de sous ses manches tandis que sa taille minuscule se tordait avec une infinie légèreté au son des sifflets et des applaudissements du public. Une voix bien plus grave que ses plaintes hurla : Ma petite chérie !

L'incendie remonta la moitié de la rue avant qu'on commence à s'en inquiéter sérieusement.

Chris rentrait chez lui quand lui aussi fut arrêté par la vision des flammes.

Les gens se pourchassaient et s'agressaient les uns les autres tandis que des cris affreux emplissaient l'air. Chris demanda à un Blanc la raison de cette bagarre générale.

Celui-ci lança une bouteille de whisky brisée sur une épicerie et demanda : D'où tu viens, toi ? De la Lune ? Il y a déjà un bon moment que ça a commencé. Des Chinois s'en sont pris à une bande de salopards, ils leur ont piqué leur pantalon et les ont fichus à la mer ! Ça, c'était il y a plusieurs mois. La police ne les a jamais arrêtés. Alors aujourd'hui ces enfants de salauds se sont réunis par centaines dans un entrepôt et, à la tombée de la nuit, ils étaient des milliers ! Comment ça se fait qu'on m'a viré ? qu'ils se disent. Bien sûr, c'est à cause des Chinois !

A la lueur des flammes, Chris reconnut soudain l'homme qui lui avait emprunté tout son argent et l'avait abandonné, ivre, sur le trottoir, la nuit précédente.

Deux Chinoises arrivèrent en courant et, sans même attendre que Chris s'écarte de leur chemin, se jetèrent en hurlant sur le Blanc et se mirent à lui frapper la tête avec leurs minuscules souliers. Bien que cela ne lui fît pas vraiment mal, l'homme parut tellement désarçonné par cette correction d'un style nouveau qu'il hésita sur la manière de se débarrasser de ses assaillantes.

Chris traversa la rue sans but précis. Personne d'ailleurs ne paraissait plus avoir de but précis.

Il y avait une foule de Blancs qui portaient des brassards sur lesquels on pouvait lire le dernier slogan d'un politicien : « Dehors les Chinois ! » Ils criaient qu'ils voulaient détruire le quartier chinois afin que les Chinois ne puissent plus y cacher d'opium et de jeunes esclaves. Ils traversèrent Chinatown au pas de charge sans même s'en rendre compte, puis refirent le chemin en sens inverse, pareils à un troupeau de taureaux furieux, en soulevant un nuage de poussière.

Chris, incapable de résister, fut emporté par le courant. La colère de la foule était contagieuse. Comme tous ceux qui l'entouraient, il leva bientôt le poing en direction du ciel nocturne chargé de fumées. Il commença par avoir honte des slogans qu'il reprit malgré lui avec les autres, mais, au bout de dix minutes, il partageait pleinement la colère si juste de la foule.

Un Blanc d'une quarantaine d'années, aux cheveux noirs, faisait un discours dans une chaise à porteurs chinoise soulevée par quatre Espagnols basanés et sans cou. Les rideaux de brocart étaient ouverts, révélant sa longue barbe épaisse et broussailleuse.

Il y avait déjà longtemps que l'opéra s'était interrompu. Un autre orateur occupait à présent la scène et comptait sur ses doigts les crimes des Chinois — le jeu, l'opium, le trafic d'enfants, la possession d'esclaves. Des bordels, des salles de jeux et des fumeries d'opium, voilà ce que nous a apporté la race jaune ! ! !

Et des rats, intervint quelqu'un dans le public.

Dehors, derrière le théâtre, les Blancs amateurs d'opéra poursuivaient le garçon qui tenait le rôle de la femme. Ils criaient : Hé, petite chérie ! Par ici, ma jolie ! La petite chérie s'était réfugiée tout en haut d'un arbre, comme un chat de gouttière, sa longue jupe rouge en lambeaux, une de ses manches fluides maintenant plus courte que l'autre. Lorsque l'on parvint enfin à attraper le garçon d'une douzaine d'années, nombreuses furent les bouches à s'emparer de ses lèvres rouge cerise, et tout aussi nombreuses furent les mains à lui arracher ses vêtements pour voir enfin ce qui se trouvait réellement en dessous.

L'orateur inspira Chris. Ces gens délivraient en fait les esclaves, libéraient toutes les esclaves chinoises vendues ici par leurs frères. Il prit conscience que, seul, il ne pourrait jamais rendre leur liberté à toutes les esclaves chinoises de la ville, sans même parler de Fusang. Il fallait donc qu'il s'unisse à une foule comme celle-ci. Il s'imagina, fondant sur la maison de la belle Chinoise avec eux, une torche dans une main, une épée dans l'autre et lui annonçant : Tu es libre. La foule fracasserait sa cage. Lui anéantirait tout ce qui avait fait son malheur.

Ne regarde surtout pas par la fenêtre. Continue de jouer de la flûte en lui tournant le dos.

Mais qu'en est-il de cette foule, là, en bas ? Moi aussi, je voudrais bien savoir ce qui leur a pris. Regarde, c'est là, dans ce livre — tu y crois, toi ? « Il ne s'agissait que d'une poignée d'hommes et de jeunes garçons qui avaient perdu leur travail et s'en prenaient au quartier chinois... » Je ne crois pas que ce soit aussi simple. Il devait y avoir aussi des motifs politiques, un certain sens de la justice et du bon droit. La foule a dû se prendre pour une armée de croisés. Le sens du devoir sanctifie les truands dans tout rassemblement. C'est la seule explication plausible. Il devait s'agir d'une volonté collective, et non de la lubie de quelques-uns, de jouer avec le feu en plein Chinatown. C'est la seule façon d'expliquer l'ampleur prise par tout le mouvement. Les comptes rendus que j'ai sous les yeux racontent que « de nombreux foyers et commerces ont été brûlés de fond en comble, et des dizaines de prostituées chinoises ont été traînées dans la rue et violées ». Cela aurait-il pu se produire sans la volonté de tous ?

Les hommes sont occupés à mettre la ville à feu et à sang. Cela te laisse tout le temps que tu veux pour jouer de la flûte.

Le tumulte reste lointain pour le moment. Les vociférations à l'encontre des Chinois s'immiscent par tes fenêtres soigneusement fermées comme la rumeur de l'océan lorsque la tempête fait rage.

J'ai vérifié dans maintes sources l'endroit exact où se dressait ta maison, et l'ai trouvée précisément à la lisière de Chinatown. C'était un choix audacieux : deux blanchisseries qu'on avait préféré installer à l'écart du centre trop encombré de Chinatown furent aussitôt incendiées et détruites. Ce n'est que parce que ta petite maison en forme de pavillon chinois s'enracine témérairement en territoire non chinois que la foule la laisse pour le moment tranquille ; personne ne jette de pierres dans tes fenêtres pour entendre les pleurs et les hurlements des prostituées chinoises.

Pendant que tu joues ton air favori, *Le berger Su Wu*, le regard perdu dans le lointain, tes consœurs sont traînées dans les rues, leurs appels à l'aide mourant dans leur gorge, et les bandelettes qui enserraient leurs pieds sont défaites et jonchent le sol telles des entrailles pourrissantes.

Ne regarde pas. Ils seront ici bien assez tôt de toute façon. Laisse-moi en profiter pour te parler d'une émission télévisée que je viens de voir.

Attends, sens-tu cette odeur ? C'est la fumée que laisse filtrer la fenêtre derrière toi. Ils ont fracassé les portes d'un entrepôt, à quelques rues de chez toi, et ont vidé des centaines de sacs d'huîtres séchées. Il y a des huîtres partout, et la puanteur grasse est telle que des centaines de personnes se sont mises à vomir en même temps, la nausée les prenant avec la force d'une éruption volcanique. Quelqu'un a alors décidé de combattre la puanteur par le feu. Mais cela n'a fait qu'aggraver les choses. A présent, les gens ne peuvent même plus ouvrir les yeux ni respirer par le nez, sans parler de faire cesser la pression de leur cerveau contre les parois de leur crâne.

Quelqu'un s'est écrié : Les Chinois mangent vraiment cette saloperie !

Tu sais, ce qu'il voulait dire en fait, c'est que ceux qui mangent cette saloperie-là peuvent manger n'importe quoi. Les gens qui mangent cette saloperie sont prêts à tout avaler pour croître et se multiplier. Les gens qui mangent cette saloperie seront sacrément difficiles à éliminer. Pas étonnant que ces Chinois soient si durs à tuer.

La puanteur ne voulait pas partir. Certains ont essayé d'éteindre les foyers, mais ce n'était pas si facile. Les huîtres se tortillaient et s'agitaient partout sur le sol, chaque petit corps minuscule hurlant et grésillant.

Tu vois ? Cela suffit pour que la colère puisse se transformer en haine.

La haine est surprenante. Elle rend les gens sûrs de

leur bon droit ; elle les investit d'une sorte de mission. Je ne parle pas de vengeance ; ce serait trop simple. Les gens naissent avec une forme de haine supérieure, tellement vaste qu'elle n'a même pas besoin de cible. Comme un amour si vaste qu'il n'aurait pas besoin d'objet. Cette sorte de haine peut rester latente pendant des années, comme une poche d'obscurité, sans que les gens en aient conscience. Mais dès que ces ténèbres se répandent, toute rationalité disparaît et les actes perpétrés sous le coup de la haine ne servent qu'à assouvir d'impérieux besoins émotionnels. Brûler, détruire, tuer, violer..., ce ne sont là que des moyens. Peu importe en fait ce qui a pu déclencher une telle haine, car les gens ne tardent pas à se laisser entraîner par le simple spectacle de la destruction. Comme l'amour quand il acquiert la puissance d'une drogue, la haine se nourrit d'elle-même et devient simplement la haine pour la haine. Le plaisir qu'on éprouve à observer la destruction des êtres et des choses par sa propre main est virtuellement orgasmique.

Encore enfant, j'ai assisté à ces pulsions sexuelles qu'on a appelées la Révolution culturelle, et à ces orgasmes qualifiés de révoltes. L'assouvissement de la haine engendre la même extase chez tout le monde.

Tu ferais mieux de t'écarter de la fenêtre. Oui, ferme aussi les stores. Ne prête pas attention aux portiers qui sont en bas.

Que crient-ils ? Baisse-toi, cache-toi, enfuis-toi ?

Tu as raison, tu ne t'enfuis jamais.

Cesse de me regarder ainsi, comme si je savais ce que tous ces gens, dehors, vont te faire subir.

En fait, je le sais. Tout comme les générations

futures sauront ce que je vais faire ou ce que les autres vont me faire. Ce que ces *skinheads*, à la télévision, vont me faire subir. Nous ne savons pas ce qu'ils projettent. Nous, Chinois de la cinquième vague d'immigration, nous attendons encore, tout comme toi en ce moment.

Les bottes viennent par ici.

Des centaines de pieds bottés remontent la rue jonchée de sous-vêtements. Les émeutes font ressortir tout le linge sale. Dans le San Francisco de 1870, il coûtait aussi cher de faire nettoyer ses vêtements que d'en acheter des neufs. Pour continuer à faire tourner les affaires, les blanchisseurs s'obstinaient à envoyer des bateaux entiers de linge sale en Chine pour le faire nettoyer. Lorsque le linge propre revenait, trois mois plus tard, ses propriétaires avaient disparu depuis longtemps. Certains étaient partis, d'autres étaient morts, d'autres encore avaient changé de nom. Les vêtements atterrissaient chez des prêteurs sur gages. La plupart des gens se contentaient donc d'entasser le linge sale et d'acheter des vêtements propres. Cependant, pendant les émeutes, entre les incendies et le pillage, les malles et les armoires étaient jetées sur les trottoirs et tout le linge sale se répandait dans la rue, étouffant le bruit des sabots de la police montée lorsqu'elle finissait par arriver.

Ce spectacle lamentable portait alors la haine à un nouveau paroxysme. Il rappelait aux Blancs que le quartier chinois était et serait toujours répugnant. Tant qu'ils étaient de bonne humeur, la saleté faisait partie de l'atmosphère, de l'ambiance exotique. Ou bien ils en tiraient quelques mauvaises plaisanteries, dont, soit dit en passant, nous profitons encore aujourd'hui.

Les manifestants sont maintenant en bas de chez toi. Tu finis une note en *diminuendo* et lèves la tête pour me regarder. Tu sais que seules les générations futures pourront comprendre et expliquer ce qui se passe vraiment.

Les portiers ont verrouillé la porte d'entrée et se sont arc-boutés, dos à la porte et yeux fermés, leur corps tout entier secoué par les coups de l'extérieur. Ils avaient déjà rangé leurs couteaux, inutiles contre des étrangers puisqu'ils vous valaient la potence, que vous vous en serviez ou pas.

Tu continues de me regarder, les notes traînantes de ta flûte tournoyant encore autour de ma tête. J'ai lu tous ces récits, livres divers et entretiens, et je sais déjà ce qu'ils t'ont fait. Mais comment pourrais-tu me croire ? Comment pourrais-je te faire croire à cette haine plus vaste que le ciel ?

C'est exactement comme la haine de ces *skinheads* à la télé, absolument immense et complètement impersonnelle.

Hier, après t'avoir laissée, j'ai allumé la télévision et suis tombée sur un débat concernant ces groupes haineux. Il y avait une bande de jeunes d'une vingtaine d'années, leur crâne rasé prenant une teinte bleu sombre, métallique. Leurs visages étaient blêmes et graves. Même les quatre ou cinq femmes qui étaient parmi eux montraient des yeux aussi froids que ceux des hommes. Ils avaient tous des croix gammées tatouées sur les bras et les jambes. J'ai éprouvé un choc en les entendant annoncer qu'ils haïssaient les Asiatiques, les Noirs et tout ce qui n'était pas blanc.

Tu sais, si je n'avais pas été complètement pétrifiée, j'aurais appelé pour poser une question.

Choqué au point d'en paraître respectueux, le public ne cessait de demander : Pourquoi ?

Les *skinheads* souriaient avec un détachement glacial et répliquaient qu'ils n'étaient nullement obligés de répondre ; ils se moquaient éperdument d'être compris.

Bombardé de questions, l'un des hommes a fini par dire : Vous, les gens de couleur, vous pouvez vivre ; on ne dit pas qu'on veut vous voir morts ; c'est juste qu'on ne veut pas que vous viviez au même endroit que nous. On veut avoir un endroit où on n'est pas obligés de vous regarder ou d'avoir à vous supporter. Sa voix avait le détachement d'une détermination impitoyable.

Une Asiatique, étudiante, a demandé : Pourquoi avez-vous l'impression de devoir nous supporter ?

Un jeune Afro-Américain a ajouté : En fait, est-ce que ce n'est pas plutôt *nous* qui avons eu à *vous* supporter pendant toutes ces années ?

L'Asiatique, maintenant plaintive, a insisté : Qu'est-ce qu'on vous a fait pour que vous ayez l'impression de devoir nous supporter ? Quand cette haine contre nous a-t-elle commencé ? Elle n'a jamais été réciproque. Jamais !

Le visage d'une blancheur excessive, le *skinhead* a répondu : Si on ne vous supportait pas, on ne pourrait pas contrôler notre haine et ça serait encore pire pour vous. Si on avait un territoire complètement séparé de vous, on n'aurait plus à vous tolérer.

L'étudiante ne voulait pas lâcher prise : Mais qu'est-ce qu'on vous a fait ? Nous n'avons jamais rien fait de mal ! Pourquoi faudrait-il que vous nous tolériez ?

Le *skinhead* : Dans les circonstances présentes, on n'a pas le choix.

L'étudiante : Mais on ne veut pas être juste tolérés !

Le *skinhead* a souri avec une exaspération arrogante. Quand le vacarme s'est tu dans le public, il a déclaré avec gravité : On est absolument certains qu'un jour on n'aura plus à vous tolérer. On a un travail important qui nous attend.

Comme si tout cela était prévu d'avance, il a refusé de dire en quoi ce travail consistait. La menace évidente a mis tout le monde très mal à l'aise. Alors, nous laissant tous sous le couperet de cette menace, il a ajouté : C'est comme ça, on vous hait et c'est tout.

Voyons ce que ces gens débordant de haine s'apprêtent à te faire. Quel travail si important les attend.

Où t'emmènent-ils ? Ils sont vingt ou trente hommes à écouter le déchirement de la soie sur ton corps et à te regarder vaciller comme une ivrogne tandis qu'ils te poussent les uns vers les autres.

Quelqu'un lance : Regardez-moi ces pieds ! Dire que les Chinois trouvent ça sexy !

Elle est la perversion incarnée ! C'est une insulte à la décence !

La rue est plongée dans l'obscurité car tous les becs de gaz ont été brisés.

Je vois maintenant : c'est une voiture sans attelage.

On t'entraîne à l'intérieur et les hommes en franchissent les rideaux chacun à leur tour.

Tu n'appelles pas à l'aide ; tu ne mords pas, tu ne griffes pas. Tu te contentes d'attraper la veste de chacun de tes agresseurs et, pendant son assaut bestial, tu en arraches un bouton avec tes dents.

Tu ne les insultes pas, tu ouvres simplement ton corps à un océan de vide. Tu te concentres sur la nécessité de rester béante, encore et toujours, tout entière béante à l'exception de tes poings, qui sont serrés sur les boutons.

Lorsque la police arrive enfin, tu as les mains pleines de boutons de toutes tailles et de toutes formes.

Quand l'aube se lève, l'incendie est éteint. Tu rassembles tes boutons et tu les emportes dans ta maison complètement saccagée. Tu les mets dans une boîte à poudre vide, tu en fermes le couvercle et tu secoues la boîte d'avant en arrière, en écoutant le bruit que cela fait. Je n'ai jamais vu une expression aussi étrange dans ton regard.

Chinatown s'est remise en route à la première heure, de crainte de perdre ne fût-ce qu'une journée de commerce. Le quartier était déjà passé à autre chose, se gardant bien de s'appesantir sur ce qui venait de se produire. Cependant, tes yeux me rappellent la cacophonie des fous qui n'arrivent pas à s'exprimer.

Désormais, dès que tu te retrouveras seule, tu prendras cette boîte et tu l'agiteras près de ton oreille. Comme si tu secouais quelqu'un qui refuse de te répondre.

Comment puis-je t'expliquer cet acte épouvantable qu'on appelle le viol ?

Les violeurs sont retournés à leur vie respectable. Quand ils se sont aperçus qu'il leur manquait un bouton, ils ont été aussi surpris que toi.

Dans l'obscurité, Chris se retrouva au milieu de la foule.

Quelqu'un criait : Défoncez-le !

Qu'est-ce qu'ils manigançaient ? Chris vit un type défaire sa ceinture.

Qu'est-ce que vous faites ?

Tu le verras bien assez tôt !

Laissez-moi partir !

Petit salopard !

Foutez-lui une raclée ! Le petit salopard veut y passer lui aussi !

Ne me touchez pas ! Laissez-moi partir.

Alors, on aime les putes jaunes ?

Tous ces hommes avaient un travail important à faire ; leur rage était terrifiante. Bientôt, Chris n'entendit plus qu'une respiration sifflante. Puis il prit conscience que c'était la sienne.

Da Yong dépassa les bâtiments carbonisés de Chinatown, dépassa un tas d'huîtres grillées puis des bandelettes de pieds, des souliers brodés et des lambeaux de soie multicolores.

Deux hommes échevelés transportaient une grande bassine de lait de soja frais. Le patron de la maison de thé était en train d'engueuler l'un de ses employés, qui lui répondait par une litanie silencieuse de grimaces. Quelqu'un tourna le coin de la rue pour jeter ses eaux sales, trois seaux d'un coup.

Va me faire du thé, commanda Da Yong au patron.

Va faire du thé, commanda le patron à son employé.

Vous ne savez donc pas ? fit ce dernier. On a pris toutes les théières hier soir, contre le *guailo*.

Les ateliers de bambou étaient complètement débordés. Toutes les lanternes des bordels avaient été détruites, et il fallait en fabriquer des centaines pour les remplacer.

Tenant son cheval par la bride, Da Yong regarda autour de lui. On avait l'impression d'être au lendemain d'un typhon. Tous les débris avaient été rassemblés en gros tas, premier signe d'une vie nouvelle. La matinée commençait juste un peu plus tard que d'habitude.

La nuit précédente, quand il avait aperçu l'incendie, Da Yong se trouvait dans East Bay. Vu de là-bas, le feu n'avait rien d'extraordinaire. Des foyers étaient allumés deux jours sur trois dans cette ville, et Da Yong en avait lui-même provoqué plusieurs. Il se rendit donc à la vente aux enchères sans y accorder beaucoup d'attention.

Les filles avaient déjà été déshabillées et attendaient en rang d'être pesées. Troisième Oncle leur pinçait les bras et les jambes, et faisait au hasard des commentaires sur leur anatomie.

Da Yong était installé dans un fauteuil contre le mur et terminait son cigare. Il ne chiquait plus car cela n'était plus à la mode. En outre, cela lui permettait d'ajouter un autre bijou à sa collection en arborant un superbe coupe-cigare à la ceinture. Tout en éteignant son cigare, Da Yong remarqua une fille qui semblait un peu plus grande et plus ronde que les autres.

Elle devait avoir dans les dix-sept ou dix-huit ans, et cherchait visiblement à l'éviter.

Troisième Oncle, fit Da Yong, tu as fait boire trois *catties* d'eau à l'une des filles.

De l'eau ? rétorqua Troisième Oncle. J'ai dû leur donner trois bols de potage à manger à chacune. Elles n'en avaient pas pris une seule gorgée pendant les deux mois de la traversée.

Da Yong entreprit de se nettoyer les dents. Tout en faisant des contorsions avec la bouche, il ne quittait pas de l'œil la fille plus grande. Il vérifia du bout de la langue la propreté des interstices entre ses dents.

Quel dommage, expliqua Troisième Oncle, il y a eu une tempête terrible et de toute la cargaison il ne reste que ces douze-là. En plus, la plupart des pommes de terre ont pourri et un paquet de filles sont mortes de faim aussi.

Douze ? s'étonna Da Yong. J'en compte treize.

Une fugitive expression de trouble passa dans les yeux de Troisième Oncle qui répliqua : Ah bon ? Eh bien, mieux vaut en avoir plus que moins !

Troisième Oncle agita un éventail en feuilles de roseau autour de son troupeau de filles pour chasser les moustiques de leur peau nue.

Da Yong lui demanda de remettre la fille plus grande sur la balance. La fille s'accrocha à la balance romaine en se mordant la lèvre inférieure.

Da Yong s'approcha, vérifia le poids et annonça : J'ai déjà vu cette fille.

Elle cilla.

Tu vois, fit Da Yong. Elle comprend l'anglais.

Elle cilla à nouveau.

Va me chercher Gimpy Chan, ordonna Da Yong à l'un des hommes qui tenait la balance. Presse-toi. Dis-lui de retrouver vite fait le voile rouge de la dernière fois et de faire venir le palanquin. Sa dernière épouse s'est enfuie, alors je vais lui en acheter une plus jolie ! Mais cette fois-ci, on va l'estropier d'abord, lui raccourcir l'une des jambes, pour qu'elle soit comme Gimpy Chan et ne puisse pas s'enfuir.

Le type posa sur Da Yong un regard aussi sérieux et vide d'expression que celui d'un chien.

Vas-y, dépêche-toi, fit Da Yong. Répète-lui simplement ce que je viens de dire, et Gimpy Chan saura de quoi je parle. Dis-lui qu'il n'a pas besoin de se laver la figure. Qu'il se décrasse simplement les yeux, et je fournirai la mariée.

Toujours un peu hésitant, le type allait partir.

Troisième Oncle le retint et se tourna vers Da Yong avec un petit rire nerveux : Paye-moi d'abord. Tu dois d'abord me payer.

Je te paierai pour les douze autres, ne t'en fais pas, mais pas question de verser quoi que ce soit pour cette treizième salope !

Mais elles étaient treize, protesta Troisième Oncle. Je ne vois plus très clair. Il y en a une qui m'aura échappé !

Tu ne vois plus clair, c'est certain, fit Da Yong. Il y en a une qui rejoint les autres à la douane, et toi, tu ne le remarques même pas.

Troisième Oncle n'avait cessé d'éventer les filles avec vigueur. Il s'arrêta brusquement.

La fille plus grande regretta soudain de ne pas être plus petite. Elle se voûta et dissimula son visage derrière ses cheveux emmêlés.

Tu es venue pour prendre du potage avec les autres, c'est ça ? fit Da Yong en ricanant.

Les filles ne réagirent pas davantage qu'un tas de viande.

C'est laquelle d'entre vous ? insista Da Yong.

Personne n'émit le moindre son.

Cette espionne vous a donc déjà fait un lavage de cerveau. Très bien. Il s'approcha de la fille plus grande et se baissa pour voir son visage derrière ses cheveux.

En essayant de lui échapper, elle dut lever la tête.

Da Yong la sortit du groupe : Allez, viens, viens ici que je te regarde. Ça fait tellement longtemps. La dernière fois que je t'ai vue, me semble-t-il, tu portais l'espèce de robe informe de l'Association de secours. Je me trompe ?

Dissimulant son sexe à deux mains, elle semblait espérer que quelqu'un se dépêche de venir la tuer d'un coup de couteau ou de fusil.

L'Association de secours a fait de toi une espionne et t'a introduite à la douane pour que tu découvres nos filières, c'est ça ?

Da Yong se rappela par la suite avoir remarqué que l'incendie s'intensifiait pendant qu'il conduisait la fille à la pêcherie de crevettes de Gimpy Chan. Mais il n'y prêta pas grande attention sur le moment parce qu'il savait que la fille était une espionne et qu'il lui fallait agir vite.

Il ne s'était cependant pas attendu à un tel désastre. Les portes du théâtre avaient été arrachées, et les employés des maisons de jeux scrutaient le sol, en quête de briques de mah-jong. De plus en plus de gens sortaient à présent et fouillaient les débris, poussant des cris de joie chaque fois qu'ils trouvaient quelque chose.

La veille donc, les missionnaires de l'Association de secours étaient arrivées à l'aube à la pêcherie de crevettes de Chan. A peine Da Yong remarqua-t-il les hommes qui les suivaient qu'il sut qu'il s'agissait de miliciens. Les missionnaires annoncèrent à tous les invités du banquet matinal qu'ils ne pouvaient épouser leur traductrice.

Gimpy Chan, jeune marié de quarante ans, sortit de la chambre nuptiale en boitillant avec bonheur. Lorsqu'on lui eut répété les propos des missionnaires, il répondit : Comment pourrais-je avoir une telle chance ? Mon épouse descend tout juste d'un bateau en provenance de Chine.

Il désigna une hutte en terre battue, où une femme dissimulée de la tête aux genoux par une étoffe rouge était assise sur une parure de lit rouge.

Retirez-lui ce bout de tissu, nous voulons la voir, déclara Mary.

Gimpy Chan se tourna vers les invités, qui s'étaient tous rapprochés : Qu'est-ce qu'elle a dit ?

Elle a demandé qu'on retire le voile. Elle veut la voir.

Gimpy Chan éclata de rire : Moi aussi, j'ai hâte de la voir.

Sans la voir, insista Dorothy, comment voulez-vous que nous soyons certaines qu'il ne s'agit pas de notre traductrice ?

Un invité traduisit ces propos à l'adresse de Gimpy Chan.

Celui-ci rit encore plus fort et répondit : Croyez-moi, j'aimerais beaucoup trouver une traductrice là-dessous. Elle saurait lire et écrire, et en plus elle serait jolie.

Comment voulez-vous épouser notre traductrice ? s'insurgea Dorothy.

Si je n'étais pas handicapé, ce serait possible ! J'ai entendu dire qu'elles connaissent des chansons étrangères... ce serait comme se marier avec une épouse presque blanche !

L'un des invités traduisit les propos de Gimpy Chan. Les missionnaires blanches s'empourprèrent.

Une bonne centaine d'invités quittèrent les tables dépareillées pour se presser autour du petit groupe. Lorsque les hommes virent Da Yong enrouler tranquillement sa natte, ils l'imitèrent.

Mary le remarqua et adressa un coup d'œil à Dorothy et aux miliciens.

Raisonnable jusqu'au bout, Dorothy annonça à la foule : Nous voulons simplement la regarder. Nous voulons juste nous assurer que ce n'est pas notre traductrice.

Dans la foule, l'un des hommes demanda : Que ferait votre traductrice ici ? A moins que vous ne l'ayez envoyée ici pour nous espionner.

Attention à ce que vous dites, avertit Mary. Nous n'aurions jamais recours à des méthodes aussi déplorables.

A quelles méthodes avez-vous recours, alors ?

On n'a pas à entrer dans toutes ces fadaises, intervint l'un des miliciens. Puis il avança vers la hutte tendue de rouge en sortant son arme.

Soudain, la fille de la chambre nuptiale se leva et se dirigea vers la porte. Sa claudication était en tout point semblable à celle de Gimpy Chan.

De l'arrière de la foule, Da Yong admira son ouvrage.

La fiancée s'appuya contre le chambranle de la porte, comme si elle était impatiente de rejoindre la fête.

Mary retint le milicien et tendit la main vers le voile, le mouvement ralenti par les conséquences éventuelles de ce qu'elle risquait de découvrir.

Soudain la fiancée ploya les épaules, renifla et se coucha par terre.

L'un des invités cria : Ne t'en fais pas, Gimpy Chan, s'ils posent la main sur elle, on les épluchera comme des crevettes !

Quelqu'un d'autre commenta : Gimpy Chan a perdu sa première femme, et ça n'a pas été chose facile de lui trouver l'épouse idéale. Et voilà qu'elle serait traductrice !

Vous ne savez même pas où passent vos propres traductrices ? ajouta un autre. Qu'est-ce qu'elle ferait ici ?

Elle espionnerait, voilà ce qu'elle ferait !

Eh bien, qu'on nous la montre ! Je me suis toujours demandé à quoi ressemble une espionne.

Les missionnaires discutèrent un instant entre elles, puis dirent à Gimpy Chan : Nous réglerons cette histoire devant la justice.

Da Yong quitta la pêcherie juste après les missionnaires. Il savait que l'affaire était close et que son camp avait gagné. Bercé par l'allure tranquille des chevaux et par le vin des noces, il sourit en imaginant les missionnaires revenant à la pêcherie de crevettes quatre ou cinq mois plus tard. Elles ne trouveraient qu'un petit groupe de femmes assises en cercle, occupées à décortiquer des crevettes de leurs doigts agiles. La traductrice ou l'espionne, quel que soit le nom que vous lui donniez, aurait disparu depuis longtemps. Il n'y aurait plus qu'une villageoise parmi d'autres, payée un penny par livre de crevettes, occupée à décortiquer en bavardant, tout comme les autres.

Ou peut-être les missionnaires verraient-elles de loin Gimpy Chan portant, grâce à sa perche de peuplier, un plein panier de crevettes d'un côté, et une femme enceinte de l'autre. La femme mâcherait avec application un morceau de canne à sucre. Da Yong faillit rire tout haut en imaginant les missionnaires, qui s'étaient montrées si déterminées à sauver leur traductrice, en train de regarder la femme qu'on emmenait en ville et qui ne cessait de cracher par terre de la pulpe de canne à sucre.

Le lendemain matin des noces de Gimpy Chan, Da Yong arriva en ville alors que le soleil se levait tout juste à l'horizon.

Il s'aperçut bientôt qu'il avait mal aux mains à force d'agripper les rênes.

Un vieillard avec un panier sur le dos fouillait parmi les sous-vêtements sales éparpillés par terre, en quête de pièces de tissu à assembler et coudre pour en faire des semelles de souliers. Il ramassa une doublure de soie rouge et l'examina à la lumière du soleil.

Ainsi illuminée, la soie rouge accrocha l'œil de Da Yong. Elle était de meilleure qualité que le reste des étoffes qui tapissaient le sol, et chaque fleur en était une broderie des plus fines. Il la reconnut aussitôt.

C'est moi qui l'ai trouvée, protesta le vieillard.

Rien à foutre, rétorqua Da Yong. Il lui arracha le pan d'étoffe des mains et le poussa par terre.

Lorsque Da Yong pénétra en courant dans la chambre de Fusang, elle mangeait une tête de poisson d'une blancheur laiteuse. La soupe est prête, annonça-t-elle.

Il resta un instant figé, les genoux sur le point de se dérober, puis s'avança vers Fusang d'une démarche vacillante. Elle portait un peignoir blanc assez court. L'encolure ouverte laissait voir la peau lacérée de sa gorge, pareille à un champ fraîchement labouré.

Il l'attira dans ses bras. Après un long moment, il finit par dire : Je vais devoir te tuer.

Fusang vit les yeux noirs de Da Yong humides de larmes. Elle remarqua soudain que l'arête de poisson qu'elle avait encore dans la bouche avait perdu toute saveur et elle la cracha dans sa paume.

Le propriétaire du magasin de tissus, de l'autre côté de la rue, a tué sa femme ce matin, annonça-t-il.

Elle acquiesça brièvement de la tête et le regarda gravement dans les yeux, qu'il avait de plus en plus embués.

Ils l'ont prise pour une putain et l'ont traînée dans la rue, raconta Da Yong. Alors il l'a simplement aidée à se donner la mort.

Ils étaient mari et femme, commenta Fusang avec un léger sourire.

Si tu étais ma femme, je t'aiderais moi aussi, assura Da Yong. Ne t'inquiète pas, je te ferai des funérailles convenables, exactement comme si tu étais mon épouse. Puis, se rappelant quelque chose, il retira une boucle de jade de la chaîne qu'il portait autour du cou. Je mettrai ceci dans ta bouche afin que ton corps reste intact.

Fusang savait qu'elle ne ferait jamais l'objet d'un tel traitement de faveur tant qu'elle serait en vie. Elle le contempla avec gratitude.

Il lui rendit son regard, et ses pupilles paraissaient insondables.

Da Yong la souleva et la porta sur le lit aussi solennellement que s'il la mettait en terre.

Combien de parents te reste-t-il ? demanda-t-elle.

Ce n'est pas à toi de le demander.

Oh.

A travers un voile de larmes, Da Yong admira la sérénité avec laquelle Fusang acceptait la mort. Comme un animal parfaitement apprivoisé, elle affrontait chaque situation avec la même satisfaction silencieuse. Il ouvrit le col de son peignoir et tendit lentement la main vers le poignard qu'il gardait dans sa botte. L'expression de son regard et chacun de ses mouvements montraient combien il tenait à elle.

Surtout, pense à faire venir quelqu'un pour me coiffer, recommanda Fusang.

Ne t'en fais pas. Je veillerai à ce que tu sois jolie.

Da Yong avait tiré son couteau. Il s'aperçut qu'il le tenait comme quelqu'un qui ne se serait jamais servi d'un poignard auparavant. Il réfléchit alors qu'il n'avait jamais tué personne avec un couteau. A coups de pied, oui, à coups de poing et même à coups de tête. Mais il ne trouvait plus le couteau si amusant, en fin de compte. Combien de rounds pouvait-on tenir avec un couteau ? Et puis, en fait, qui valait la peine qu'on le tue avec un couteau ? Le couteau lui parut soudain beaucoup trop sérieux, beaucoup trop engagé.

Attendant qu'il soit prêt, Fusang lui posa la main sur la poitrine. Sa main descendit jusqu'aux cinq poignards ciselés qu'il gardait toujours à la ceinture.

Prends un de ceux-là, demanda-t-elle.

Ne bouge pas.

Da Yong prit alors conscience d'autre chose. Ces poignards n'étaient en fait que des bijoux. Il n'avait jamais su s'en servir. Il les avait pris, des années plus tôt, sur le cadavre d'un homme qu'il venait juste de battre à mort. Il n'avait en réalité jamais eu l'occasion d'apprendre à les manier car chaque fois qu'il s'apprêtait à le faire, l'ennemi était déjà mort. Si son habileté au poignard était devenue légendaire, c'était justement parce que personne ne l'avait jamais vu s'en servir. A en croire la rumeur, le temps que vous aperceviez le poignard, il vous avait déjà transpercé, et le poison qui recouvrait sa lame était un mélange de plusieurs venins de serpent. Da Yong soupçonnait les Chinois d'avoir délibérément fait circuler ces fables parmi les étrangers, d'avoir colporté qu'ils l'avaient vu de leurs propres yeux manier ces lames avec une telle dextérité et une telle rapidité qu'il lui suffisait de les toucher pour que son adversaire soit mort. Avec le temps, la fable avait atteint un tel degré d'efficacité qu'il n'avait plus qu'à ouvrir sa veste et effleurer l'un des poignards du bout des doigts pour que l'ennemi s'effondre ou capitule. Les poignards étaient peu à peu devenus le symbole de son aptitude particulière au combat, de sa capacité à tuer sans même un battement de cils.

N'oublie pas de manger la soupe que je t'ai préparée, rappela Fusang.

Il la regarda, et cela lui fit penser à la rivière qu'il y avait au pays, et à toutes ces femmes, jeunes et vieilles, qui attendaient le facteur sur la rive. Leurs aiguilles enfilées piquées sur leur tablier, elles mangeaient des prunes, des pêches ou des litchis. L'une d'entre elles était sa femme. Le couteau qu'il tenait lui tomba des mains, et il dit à Fusang, du regret dans la voix : Si tu étais ma femme, je te tuerais.

Fusang ne l'avait jamais vu aussi grave.

Il reprit : Mais si je te tuais, ce serait par amour. Tu sais cela ?

Fusang acquiesça.

Da Yong détourna les yeux et secoua la tête. Je n'ai jamais aimé assez une femme pour la tuer. Aucune femme ne mérite cette peine.

Il laissa Fusang se relever, lança son couteau en l'air et le rattrapa. Il ne se souvenait déjà plus de ce qui avait pu lui traverser l'esprit lorsqu'il avait monté les marches quatre à quatre. Il avait très certainement voulu tuer les diables blancs qui avaient déchiré Fusang, mais il avait surtout voulu tuer Fusang elle-même. Da Yong avait toujours pensé qu'un homme ne tuait que la femme qu'il aimait le plus.

Il avait du mal à croire qu'il tenait autant à elle.

Quelques jours auparavant, on lui avait apporté un message de Chine disant que son épouse était venue le retrouver. La nouvelle était en fait déjà vieille de plusieurs années car sa mère avait interdit qu'on le prévienne, de crainte qu'il ne cesse d'envoyer de l'argent, qu'il ne revienne jamais ou qu'il ne réclame d'autres dettes de sang. Il avait donc fallu attendre la mort de sa mère pour qu'on ose lui révéler la vérité. Sa femme le cherchait ici depuis des années ; elle pouvait être n'importe qui. A tout moment, une pauvre et vertueuse femme de poissonnier occupée à écailler du poisson sur le marché pourrait lever son visage bistre vers lui, fouiller soudain dans son tablier et lui tendre une lettre chiffonnée en disant : Enfin, je t'ai trouvé. Cette perspective lui laissait l'âme enflée et douloureuse.

Quand Fusang le vit remettre la lame dans sa botte, elle se leva lentement du lit, se sentant elle aussi l'âme enflée et douloureuse de n'avoir jamais soupçonné que Da Yong pût l'aimer comme une épouse. Il avait voulu lui retirer la vie presque comme le commerçant d'à côté avait aidé sa femme à mourir. C'est donc, pensa-t-elle, que je suis pour lui davantage que ses bijoux, son chien et son perroquet.

Il partit l'esprit très préoccupé.

Fusang se remit à manger sa tête de poisson en regardant par la fenêtre Da Yong qui s'éloignait. Pendant un moment, il se dirigea vers l'est, puis parut se raviser et partit soudain vers le sud. Elle aspira bruyamment la cervelle du poisson par un interstice qu'elle avait pratiqué avec ses dents dans un cartilage, et apprécia le soudain afflux de saveur délicate.

Alors, de quoi te souviens-tu d'autre ?

Oui, tu as raison, c'était une nuit de brouillard. Il n'y avait pas de lune. Quand ces hommes t'ont traînée dans la voiture, le brouillard s'est infiltré à l'intérieur par les trous des rideaux.

Tes souvenirs ne te trompent pas : tu n'as absolument pas crié.

Cela se passait il y a très longtemps, et aucun des hommes impliqués dans ces événements n'a été poursuivi par la justice. Mais tu te demandes encore qui ils étaient.

Non seulement tu n'as pas crié, mais tu t'es faite aussi malléable que le brouillard. Tu t'es simplement pliée à la douleur.

A l'époque, tu pensais que la part de souffrance qui nous est allouée dans la vie peut s'étirer et se concentrer comme du brouillard. Alors, comme le brouillard, tu as enveloppé chaque homme qui te défonçait. Et, au bout d'un moment, la douleur s'est faite moins vive ; elle a cessé de te déchirer complètement.

Après un certain laps de temps, tu ne faisais plus vraiment la différence entre ce qui se passait là, soudain, sur ton corps, et ce qu'on y faisait de toute façon tous les jours. Tu n'as plus trouvé de différence significative entre vendre ton corps et ce viol collectif.

Qu'est-ce que cela veut dire, de toute façon, vendre son corps ? Les gens estiment que tu te vendais. Mais qu'en est-il de ces femmes qui m'entourent ? Les temps ont changé. Regarde toutes ces femmes qui fixent un prix pour se donner à un homme : une maison, une voiture, un revenu de tant de milliers de dollars par an. D'accord, ça marche. On appelle juste ça autrement : le mariage. Les épouses se vendent toutes les nuits, leur corps aussi amorphe et froid qu'une marchandise. Elles obtiennent en échange trois repas par jour, des placards et des tiroirs remplis de vêtements et de bijoux. Mais il y a d'autres méthodes. Certaines se vendent pour le pouvoir, d'autres pour la célébrité. Certaines se vendent pour obtenir un permis de séjour dans une ville chinoise ou une carte verte aux Etats-Unis. Y a-t-il des femmes qui ne se vendent pas par ici ?

Et moi ? Combien de fois me suis-je retrouvée sous un homme sans en avoir envie, comme un tas de marchandise ?

Peut-être cette capacité à tout confondre est-elle un

bienfait. Cesse de me regarder comme ça, Fusang. Je ne pleure pas.

Je ne me rappelle pas plus que toi combien de corps se sont vautrés sur le tien cette nuit-là. Tu les as simplement enveloppés les uns après les autres, comme le brouillard enveloppe les rochers, même les plus acérés, ou les mers, même les plus démontées.

Tu t'es contentée d'arracher leurs boutons, avec les mains ou avec les dents. Tu l'as fait sans idée préconçue. Il ne t'est jamais venu à l'esprit que l'on pourrait faire appel à toi pour identifier des suspects. Et bien sûr personne n'y a pensé. Tu as rassemblé ces dizaines de boutons pour toi-même, pour te rappeler cette nuit de contacts si particuliers avec les hommes.

Dans la lumière grise qui précède l'aube, au moment où la police s'est mise à charger de très loin, tu as rassemblé les lambeaux de forces qui te restaient et tous les boutons épars, comme si tu ramassais des coquillages sur la plage.

Des jours et des jours se sont écoulés avant que tu ne te souviennes brusquement du baiser. Il était complètement déplacé. Il n'y a d'abord rien eu de différent, puis, lorsque l'homme est arrivé en toi, il y a eu une pause. Tous ses mouvements ont alors ralenti. Il avait les paumes lisses et froides lorsqu'il a écarté les cheveux de ton visage.

C'est à ce moment-là qu'il t'a embrassée, qu'il a collé ses lèvres contre les tiennes, sans bouger, te rivant simplement là.

Tu t'es dérobée. Tu ne savais que faire de ces lèvres... c'était une farce grossière, cette bouche se moquait de toi.

Tu as essayé de repousser l'homme qui t'embrassait. Tu aurais voulu fuir ce baiser. Complètement bouleversée, tu as soudain ressenti quelque chose que tu n'avais jamais éprouvé de ta vie : l'humiliation.

Tes forces t'ont abandonnée, et tout ce que tu as pu faire ensuite, c'est laisser tes bras peser sur son dos. Son corps était différent des autres, et cela aussi t'a dérangée. Les autres étaient grands et brusques, rêches, poilus, couturés de cicatrices. Celui-ci était doux et lisse.

Avec les toutes dernières forces qui te restaient, tu as arraché un bouton de sa veste avec tes dents.

Au moment où l'obscurité s'atténuait enfin, quelqu'un souleva du sol une forme infecte tout en la secouant et en l'invectivant. Avec un effort extrême, Chris prit conscience que celui qu'on soulevait n'était autre que lui-même, et que celui qui soulevait était son frère aîné.

Chris dormit toute la journée puis toute la nuit suivante. Lorsqu'il finit par se réveiller, il remarqua un rectangle de papier posé sur sa table de chevet. Il le contempla en clignant des yeux et ne comprit que peu à peu de quoi il s'agissait : un billet de paquebot pour Londres. Son père avait tenu parole. Chris s'empara du billet et le porta à la lumière matinale. Il se remémora la nuit où son père lui avait parlé de l'envoyer à Londres comme d'une ultime punition. Mais, maintenant, cela ne lui apparaissait plus du tout comme une punition.

Quand il se leva, Chris exultait presque. Le cuisinier et le factotum italien remarquèrent son changement d'humeur : il sifflotait *Oh Susanna* avec une innocence qui frisait l'idiotie, et courut à la plage avec d'autres garçons du voisinage pour faire des châteaux de sable, ce qui ne lui était pas arrivé depuis au moins quatre ou cinq ans. Il prit même la peine d'aller aider deux de ses jeunes cousines à faire voler un cerf-volant. On aurait dit qu'il était du jour au lendemain retombé en enfance. Il cessa de ruminer de sombres pensées comme un vieillard. Il semblait que tout ce qu'il avait fait entre douze et quinze ans n'avait été qu'une mise en scène, et qu'à présent cette version de Chris, du Chris qui avait dormi toute la journée après que son frère l'eut ramené de Chinatown, avait disparu. Mais la nouvelle version ne collait pas non plus ; on aurait dit un adulte qui aurait décidé un beau jour de remettre les habits de son enfance.

Chris informa joyeusement tout le monde qu'il allait faire ses études à Londres. Il vivrait chez la sœur cadette de sa mère et profiterait des vacances pour parcourir l'Europe avec sa tante. Personne ne comprenait pourquoi il était si heureux de s'en aller.

L'après-midi de son départ, il entendit ses deux cousines rire et crier dans le jardin. Avec l'impulsivité de la jeunesse, il sauta par la fenêtre pour aller les rejoindre.

Elles faisaient des bonds de joie en regardant un cerf-volant traverser le ciel. Un cerf-volant chinois.

Chris aussi se mit à sauter et à pousser des cris. Mais lorsque le losange rose et noir orné d'une longue queue ondulante devint de plus en plus petit, quelque chose commença à le troubler.

Ses cousines souriaient avec une sorte de respect distant au Chris qui n'était, depuis quelque temps, plus tout à fait lui-même. Elles ne savaient pas trop pourquoi on l'envoyait à Londres. Il avait dû tremper dans quelque scandale, ou bien faire quelque chose de particulièrement remarquable pour mériter un tel traitement.

Chris ne voulait pas voir le cerf-volant disparaître. Il baissa les yeux et adressa un sourire à ses cousines. Le sourire entendu qu'échangeaient entre eux tous les membres du clan Koehler, à la fois farouchement complice et profondément solitaire.

Ses cousines le regardèrent s'éloigner avec une nuance de crainte. Elles ne savaient comment interpréter son soudain changement d'humeur.

Chris ne voulait voir personne. Il avait envie d'aller chercher quelques livres dans la bibliothèque, mais redoutait de tomber sur son père ou son oncle. Il parvint cependant à éviter tout le monde, prit les livres sur les rayonnages, quelques journaux sur le canapé, et retourna dans sa chambre, telle une ombre qui ne surprit personne. Cette maison était étonnante : chacun pouvait y avoir ses propres itinéraires et éviter d'avoir à croiser qui que ce fût.

Un domestique vérifiait ses bagages et en énumérait tout haut la liste. Lorsqu'elle eut terminé, elle tendit la liste à Chris, qui la prit comme s'il était en transe, les paroles du domestique résonnant avec insistance dans son crâne : trois vestes, l'une ayant perdu un bouton.

Trois vestes, l'une ayant perdu un bouton. Chris s'efforça de faire comme s'il ne savait pas où il avait perdu ce bouton ni comment. Il demanda à la bonne de mettre dans le sac de livres le journal arrivé le lendemain des émeutes de Chinatown, lui disant qu'il avait trop à faire pour le lire maintenant. Il le ferait sur le bateau, quand il aurait du temps à tuer.

Chris n'ouvrit en fait le journal que quelques jours plus tard. La photo de Fusang figurait en plein milieu d'un long article détaillé sur les viols qui avaient eu lieu cette nuit-là. Il contempla longuement le visage de celle qu'il aimait depuis qu'il avait douze ans, puis regarda le vent lui arracher le journal des mains et le précipiter dans les flots.

Il était encore très tôt, et la bande rose pâle qui couronnait l'horizon s'intensifiait peu à peu. Chris se détourna brusquement pour chercher quelque chose, n'importe quoi en fait — un gosse avec qui jouer aux charades ou à n'importe quel jeu qui lui permettrait de s'immerger dans la stupidité, de ne plus avoir à penser.

Pendant les deux années qu'il passa à Londres chez sa tante, il s'occupa de ses études, lut de la poésie et des romans. Il fit même du théâtre en amateur et accompagna la famille de sa tante à l'église tous les dimanches. Il ne pensait pas beaucoup à la vie qui avait été la sienne en Amérique, et les détails s'en estompaient progressivement, y compris la femme en rouge. Une ou deux fois, alors qu'il traversait un verger de pruniers en fleur, près de chez sa tante, il pensa à ce que l'on aurait pu faire de tous ces pétales. On aurait pu les écraser pour en faire un jus d'un rouge magnifique qui servirait à peindre les ongles d'une belle Chinoise. L'image le fit souffrir. Il s'aperçut que la douleur n'avait pas du tout disparu ; qu'il avait simplement refusé de la sentir. Ce n'était pas que la jeune femme lui manquait. Ce n'était même pas utile. Elle faisait simplement partie de son adolescence.

Lorsqu'il eut très brillamment passé son diplôme de fin d'études, son père écrivit qu'il pouvait rentrer à la maison. Accroché au bastingage d'un navire qui traversait l'océan dans l'autre sens pour le ramener chez lui, il se remémora le journal et la veste qu'il avait précipités dans la mer. Il avait à présent dix-sept ans et pouvait se rappeler sans frémir tout ce qu'il avait fait cette sombre nuit, du début jusqu'à la fin.

A quinze ans, il ne pouvait se résoudre à y penser. Il ne parvenait même pas à évoquer la veste au bouton manquant. Il revoyait les jours où il s'était mis à courir, se cacher et jouer comme un idiot, cherchant de toutes ses forces à convaincre tout le monde qu'il était encore un enfant. Il essayait d'ailleurs de se convaincre lui-même qu'il y a certaines choses que les enfants ne font pas, et que, même s'ils les font, cela ne peut en aucun cas se comparer au même acte perpétré par un adulte. Rien de ce que fait un enfant ne peut être un crime ; le monde pardonne tant aux enfants. Quand son frère l'avait ramené de Chinatown, Chris avait essayé de se montrer aussi puéril que possible, de se réfugier dans l'enfance pour échapper à une conscience déjà adulte.

C'est tellement sécurisant d'être un enfant, se disait à présent Chris. Tout ce qu'un enfant fait de mal, même si c'est épouvantable, ne peut être qu'une erreur, une blague qui est allée trop loin. Un enfant a la vie devant lui pour changer, toutes les possibilités de prendre un nouveau départ. Quels que soient les crimes que commet un enfant, la durée de l'avenir qu'il a devant lui permet de réduire la gravité de ses actes au rang de simples erreurs. Un enfant peut faire n'importe quoi avant de se réfugier à nouveau dans l'enfance.

Les adultes se vantent souvent des bêtises de leur

jeunesse. Ils reconnaissent même avec des sourires indulgents leurs amours illicites ou les larcins commis autrefois. Mais même si leur conduite n'a guère changé à l'âge adulte, ils n'ont le courage de reconnaître que les actes commis lorsqu'ils étaient jeunes.

A dix-sept ans, Chris était assez courageux pour affronter le crime qu'il avait commis deux ans plus tôt.

Il y pensa souvent. Il revoyait la beauté insondable de Fusang. Leurs relations paraissaient encore plus mystérieuses maintenant qu'elles ne l'étaient à l'époque. Plus il y réfléchissait, plus il se sentait brave. En bon Koehler, il refusait de fuir sa conscience. Les hommes du clan Koelher croyaient en la culpabilité et y puisaient une profonde satisfaction.

Mais, contrairement aux autres hommes de la famille, Chris cherchait une façon de réparer. Son désir à jamais inassouvi le ferait expier. Son crime avait déjà anéanti toutes les étapes éventuelles de sa relation avec Fusang. Il ne retournerait jamais la voir.

Au cours de ces deux dernières années, il s'était parfois surpris à murmurer dans la langue de Fusang. A chaque fois qu'il l'utilisait pour formuler des excuses, on aurait dit qu'il se pardonnait à lui-même en même temps. Qui aurait cru qu'il y eût assez de hargne en ce monde pour engloutir n'importe qui, pour attirer n'importe qui dans une foule mue uniquement par son propre élan ? Chaque individu devenait un corps sans esprit, des mains et des pieds exécutant la volonté de la foule. Personne ne pouvait échapper à un tel contrôle.

En tout cas Chris, à quinze ans, n'y avait pas

échappé. Alors il avait fait à Fusang exactement ce que lui avaient fait tous les autres.

Il n'avait simplement pas imaginé que ce serait elle.

Cependant, quelque part dans sa tête il l'avait espéré. Si par hasard elle se rappelait le seul qui, dans ces ténèbres, lui avait témoigné un semblant de tendresse, il se disait que cela lui apporterait peut-être un peu de consolation. Cela effacerait peut-être un peu de l'horreur générale.

Chris secoua la tête pour chasser ces pensées. Il l'avait violée. Il avait voulu la prendre par la violence. Et cela le stupéfiait. Il avait fini par trouver le courage de déterrer ce terrible secret. Ne s'était-il réellement pas douté de qui il s'agissait ? Il s'était efforcé tant de fois de comprendre ce corps sous son enveloppe de soie. Comme il n'avait jamais eu l'occasion de la voir complètement nue, il connaissait le corps de Fusang d'une façon qui ne dépendait pas du regard. Il le connaissait mieux que ça. Comment pouvait-il prétendre ne pas l'avoir reconnue ?

En poussant les choses au point de non-retour, il n'aurait plus à endurer la torture de se demander sans cesse quels sentiments unissaient réellement Fusang et Da Yong, quels sentiments il éprouvait réellement envers les Chinois en général. En poussant les choses jusque-là, il pourrait au moins se libérer de toute cette confusion. Qu'ils continuent donc à se tuer et à se réduire en esclavage les uns les autres ! Il n'arrivait pas à les comprendre et n'avait même plus envie d'essayer.

Avant de quitter Londres, Chris avait reçu une lettre de Dorothy. Elle l'informait que l'Association de secours allait fonder une école pour Chinoises. Elle lui demandait d'y prendre une place d'enseignant, en partie pour le salaire, en partie pour apporter sa contribution à l'entreprise. Après quelques jours d'indécision, il avait accepté. Il ne serait pas mauvais d'acquérir un peu d'expérience avant d'entrer à la faculté. Il avait aussi considéré que c'était un moyen de réparer ce qu'il avait fait à Fusang.

C'était donc ce Chris-là qui revenait maintenant à Chinatown. Avec le sentiment exagéré de sa propre maturité qu'ont souvent les jeunes gens, une impression d'inéluctabilité de ses erreurs passées et un véritable enthousiasme pour ses chances de repartir à zéro, il traversa une fois de plus les rues étroites et grouillantes d'activité. Il avait simplement la même expression inepte dans le regard.

Il se donna à fond à son travail. Chaque jour, il enseignait quatre heures d'anglais et deux heures d'instruction civique sur la Constitution américaine. Il passait le reste de son temps à étudier pour préparer son entrée à la faculté ou à jouer au polo avec ses nouveaux amis. Il s'entendait bien avec ses élèves. L'une des filles, jeune élève de quinze ans répondant au nom d'Amy, voulait entrer à l'école d'infirmières. Chris l'aimait bien, et quand il découvrit qu'elle avait des pieds aussi grands, larges et aptes à la course que ceux de n'importe quelle Blanche, il fut tellement soulagé qu'il se mit à rire de joie.

Chris avait envie de demander à Amy de sortir avec lui. Bientôt, ils se promenèrent ensemble tous les dimanches après-midi. Le corps qui se trouvait sous la robe de coton d'Amy ne l'intéressait pas tant que ça, juste assez pour qu'il continue ses promenades dominicales avec elle.

Pendant des mois, il parvint ainsi à éviter de penser à Fusang.

La nouvelle que Fusang allait être vendue aux enchères fut dans tous les journaux pendant des jours.

Cela se passa l'année suivant la grande émeute de Chinatown.

En fait, elle n'allait pas réellement être vendue. Da Yong avait simplement décidé de la marier. Peu importait à qui, du moment qu'elle puisse l'appeler par son nom.

Da Yong avait beaucoup changé depuis l'émeute. Il s'installait sur la véranda, devant une boutique, le regard vide, et ramassait une poignée de graviers qu'il lançait, petit caillou par petit caillou, dans la rue. Si un passant était touché et demandait : Qui a fait ça ?, Da Yong répliquait, sous le large bord de son chapeau noir : Qui veux-tu que ce soit ?

Sa tenue manquait à présent tellement de fantaisie qu'elle pouvait même parfois passer pour terne. Il ne portait plus de bijoux et avait cessé de huiler sa longue natte, qui pendait dans son dos, maigre et sans éclat. La semelle de ses chaussures de coton noir n'était plus blanche ; le cirage s'écaillait sur les bords. La rumeur se répandit comme un feu de prairie : Da Yong avait perdu l'esprit.

D'autres preuves vinrent étayer cette rumeur : il renonça par exemple aux deux filles les plus jeunes du lot de dix qu'il venait d'acquérir. Il laissa en effet les deux petites de cinq ans à un carrefour très fréquenté. Qui les voulait n'avait qu'à les prendre. Mais personne ne se manifesta, car aussi utiles qu'elles puissent se révéler dans l'avenir, il faudrait en attendant beaucoup de temps et d'argent pour les élever jusque-là. Et puis Da Yong avait annoncé auparavant que les bordels ne mettraient pas la main sur ces filles-là.

Quatre jours plus tard, deux envoyées de l'Association de secours se présentèrent et lurent les pancartes accrochées au cou des petites, où il était écrit en chinois et en anglais que n'importe qui pouvait les prendre. Les missionnaires regardèrent alors partout autour d'elles avant de se décider à sauver les enfants, ne sachant s'il s'agissait ou non d'un piège. Elles les prirent dans leurs bras et se mirent à courir, les petites hurlant à pleine voix pendant tout le trajet.

Quelques semaines plus tard, Da Yong se rendit dans la maison de Fusang. Il y avait la queue à la l'entrée, comme d'habitude. Les portiers demandèrent : Vous voulez la recette ?

Quelle recette ? demanda Da Yong.

Les portiers en restèrent sans voix. S'il ne se rappelait même plus l'argent qu'il collectait tous les quinze jours avec une régularité de métronome, c'était vraiment qu'il avait perdu l'esprit.

Da Yong se tourna brusquement vers les hommes qui faisaient la queue et lança : Rentrez chez vous. Tous autant que vous êtes. Demain, Fusang sera à vous.

Tout le monde éprouva un choc.

Da Yong poursuivit : Demain, quand vous reviendrez, prenez un bon bain et peignez bien vos cheveux pour qu'il ne reste plus de vermine. Je la marierai au premier qu'elle pourra appeler par son nom.

Les hommes restèrent un moment pétrifiés, puis s'en allèrent.

Da Yong demanda aux portiers de fermer de bonne heure ; Fusang et lui allaient se quitter pour toujours et il leur faudrait plus de temps que d'habitude.

Plus ils en discutèrent entre eux, plus les hommes se fâchèrent. En récompense de tant d'années de bons et loyaux services, ils ne savaient même pas où ils pourraient manger le lendemain.

Peu après minuit, lorsqu'ils eurent partagé l'argent que Da Yong n'avait même pas pris la peine de collecter, ils gravirent les escaliers obscurs, l'un par-devant, l'autre par-derrière. Le bruit de leurs pas était étouffé par l'épais tapis. De même que les éventuels craquements de leurs jointures.

La lampe était éteinte dans la chambre de Fusang. Une fois les longs adieux terminés, Da Yong et elle s'étaient endormis. L'un des intrus tâta la porte et la poussa sans bruit. Il se représenta dans sa tête la disposition de la chambre tout en passant le couteau dans sa main gauche pour essuyer la sueur de sa main droite sur son pantalon.

A l'instant où il posait un pied dans la chambre, le couteau prêt à repasser dans l'autre main, il entendit une voix derrière lui. Il tourna la tête et vit Da Yong qui se tenait tout contre lui.

Sors d'ici, dit Da Yong.

Le couteau tomba sur le tapis. Da Yong était allé pisser et tenait encore son pantalon de pyjama par la taille.

Le portier songea qu'il ne reverrait pas la lumière du jour.

Ramasse, ordonna Da Yong.

Le portier se baissa avec obéissance, ramassa le

couteau et ne prit même pas la peine de se relever. Il se disait qu'il allait de toute façon se retrouver à terre dans l'instant qui suivrait. Mais Da Yong lui dit de se relever.

Comme il avait laissé sa ceinture de pyjama sur le lit, il devait encore garder une main sur son pantalon.

Il tendit l'autre pour prendre le couteau.

Il ne serait jamais venu à l'idée du gardien de défier Da Yong. Et maintenant, la question se posait encore moins : qu'il le défie ou pas, qu'il se défende ou pas, le résultat serait le même, la seule différence résidant dans l'effort à fournir. Il donna donc le couteau.

Da Yong le prit, le lança en l'air et le rattrapa. Mais, quoi qu'il fasse, il ne se sentait pas à l'aise avec un couteau entre les mains. Va me chercher ce que j'ai oublié dans les toilettes, commanda-t-il.

Le portier pensa que Da Yong craignait non seulement de réveiller Fusang, mais aussi de salir le tapis. Il se dit : Mieux vaut se faire poignarder dans le dos de toute façon... je ne ressentirai pas la même terreur, et je serai moins tenté de vouloir esquiver.

Il savait que l'autre portier s'était déjà enfui avec l'argent et qu'il lui faudrait payer pour les deux. Lorsqu'il atteignit la salle d'eau, il vit les poignards posés près du seau de toilette. Les manches d'ivoire incrusté d'or blanc sortaient d'un fourreau de cuir finement travaillé ; l'ensemble, visiblement très ancien, semblait pourtant avoir peu servi. Le portier prit soudain conscience que, depuis tout le temps qu'il travaillait avec Da Yong, il ne l'avait jamais vu manier ces lames.

Il ramassa cependant les poignards, la révélation soudain très claire dans son esprit.

Apporte-les ici, commanda Da Yong.

Le gardien n'avait jamais imaginé que ses derniers pas sur cette terre se feraient entre une salle d'eau et son propre bourreau. Un bourreau qui n'avait même pas besoin de couteau.

Da Yong prit les poignards et lui rendit le couteau en disant : Tu ferais mieux de sortir d'ici pendant qu'il en est encore temps. Quand je me réveillerai, il sera peut-être trop tard.

Bredouillant des remerciements, le portier détala, craignant que Da Yong ne change d'idée avant qu'il ne puisse atteindre la porte d'entrée.

Le lendemain, Da Yong installa Fusang dans le salon. Elle était recouverte d'un voile brodé représentant un phénix faisant face au soleil levant, et portait une robe de mariage richement brodée. Da Yong avait loué les services d'une douzaine d'hommes de main pour contrôler la foule, et ils ne cessaient de patrouiller à l'intérieur et à l'extérieur de la maison, les mains enfoncées dans les poches de leur veste.

Comme on le leur avait indiqué, les prétendants s'avançaient jusqu'à Fusang pour la saluer. Chacun prononçait quelques mots pour tenter de lui rappeler ce qui s'était passé entre eux deux, en privé. Puis, comme ils avaient tous des bagues, des tatouages dont elle pouvait se souvenir, ils lui présentaient leurs mains afin qu'elle les examine.

Fusang était assise, très raide dans un fauteuil, un pied devant l'autre, la coiffe nuptiale se balançant légèrement, de temps en temps, sous le voile. On ne pouvait pas voir son visage, mais elle donnait l'impression de sourire.

Pendant trois mois complets, elle ne donna pas une seule fois le nom de son interlocuteur. Certains se présentèrent plusieurs dizaines de fois, s'imaginant que si elle énumérait tous les noms qu'elle avait dans la tête, elle finirait bien par tomber sur le bon. Mais elle se trompa absolument et systématiquement.

Son attitude aimable donnait à chacun une confiance absolue : Cette fois, c'est sûr, elle va me reconnaître, pensaient-ils tous.

Avec le temps, Fusang cessa de s'occuper des noms ; elle se contenta d'émettre un petit rire d'excuse. L'humeur de ces défilés était toujours cordiale ; riches et pauvres, beaux et laids, vieux et jeunes, Jaunes, Noirs et Blancs, tous étaient, pour la première fois, traités avec la plus parfaite égalité.

Il en venait d'autres Etats, qui avaient vérifié chaque jour les derniers comptes rendus dans les journaux. Ces comptes rendus ne prenaient pas beaucoup de place, mais, pendant plus de six mois, parurent quotidiennement, comme les cours de la Bourse.

Au bout de six mois, à l'instar des joueurs qui, à force de toujours perdre, finissent par arrêter de jouer sans même le vouloir, les visiteurs commencèrent à se faire nettement plus rares.

Quand une année se fut écoulée, il arrivait souvent à Fusang de passer la journée sans voir de prétendant. Il ne serait venu à l'idée de personne qu'elle attendait quelqu'un en particulier. Son visage demeurait dissimulé par le voile rouge, mais elle avait tendance à lever le menton, comme une villageoise qui attend à un coin de rue un enfant qui doit arriver à tout instant.

Elle était certaine qu'un jour une main se tendrait devant elle, sans marque ni signe d'aucune sorte, d'où même la timidité et l'impatience, les taches et la maladresse propres aux garçons de cet âge — d'où même ces signes-là auraient disparu. Mais elle le reconnaîtrait de toute façon.

Puis Fusang n'attendit même plus. Elle se mit à faire de la broderie, du macramé et la cuisine. Quand Da Yong venait, elle préparait un plat en plus. Elle aimait toujours porter des tuniques roses et de longs pendants d'oreilles. Da Yong lui racontait chaque fois combien de filles il avait mariées. Il promettait à Fusang qu'il ne manquerait pas de lui trouver une maison respectable.

Il arrivait à Fusang de sortir, et alors elle prenait une ombrelle en papier d'une boutique japonaise ou un énorme éventail de soie pour se dissimuler aux yeux des passants. Le lieu qu'elle fréquentait le plus souvent était toujours cette même maison de thé. L'établissement avait changé de propriétaires et était devenu beaucoup plus chic ; il ne servait plus les thés les moins chers et avait perdu sa clientèle de colporteurs et d'épiciers.

Il attirait à présent directeurs et contremaîtres des fabriques de chaussettes, de souliers ou de cigares qui mêlaient librement l'anglais à leurs conversations. Ceux-ci payaient la soupe longane de Fusang et envoyaient le serveur lui faire toujours la même proposition.

Qu'est-ce que vous en dites ? La fumerie derrière est tranquille et confortable.

Fusang souriait en répondant : Une autre fois, peut-être.

Avec le temps, ces hommes finirent par ne plus rien demander. Ceux qui l'adoraient tant qu'ils ne pouvaient le supporter engageaient le serveur à lui transmettre un bouquet de fleurs en soie ou un bloc de poudre fine ; certains offraient même des boucles d'oreilles ou une bague en or. Tous jugeaient que ces cadeaux n'étaient pas dignes d'elle, aussi, lorsqu'elle les acceptait, la regardaient-ils avec des sourires gênés depuis l'autre bout de la salle.

Fusang savait que certains d'entre eux étaient mariés, et le fait qu'ils lui témoignent tant de considération lui faisait rendre ces sourires avec d'autant plus de reconnaissance.

Un jour, elle reçut trois bagues et venait de les glisser à ses doigts en cherchant du regard qui les lui avait fait remettre quand deux filles asiatiques et deux Blancs entrèrent dans le salon. Ils avaient tous l'air d'étudiants. Les filles avaient les cheveux tressés en une longue natte qu'elles ramenaient devant elles et dont elles entortillaient l'extrémité autour de leurs doigts.

A la table des directeurs d'usine, des hommes les saluèrent d'un geste de la main.

Les filles les saluèrent de même. On aurait dit que ni les uns ni les autres n'avaient remarqué qu'ils n'étaient pas du même sexe.

Fusang regardait tout cela avec beaucoup d'intérêt. Elle remarqua surtout les pieds de ces jeunes filles, aussi grands et plats que ceux des garçons, chaussés de souliers de cuir noir et se balançant au bout de leurs jambes croisées avec une telle liberté, une telle désinvolture que Fusang trouva cela intéressant au plus haut point. Elle savait que l'Association de secours avait ouvert une école qui comptait plus de cent élèves chinoises. Mais c'était la première fois qu'elle voyait ces filles de ses propres yeux.

Fusang les suivit jusqu'aux portes de l'école. C'était la fin des cours, et des jeunes filles sortirent en masse de l'établissement, marchant comme des garçons.

Fusang pencha la tête, les observant avec une fascination grandissante.

Lorsque les dernières élèves furent sorties, une tête blonde apparut. Puis ses épaules et sa poitrine. La poitrine était plus large maintenant sous la chemise blanche et le gilet gris. Ses longues jambes minces étaient parfaitement droites, pourtant, il avançait avec la démarche d'un cavalier qui aurait préféré être à cheval, sans grâce mais avec une énergie peu ordinaire. Ses bottes étaient couvertes de poussière, comme quand il était plus jeune. A douze ans, il avait déjà les cheveux perpétuellement ébouriffés par le vent et l'air d'avoir parcouru un long chemin.

Pareille à une jeune mère qui remarque que son fils est devenu un homme du jour au lendemain, Fusang sentit le sang lui monter au visage.

Elle ne se dit pas : Oh ! Il est là et il n'est jamais venu me voir. Il est revenu, enfin... mais où était-il parti ?

Jamais ces mots ne traversèrent son esprit. Elle n'éprouvait ni amertume ni ressentiment. Elle se figea simplement, le visage enflammé, les yeux rivés sur celui qui était un homme maintenant.

Chris sentit qu'on le regardait. Il continua de discuter avec son élève tout en jetant des coups d'œil autour de lui. Mais il ne remarqua pas l'assemblage de rose qu'était Fusang et reporta toute son attention sur la conversation.

Enfin, il se dirigea vers la grille avec un groupe d'élèves. Pendant une seconde, les regards de Chris et de Fusang se croisèrent, mais Chris continua de parler comme s'il ne l'avait même pas remarquée. Il devait passer juste devant elle pour franchir le portail. Le cœur tranquille et régulier, Fusang se retourna pour faire face au mur.

Elle ne voulait pas que ces filles la voient.

Elle avait aussi envie de jouer un peu à cache-cache avec Chris.

Peut-être ne savait-elle pas vraiment pourquoi elle se retournait, pourquoi elle tournait carrément le dos à la grille.

Quand il avait douze ans, la première vision que Chris avait eue d'elle avait été son dos.

Fusang entendit sa voix et le bruit de ses pas se rapprocher, mais rien n'indiquait qu'il avait l'intention de s'arrêter. La voix lui parvint avant les pas. C'était juste derrière elle — elle aurait pu se cogner dedans si elle avait choisi ce moment pour se retourner.

Mais alors, les pas devinrent prudents, hésitants. Chris ralentit juste derrière Fusang. Il suffisait à la jeune femme de se retourner pour que la distance qui les séparait se réduise à rien, comme dans la chambre blanche de l'Association de secours.

Mais alors les pas reprirent et s'éloignèrent.

Lorsqu'elle n'entendit plus rien, Fusang fit volte-face et vit que toutes les filles étaient parties. Il n'en restait plus qu'une, qui marchait à côté de Chris. Elle avait des pieds immenses.

En cet après-midi de la fin du mois de mai, Chris reconnut Fusang. Elle tournait le dos à la grille de l'école, les mains serrées devant elle. La brise soulevait sa longue jupe noire tandis que ses pendants d'oreilles s'agitaient comme des clochettes dans le vent.

Chris ne s'arrêta pas. Ou peut-être s'immobilisa-t-il une fraction de seconde avant de la dépasser. Les fois suivantes il passa probablement devant elle sans même une hésitation.

Après la septième ou huitième fois, Fusang cessa de venir. Chris, de son côté, prit l'habitude de s'attarder devant ce même mur.

Il avait décidé de ne plus jamais retourner la voir. Précisément à cause des pieds minuscules sous la longue jupe noire qui éveillaient en lui une sensation de manque, précisément parce qu'il savait qu'elle était la seule femme au monde à susciter chez lui un désir aussi intense, précisément parce que son dos souple et gracieux semblait tout entier voué à l'attente, il ne pouvait pas la revoir.

Le nouveau Chris devait avoir la volonté d'étouffer ses désirs.

Comment aurait-il pu revenir en arrière ? La revoir aurait signifié refaire la même erreur, sauf que, cette fois, il ne pourrait plus se réfugier derrière l'enfance. Son enfance avait pris fin dans la voiture sombre, deux ans auparavant.

A moins bien sûr qu'il ne l'achète pour l'épouser.

Mais Chris n'épouserait jamais une prostituée chinoise. Cette lubie lui avait bien traversé l'esprit quand il avait quinze ans, mais Chris n'avait plus quinze ans. Après Fusang, comment aurait-il pu regarder deux fois n'importe quelle autre Chinoise, trop menue et trop pure ? Un seul regard lui suffisait pour voir en elles. Et une fois qu'il avait compris les intentions d'une seule, il en avait compris cent. Il ne pouvait faire qu'une seule chose avec elles, et c'était une demande en mariage. Leur visage serait le même au lit que dans la salle de classe. L'unique but de leur existence était de trouver un époux. Elles voulaient se marier avec quelqu'un comme Chris, qui respecterait l'institution du mariage, mais sans y mettre le moindre enthousiasme. Chris n'imaginait pas en effet que le mariage puisse être différent de celui de son père ou de son oncle.

Peut-être qu'un jour Fusang apprendrait que parmi ceux pour qui elle et ses pareilles avaient vraiment compté, il y avait un jeune professeur dévoué qui s'appelait Chris.

Peut-être même finirait-elle par comprendre qu'il la fuyait pour en quelque sorte se purifier, pour se punir.

Un jour, alors qu'il attendait Amy à la maison de thé L'Arbre du Paradis, Fusang entra aussi. Depuis l'autre bout de la salle, il sentit le parfum de ses cheveux, l'amidon de ses vêtements et l'odeur si particulière de son corps. Sa jupe balayait lourdement le plancher. Sa personne tout entière avait toujours eu tellement de substance.

Elle ne s'approcha pas de sa table. Elle lui adressa un sourire et se dirigea vers une table de l'autre côté de la salle.

Il ne tarda pas à entendre de petits craquements... Fusang ouvrait des graines de pastèque avec les dents.

Il ne pouvait s'empêcher de se retourner pour la regarder. Ses lèvres et ses dents étaient plus expressives que jamais. Il s'aperçut alors qu'elle avait plusieurs méthodes pour ouvrir ses graines de pastèque. Parfois, elle glissait la graine tout entière dans sa bouche puis la traquait du bout de la langue et des dents. D'autres fois, elle la coinçait directement entre ses incisives et la mordait légèrement, son menton pointant vers sa poitrine, ses yeux prenant une nuance plus intense. Ses larges manches épousaient le mouvement de ses mains. Autour du liseré de satin noir qui bordait ces manches d'un rose poudré, il y avait une rangée de fleurs brodées en diverses nuances de rose. L'ensemble magnifiait encore son profil.

Chris n'enregistrait pas un mot de sa conversation avec Amy. Sans prendre la peine de l'interrompre, il prêtait une oreille distraite à ses propos sur tout et rien dans un anglais presque parfait. Quand Amy riait, il savait qu'il devait rire aussi.

Il remarqua très vite que Fusang ne prêtait pas non plus la moindre attention à ce que disait Amy. Son esprit était visiblement ailleurs.

Peut-être explorait-elle le même endroit que celui où Chris s'était réfugié. L'époque révolue de ses douze ans. Fusang avait alors aidé ses mains malhabiles à tenir des baguettes. Elle avait observé avec un sourire indulgent les baguettes se décaler sans cesse, contraignant l'enfant à s'arrêter de manger pour les remettre en place.

Comment pouvait-il remplacer Fusang par Amy ? Qui pourrait jamais prendre la place de Fusang ? Elle était assise là avec une telle simplicité, occupée à ouvrir des graines de pastèque et à boire du thé...

Et dire que Chris avait pensé pouvoir s'éloigner d'elle !

Quand Fusang le vit la regarder une dernière fois avant de sortir, elle sourit. Comme toujours. On aurait dit qu'elle n'avait même pas remarqué qu'il était parti si longtemps.

Ils revinrent à la maison de thé à la même heure le lendemain. Chris arriva un moment après elle. Le serveur s'approcha de lui avec un sourire entendu et lui glissa : Si le gentleman veut passer un bon moment, notre fumerie, derrière, est libre.

Chris rougit.

Laissez-moi juste un petit pourboire, indiqua encore le serveur.

Sans attendre la réponse de Chris, il avait déjà filé vers Fusang pour lui dire : C'est fait.

Fusang se leva avec un petit hochement de tête, les yeux rivés sur Chris. Elle avait le visage aussi rouge que celui du jeune homme, et ses yeux brillaient.

Il y avait trois méridiennes de rotin dans la fumerie, toutes un peu fatiguées. Contrairement aux murs noircis des fumeries d'opium florissantes, les murs à peine jaunis de la pièce témoignaient qu'elle ne servait guère. L'endroit semblait abandonné, même si le serveur n'avait pas manqué d'y passer le plumeau. Des grains de poussière s'y élevaient encore, dansant pour les deux visiteurs dans un rayon de soleil qui traversait la vitre.

Les sens de Chris s'amplifièrent comme s'il avait bu. Ce qui gonflait ainsi son corps et son esprit bloquait à présent toute pensée. Ce lieu était destiné à des drogués et, tant que le manque n'était pas comblé, le côté sale et sordide de la pièce n'existait même pas.

Ni l'un ni l'autre ne prononcèrent un mot.

Il devait montrer qu'il avait changé. Qu'il était devenu un client à part entière. Décidé. Il savait ce qu'il voulait maintenant. Plus de détours. Et plus de parlote non plus. Pour parler, il fallait penser, et les vrais clients ne pouvaient se permettre de penser. Les vrais clients ne parlaient ni d'amour ni de désir, ne parlaient pas de sentiments qu'ils ne pouvaient de toute façon exprimer convenablement.

Elle examina du regard les sièges, cherchant un lieu sûr où s'asseoir. Puis, surveillant comment il l'observait, elle s'assit avec aisance.

Le rotin grinça.

Le vrai client s'effrita. Tout en marchant vers elle, il s'aperçut avec émerveillement et consternation qu'il ne pourrait jamais être un vrai client avec elle.

Elle retirait une guirlande d'orchidées fraîchement coupées de ses cheveux quand elle le vit approcher. Elle se décala alors vers un côté du siège, comme pour dire : Assieds-toi ici.

Il la regarda ôter ses bracelets et son collier, comme lorsqu'il avait douze ans.

Il posa la main sur son bras, pour lui dire d'arrêter, qu'il ne pouvait supporter l'assaut de tant de souvenirs.

Elle dit : Je ne voudrais pas te griffer.

Il fut soudain gêné d'avoir grandi, d'être devenu un homme qui pouvait faire n'importe quoi. Il aurait voulu pouvoir rajeunir, revenir à avant ses douze ans, à un état assez enfantin pour se nicher contre son sein et se laisser aller naturellement à téter.

Fusang leva les mains pour lui caresser le lobe des oreilles. Elle avait encore les cheveux rassemblés en chignon et le visage étrangement calme.

Il voulait lui dire quelque chose. C'était à cause d'elle qu'il avait été puni par son père et qu'il avait dû la quitter. Mais il ne l'avait jamais oubliée. Dans les bordels de Londres, qu'il fermât les yeux ou qu'il les gardât ouverts, il la voyait partout. Lorsqu'il cherchait seul le plaisir, c'est son nom qu'il laissait échapper entre ses dents serrées. Il était malade ; à cause d'elle, il lui était impossible de trouver un état d'esprit qui lui permît d'aimer normalement une fille. Mais il ne dit rien.

Elle aurait voulu lui dire bien des choses elle aussi. Qu'elle l'avait attendu toute une année sous le voile rouge brodé d'un phénix rouge devant un soleil levant. En examinant chacune de ces mains inconnues, elle s'était demandé ce que faisaient les mains qu'elle connaissait si bien. Mais elle ne dit rien.

Elle ouvrit la dernière agrafe de sa blouse.

Chris lui prit la main pour arrêter son geste. Il fallait qu'il lui explique pourquoi il l'avait ainsi évitée. Ce qui l'avait conduit à prendre un nouveau départ, pour expier son crime. Il fallait qu'il lui dise ce qu'il lui avait fait avec tous ces grands hommes couverts de poils lors de cette nuit sans lune envahie par le brouillard. Mais il n'y parvint pas.

Les yeux de Fusang semblaient lui demander : Pourquoi ne me traites-tu pas comme le font les autres clients ?

Pendant sept ou huit jours d'affilée, Chris fut torturé par la culpabilité. Chaque jour, en fin d'après-midi, Fusang et lui se retrouvaient dans la fumerie d'opium, au fond de la maison de thé. Elle s'offrait et il prenait. Elle lui donnait du plaisir et il se laissait faire. Il essayait même de répondre à ses attentes et faisait tout ce qu'il pouvait pour se comporter comme un client normal, comme s'il fallait absolument qu'il dépense toute son énergie en elle pour en avoir pour son argent. Ensuite, chaque fois, il était atterré : Tu t'es encore servi d'elle en la trompant !

Jusqu'au jour où, dans un moment de passion, il avait défait ses cheveux.

Un bouton de cuivre s'en était échappé.

Chris s'immobilisa comme un cheval qu'on arrête au bord de la falaise.

Fusang tourna lentement la tête pour le regarder s'emparer du bouton qui roulait sur le sol.

Sans même attendre de l'examiner, il savait exactement d'où il provenait.

Fusang suivit des yeux la main de Chris et l'éclat doré du bouton à l'intérieur. Elle connaissait son secret depuis le début et le lui gardait soigneusement. Du coup, Chris ne savait plus à qui ce secret appartenait vraiment.

Qui était cette femme ? Une sainte capable de tout pardonner ? Ou un chasseur qui posait de tels pièges qu'il ne pourrait jamais y échapper ?

Au cours des deux années qui venaient de s'écouler, il n'avait cessé de préparer regrets et excuses, mais voilà qu'il n'arrivait pas à formuler un mot. Comment aurait-il pu prévoir cette nouvelle tournure des événements ? Elle avait fait de sa gentillesse naturelle de la miséricorde, et de cette aptitude au pardon un filet d'où il devenait impossible de s'échapper. Il était prisonnier à vie de sa propre conscience. Avec ce piège du pardon, elle lui avait retiré jusqu'à la possibilité d'avouer son crime.

Que pouvait-il dire à présent ?

Les larmes coulèrent sur ses joues. Il se moquait bien de sa dignité. Il se mit à sangloter sans retenue.

Les yeux de Fusang se remplirent de larmes, mais elle ne les laissa pas couler. Elle accompagnait simplement Chris dans sa peine. Quand une mère voit son enfant sangloter si douloureusement, elle ne peut rester insensible.

Elle mit ses bras autour de lui et attira sa tête contre sa poitrine. Au bout d'un moment, elle se laissa tomber à genoux, sans le lâcher. Elle aurait voulu essuyer ses larmes, mais il ne cessait de la repousser.

A travers ses larmes, il la vit s'agenouiller. C'était magnifique.

Agenouillée ainsi, elle pardonnait une fois encore au monde entier.

Bien des années plus tard, à soixante-dix ans, Chris se leva, une nuit d'insomnie, et revit Fusang à genoux. Elle portait toujours la même tunique rose, mais paraissait plus petite que dans ses souvenirs antérieurs. Cette vision l'émut comme rien d'autre ne pouvait l'émouvoir. Pendant sa vie, il n'avait pas souvent accordé son pardon. Il avait toujours été très fort pour trouver des défauts chez lui comme chez les autres, et il s'apercevait à présent que le pardon de Fusang l'avait accompagné toute sa vie. Lors de cette nuit sans sommeil, il trouva complètement déchirante l'image de cette femme en tunique rose agenouillée dans ce lointain passé.

Ce qui rend cette vision si émouvante, décida-t-il, c'est qu'elle incarne la compassion ancestrale des femmes à l'égard des hommes.

Cette pensée le poussa à se lever. Il se mit à arpenter sa chambre, mais la pièce était trop petite pour sa réflexion. Il sortit sur la véranda, tenant un verre de brandy dans sa main tremblante.

Il y avait des jours maintenant que Fusang pensait aux pleurs de Chris et à ce qu'il avait dit ensuite : Je veux acheter ta liberté.

Ensuite, une fois calmé, il lui avait déclaré qu'il la conduirait dans un autre Etat pour l'épouser. Voyant à quel point elle paraissait abasourdie, il avait ajouté : Oublie donc nos différences.

Et puis il avait dit : Le jour de notre mariage, tu pourras me rendre ce bouton.

Fusang avait demandé pourquoi.

Tu ne voudrais quand même pas t'accrocher à cette chose jusqu'à la fin de ta vie, si ? Il avait poursuivi : Je t'aime, il faut que tu le saches.

Quelques jours plus tard, alors qu'elle se regardait dans le miroir, Fusang prononça : Je t'aime, il faut que tu le saches. Elle ne savait pas pourquoi elle souriait ; elle souriait et secouait la tête de se voir sourire.

Vérifiant une dernière fois son maquillage, elle enroula autour de son chignon une guirlande de fleurs en soie réservée aux grandes occasions et descendit.

Da Yong venait d'entrer. Il s'avança et la prit par le bras. Il portait une longue tunique de coton clair ; la seule touche éclatante de toute sa personne était maintenant ses dents. Lorsqu'ils arrivèrent à l'opéra, la foule s'écarta respectueusement devant eux. Chacun savait qu'il devait annoncer l'émancipation de Fusang ce soir-là. Elle était la dernière prostituée qui lui restait. Désormais, personne ne criait plus : Hé, Da Yong, pas encore mort ?

Et lui ne rétorquait plus : Ça me ferait trop mal de mourir en laissant ton fils orphelin !

Da Yong fit la grimace, aussi gêné que les autres par l'image si correcte qu'il donnait à présent.

Personne ne savait ce qui l'avait poussé soudain aux bonnes actions. Certains disaient qu'il fréquentait l'église étrangère, qu'on l'en avait vu sortir discrètement par la porte de derrière. D'autres pensaient que sa défunte mère avait, dans l'autre monde, rencontré un fantôme qui avait quelque chose à reprocher à son fils, et qui l'avait persécutée jusqu'à ce qu'elle apparaisse en rêve à Da Yong pour lui demander de mieux se conduire dans le monde des vivants afin qu'elle puisse enfin trouver la paix et la tranquillité dans l'au-delà.

D'autres encore pensaient qu'il se préparait à rencontrer sa femme. Comme elle le cherchait et qu'il la cherchait aussi, ils n'allaient certainement pas tarder à se retrouver, et mieux valait alors qu'il ne soit pas en train de commettre un acte immoral la toute première fois où elle poserait les yeux sur lui. On disait aussi qu'il voulait tuer quiconque savait où se trouvait sa femme, car il était de notoriété publique qu'elle avait été vendue à un bordel.

Quand Da Yong et Fusang pénétrèrent dans leur loge, à gauche de la scène, un serviteur leur apporta du thé et des fruits secs, ainsi qu'un cigare qu'il alluma pour Da Yong. Le serviteur s'apprêtait à baisser le rideau quand Da Yong l'interrompit : On ne verra plus rien, laisse-le comme ça. Le serviteur hésita un instant, puis songea que Fusang n'était pas une femme respectable ordinaire et n'avait donc pas besoin d'être protégée du regard des hommes.

Fusang s'éventa avec Da Yong à l'aide d'un éventail de soie.

Da Yong se retourna pour la regarder et croisa son regard. Il ne put s'empêcher de la contempler à nouveau. Elle était aussi radieuse qu'une déesse.

Il lui prit la main. Sa tête tournait et il se rappela soudain qu'à la fin de la représentation de ce soir Fusang ne serait pas obligée de repartir avec lui. Etreint par un brusque chagrin, il lui lâcha la main à contrecœur. Puis il lui vint à l'esprit qu'il fallait que Fusang fût sa femme ; elle avait tout ce qu'on pouvait désirer chez une épouse. Mais en poursuivant sa réflexion, il prit conscience que ce n'était pas vrai ; Fusang ferait une épouse épouvantable parce qu'elle était une prostituée idéale. Elle ne pouvait pas être une épouse. Et il était impossible que *sa* femme fût comme elle ; épouse et putain étaient aussi éloignées l'une de l'autre que le ciel et la terre.

Il y avait dans le public quelques diables blancs qui avaient appris à dire en chinois des choses du genre *Bonjour, Merci*, et *J'aime bien les Chinoises*, mais avec une bravade feinte ou une frivolité parfaitement naturelle. Ils avaient entendu dire qu'un grand travesti venait d'arriver de Chine, un comédien dont la taille ondulante comme un serpent aquatique avait fait la célébrité à Guangdong.

La loge en face de la leur restait vide et l'était encore à l'heure où l'opéra allait commencer. Alors que la foule s'agitait de plus en plus, le rideau se leva accidentellement sur le célèbre travesti — féminin au-dessus de la taille, masculin au-dessous —, le surprenant en train de ronger un cou d'oie rôti. Il se figea et croisa une seconde le regard de son public avant que le rideau ne retombe précipitamment.

La salle tout entière ne fut plus qu'un chahut de sifflets, d'applaudissements et de martèlements de pieds.

Une demi-heure après l'heure prévue pour le début du spectacle, une sonnette retentit à l'extérieur du théâtre. Tiens, pensa Da Yong, quelqu'un de plus important encore que moi vient d'arriver.

Le silence s'installa tandis que plusieurs Blancs prenaient place dans la loge située à droite de la scène. Tout le monde reconnut l'homme au visage affable, c'était le propriétaire des plus grands abattoirs de l'Etat ; il était en ville pour trouver de la main-d'œuvre chinoise. Naturellement, les femmes à ses côtés étaient son épouse et sa fille, et les deux hommes qui restaient dans le fond étaient ses gardes du corps.

Ils regardèrent autour d'eux avec leurs petites jumelles de théâtre avant même d'avoir pris place. Il ne fallut pas longtemps pour que le propriétaire des abattoirs braque les siennes sur le visage de Fusang. Longtemps après le début du spectacle, il n'avait toujours pas détourné son attention de la belle Chinoise pour regarder la scène.

Fusang ne se doutait pas que l'homme d'affaires pouvait la voir de si près à travers ses jumelles. C'est en étudiant son visage que l'homme prit soudain conscience qu'il devait s'agir de la célèbre prostituée qui avait fait la mauvaise réputation de la ville. Il l'examina de la tête aux pieds, jaugeant chacun des attributs qui faisaient sa renommée puis cherchant à analyser les raisons d'un tel succès. Elle avait de si beaux yeux qu'elle devait être stupide. La seule explication à la chaleur de son sourire était qu'elle ne connaissait véritablement pas la honte. Quant à la volupté de son corps, elle prouvait si besoin était la lascivité de toute sa personne. Il la regardait encore quand il demanda à l'un de ses gardes du corps d'aller lui chercher le directeur du théâtre.

Dès que le célèbre travesti monta sur scène, les musiciens assis juste derrière se jetèrent à corps perdu dans l'action et laissèrent le son enfler. La rumeur du public enfla parallèlement. Incapable de deviner ce que disait l'homme d'affaires, le directeur du théâtre se contenta de pétrir sa casquette en s'inclinant.

Il entendit cependant la dernière phrase : Va leur dire de se calmer !

Tout le monde, sur la scène comme dans le public, l'entendit. Toute la salle se figea.

L'homme d'affaires désigna la loge en face de la sienne : Demandez s'il vous plaît à cette femme de mauvaise vie de partir sur-le-champ. Comment ose-t-elle se montrer ainsi en public ? Devant ma femme et ma fille ?

Où voudriez-vous qu'elle aille, monsieur ? demanda le directeur.

Je m'en fiche, du moment que ma femme et ma fille ne seront plus obligées de la regarder.

Le directeur revint promptement dans la loge de l'homme d'affaires et dit sur un ton d'excuses : Si vous ne voulez pas la regarder, peut-être devriez-vous tourner votre regard vers la scène.

Le doigt pointé sur Fusang, l'homme d'affaires déclara : Cette... femme ne convient pas à une apparition publique. Le seul fait d'avoir passé cette porte est une insulte pour ma femme et ma fille. Demandez-lui de partir.

Mais elle a un billet, comme tout le monde, protesta le directeur.

A ce point de la conversation, l'épouse intervint : Pour l'amour du ciel, nous n'avons qu'à partir !

Non, rétorqua l'homme d'affaires, c'est elle qui doit partir sur-le-champ.

Le directeur repartit transmettre le message. Le patron des abattoirs porta ses jumelles de théâtre à ses yeux. Il vit le grand homme à la natte prendre sa lorgnette pour le regarder tout en écoutant le directeur courbé en deux. Par lorgnettes interposées, Da Yong et l'homme d'affaires se retrouvèrent nez à nez. Da Yong répondit au directeur : Ils n'ont qu'à baisser leur rideau.

Le directeur transmit le message.

L'homme d'affaires lança à travers la salle : Non, vous, vous allez baisser *votre* rideau !

Les musiciens cessèrent de jouer quand ils virent Da Yong se lever d'un bond. Le travesti chanta encore en soliste quelques mesures avant de s'apercevoir que quelque chose ne tournait pas rond et de s'arrêter à son tour. Le silence s'abattit sur le public.

Nous nous moquons bien d'être vus, et nous nous moquons de voir les autres, déclara Da Yong. Pourquoi devrions-nous baisser notre rideau ?

Da Yong n'avait pas parlé fort mais, dans le silence de la salle, sa voix parut assourdissante.

Qui êtes-vous ? demanda le propriétaire des abattoirs.

Da Yong retrouva une fois encore son ancien sourire lubrique. Il se pencha par-dessus la rambarde de sa loge et lâcha : Vous avez besoin de le demander ? Je suis son amant, Votre Excellence.

L'épouse et la fille ouvrirent la bouche avec horreur.

L'homme d'affaires resta un instant sans voix devant une impudence aussi manifeste, puis déclara : Je demande alors aimablement à ce monsieur de faire en sorte que sa maîtresse quitte les lieux sur-le-champ.

Oh, mais, Votre Excellence, vous vous trompez, répliqua Da Yong. Elle n'est pas seulement *ma* maîtresse. Demandez à tous les célibataires qui sont ici s'ils sont d'accord pour qu'on mette Fusang à la porte.

Tout le monde se mit à rire. Les Blancs qui se trouvaient dans le public poussèrent des cris stridents.

Cette ville est une honte ! s'exclama l'homme d'affaires. Et c'est à cause de gens comme vous !

Vous me flattez, Votre Excellence, répliqua Da Yong.

Si vous n'emmenez pas tout de suite cette femme déchue hors de ma vue, reprit l'homme d'affaires, je vais être contraint de prendre d'autres mesures.

Sous quel prétexte, Votre Excellence ?

Son statut, répondit l'homme d'affaires avec un sourire glacé.

Et de quel statut s'agit-il, Votre Excellence ?

C'est une prostituée. Une femme déchue en rouge !

Une fois encore, vous vous trompez, Votre Excellence. Désormais, Mlle Fusang est exactement comme votre femme et votre fille, ou peut-être même vaut-elle mieux encore.

Mon Dieu ! s'exclama la fille.

Da Yong prit à témoin les têtes rasées présentes dans la salle : Que tout le monde écoute. A partir de maintenant, Fusang s'assoira à la même table que votre mère, votre marraine, votre sœur ou votre épouse ! Il se retourna vers l'homme d'affaires : Votre Excellence, le spectacle peut-il reprendre maintenant ?

Non.

Da Yong remarqua les deux gardes du corps qui prenaient chacun leur pistolet dans leur étui, les chargeaient et venaient vers Fusang.

Le directeur glissa à Da Yong : Faites ce qu'il dit ou nous allons avoir une autre émeute sur les bras. C'est le seul théâtre que nous ayons, et nous venons juste de remplacer les portes qui ont été cassées la dernière fois.

Da Yong ne l'écoutait pas. Il gardait les yeux rivés sur les gardes du corps qui traversaient la scène. Il écarta le directeur d'une bourrade en disant : Pousse-toi ou je pourrais te donner des coups à toi aussi pendant que j'y suis.

D'une main, les gardes du corps firent signe à Fusang tout en pointant de l'autre leur arme sur elle : Nous avons l'ordre de vous mettre dehors.

Fusang regarda Da Yong. Un perle de transpiration lui dévalait le front, à la lisière des cheveux. Elle regarda les gardes du corps.

Dans le théâtre, tout le monde l'observait.

Elle se leva lentement et délibérément de son siège. Les gardes du corps s'apprêtaient à la reconduire.

Da Yong lança en même temps les deux poings en avant, un de chaque côté. Un coup de feu partit alors que l'arme sautait des mains du garde, atteignant le directeur en plein ventre. Da Yong ramassa l'arme par terre et dévala les marches.

Il bondit de banc en banc et traversa la foule compacte vers la sortie. L'homme d'affaires et sa famille étaient déjà sortis. Da Yong l'intercepta alors qu'il posait le pied dans sa voiture.

Ne tirez pas ! Ne tirez pas !

Tu ne vaux même pas la peine qu'on te tire dessus.

Et il lança le pistolet sur les toits, par-dessus sa tête.

Lorsque la voiture eut fait demi-tour pour revenir au pas de charge, c'en était presque terminé pour le propriétaire des abattoirs. Pendant que sa femme et sa fille restaient dans la voiture, Da Yong s'empressa d'essuyer le sang sur le visage de l'homme d'affaires et ramena sa cravate sur le devant. Puis il se mit à courir, mais son pied heurta l'un des souliers de sa victime. Il le ramassa et le remit au pied de son propriétaire. Quand il leva les yeux, il était encerclé par la police montée. Da Yong n'avait jamais vu la police aussi unie dans l'effort.

Cette fois, les policiers se montrèrent d'une efficacité redoutable. Ils exhumèrent leurs piles de dossiers comme des archéologues et découvrirent que Da Yong ne s'appelait pas en fait Da Yong mais que c'était quelqu'un qui avait disparu et réapparu de nombreuses fois. Un homme ne pouvait être que plusieurs hommes à la fois pour avoir perpétré tant de crimes.

Ce Da Yong s'était rendu coupable de manœuvres frauduleuses sur les courses de chevaux, de trafic d'esclaves et de meurtres.

En entendant cette énumération, Da Yong se sentit gagné par le découragement : c'était donc tout ?

L'après-midi même où l'on annonça sa condamnation à la pendaison, Fusang lui apporta deux bons cigares à la prison.

Il avait les cheveux emmêlés et la natte toute tordue. Fusang sortit un peigne en corne de son sac.

Il sourit et se retourna pour qu'elle puisse peigner ses cheveux à travers les barreaux. Lorsqu'il remarqua le mal qu'elle se donnait, il posa un genou en terre. Il fut bientôt complètement agenouillé, assis sur ses talons.

L'œil rivé sur le garde à deux pas de là, Fusang glissa un mouchoir de soie dans la main de Da Yong. Elle savait qu'il le mouillerait d'un peu de salive pour nettoyer le sang de son visage. Elle connaissait trop bien sa répugnance pour les plaies béantes, les cheveux emmêlés et les visages sales. Maintenant, il avait des plaies ouvertes, les cheveux comme de l'étoupe et le visage malpropre.

Agenouillé, lui tournant le dos, Da Yong lui fit part à contrecœur de ses regrets. Il aurait dû la tuer pour ne pas avoir à s'inquiéter pour elle quand il serait de l'autre côté.

Sans rien dire, Fusang faisait avec reconnaissance passer et repasser le peigne à travers les barreaux, particulièrement attentive aux endroits irrités de son crâne et contournant précautionneusement les blessures.

Il se retourna et éprouva un petit choc en se découvrant agenouillé devant Fusang, debout.

Je n'arrive pas à en croire mes yeux. Tu n'as pas l'air le moins du monde affolée. C'est pourtant un changement considérable. Comment peux-tu rester si calme ?

Plus j'avance, plus je me rends compte que je ne te comprends pas. Qu'il n'y a aucun moyen de te comprendre. En lisant entre les lignes de tous ces récits, j'ai imaginé depuis le début ton ignorance et ta simplicité, mais je me suis demandé par la suite si le fait que tu n'aies jamais dissimulé ton goût pour le sexe ne répondait pas à une légère déficience mentale qui t'empêchait de faire preuve du minimum de rouerie nécessaire. Puis j'ai pensé que l'engagement était pour toi quelque chose de plus sérieux que pour la plupart des femmes, et que tu dissimulais tes véritables sentiments parce que tu les réservais à Chris, et à Chris seul. Mais ce que tu viens de décider concernant Chris et Da Yong me plonge à nouveau dans l'incompréhension. Ton sourire me fait soupçonner de n'avoir décidément jamais rien su de toi.

Je n'arrive pas à croire que cent soixante ouvrages ne puissent fournir suffisamment d'informations pour comprendre quelqu'un comme toi.

Je n'arrive pas à croire que, avec plus d'un siècle de recul, tu ne sois rien de plus que ce que ces auteurs ont compris de toi sur le moment : « Cette superbe prostituée est apparue mystérieusement dans ce port, beaucoup de choses se sont mystérieusement produites autour d'elle, et enfin elle a mystérieusement disparu. »

Tu devrais savoir que je ne supporte pas le mystère ; même si je te décris comme une énigme, j'ai absolument besoin d'entrevoir ce qui se cache derrière. Tu vois dans quel état tout cela me met, et pourtant tu continues de t'éventer avec ton éventail en soie. C'est toujours ainsi que tu as regardé les gens désespérés ou, en l'occurrence, ceux qui sortent d'une bagarre : tu souriais comme si tu n'étais pas vraiment là, avec à peine un petit rien de surprise, et à peine un petit rien de pitié. Tu donnes l'impression que ce sont *eux* le mystère.

Je te soupçonne d'avoir compris depuis longtemps qui était en réalité Da Yong. Lorsqu'il t'a offert ce bracelet d'argent, tu savais où était son pendant. Il s'agissait de bijoux assez grossiers, faits à la main, l'un figurant une tête de dragon, l'autre une tête de tigre, mais uniquement reconnaissables comme telles grâce au travail du vieil artisan de campagne qui les avait fabriquées. Tu as commencé à porter le tien, celui avec la tête de tigre, quand tu avais deux ans. Lorsqu'il est vraiment devenu trop petit pour toi et que même l'artisan n'a plus pu l'agrandir, tu l'as toujours gardé sur toi. Tu ne l'as jamais perdu, malgré tout ce temps, comme s'il refusait tout simplement d'être perdu.

Celui que Da Yong vient de te remettre, celui avec une tête de dragon, est plus grand. Au moment où il te le donne, ses yeux étudient ton visage, mais son ton est étonnamment sec : Va mettre ça au clou pour m'apporter un bol de bouillon de poisson ! C'était le dernier bijou qui lui restait.

Tu sais qu'il te teste.

Il t'a souvent interrogée sur tes origines. Tu ne lui as jamais dit grand-chose.

La relation qui t'unit à Da Yong est donc claire à présent. Mais qu'en est-il du lien qui te relie à Chris ?

Lorsque tu arrives à l'école, tu entends des roulements de tambours en provenance de la cour. Tu regardes par la grille et tu vois toutes les filles en cercle autour de Chris. Elles sont une trentaine, la plus jeune ne devant pas avoir plus de onze ou douze ans, et chacune porte un vieux tambour à la taille. Dès que Chris lance un ordre, les filles battent le tambour et se mettent à rire, à rire tellement qu'elle finissent par se laisser tomber et se rouler par terre de rire.

Chris tente de garder un visage sévère, mais il ne tient pas longtemps avant d'éclater de rire à son tour. Il rit comme un fou et pourchasse les filles qui lui donnent des coups de baguette sur la tête.

Toi aussi, tu ris. Longtemps.

Quand Chris est soulevé du sol par tout un groupe de filles, il rit et gronde à la fois, le visage empourpré, mais il ne met pas longtemps à se dégager et reprend l'assaut. Tous sont couverts de poussière, la figure trempée de sueur.

La nuit commence à tomber. Chris ramasse sa veste et dit quelque chose à ses élèves. L'une d'elles l'informe qu'il a le dos sale et il se tourne pour qu'elle puisse faire partir la poussière.

Ils viennent vers toi, maintenant. Tu te détournes très vite car tu viens de voir ce regard vide sur le visage de Chris. Au moment où tu te tournes vers le mur, l'allumeur de réverbères soulève une grande perche au-dessus de ta tête. Tu sais que Chris, cette fois encore, ne s'arrêtera pas.

Les gloussements et les bavardages se rapprochent. Au milieu de tous ces pas, tu repères celui de Chris. Il a toujours la même démarche dégagée que lorsqu'il avait douze ans. Il est maintenant beaucoup plus arrogant que quiconque, y compris lui-même, ne semble s'en apercevoir. Toi et moi en avons cependant conscience. Comment expliquer sinon ton sourire entendu ?

Tu entends ses enjambées se raccourcir lorsqu'il se rapproche, se raccourcir et, semble-t-il, ralentir un peu. Il y a ensuite une pause très brève, ou peut-être qu'il ne s'agit même pas d'une pause mais du battement erratique de ton cœur. Et puis, exactement comme je l'avais prédit, il poursuit son chemin.

Tu éprouves un pincement au cœur. Ou peut-être pas... je ne suis pas sûre de pouvoir deviner ce qui te passe par la tête en ce moment. Je ne sais même pas avec certitude ce qui t'a poussée à venir à l'école. Je ne sais pas si en venant ici tu avais l'intention de commencer quelque chose ou au contraire de mettre fin à quelque chose. J'avais l'impression que tu venais lui parler du lien qui t'unissait à Da Yong et de ce que tu comptais faire, mais il t'a épargné cette peine.

Tu contemples tes pieds et, pour la première fois, tu regrettes qu'ils ne soient pas plus grands, pour pouvoir suivre ces filles.

Ou peut-être que tu ne penses pas du tout. J'ai cette terrible manie de toujours vouloir en même temps orchestrer et analyser la réflexion de chacun. Mais tu ne penses rien. Tu as l'esprit complètement vide.

Brusquement, Chris fait volte-face et se tourne vers toi.

Tu l'entends souffler puis appeler ton nom. Alors que tu te demandes encore si tu dois te retourner, tu le découvres devant toi. Plus aucune distance ne vous sépare. Lorsque son souffle touche tes tempes, tu ne vois plus que sa poitrine qui se rapproche de toi, qui se gonfle vers toi. Tu tournes la tête.

C'est à ce moment précis qu'il te prend la main. Tu contemples ta main dans sa poigne solide.

Les élèves ont remarqué qu'il se passe quelque chose et s'arrêtent, le corps tout entier tendu, le cou, le visage. Elles semblent toutes te regarder de travers.

Chris lâche ta main puis la reprend plus théâtralement encore.

L'uniforme gris des écolières se fige, comme gelé. Elles ont oublié qu'elles ne sont pas censées afficher une telle expression de choc ou de dégoût. Elles ont oublié qu'elles ne regardent en fait personne d'autre qu'elles-mêmes, et que deux ou trois ans plus tôt la plupart d'entre elles lançaient dans la rue : Hé, monsieur, jolie petite Chinoise, toi venir voir !

Mais tu ne les remarques même pas. Tu sens juste la main de Chris qui se refroidit et commence à trembler.

Il te tient pourtant résolument la main pour te conduire vers elles. Sa résolution est là pour les défier. Et pour se sacrifier. Sa résolution de martyr rend sa main aussi froide que la boue au fond d'une rivière gelée. Sa résolution force les filles à ne plus te regarder avec cette expression réprobatrice mais à montrer, à mesure que tu te rapproches, davantage de tolérance à ton égard.

Cependant, Chris ne te conduit pas au milieu d'elles. Il ralentit le pas et se tourne vers toi, la figure plus blanche qu'une feuille de papier dans la pénombre. C'est devenu un bel homme rempli d'arrogance ; nous devons toutes les deux le reconnaître.

Les ouvriers sortent tout juste de leur journée de

travail à la fabrique de cigares ou de chaussures, épuisés, la natte en bataille. Quand ils vous voient, Chris et toi, vous tenir par la main, leurs yeux doublent de volume. Le choc est tel qu'il semble regonfler leur moral défaillant.

Chris t'attire plus près de lui, t'enlace presque. Il a horreur de voir que les ouvriers sont à ce point choqués, et son jeune visage blême est maintenant animé par l'esprit de justice. Il ne se rend absolument pas compte de ce qu'il ne cesse de répéter depuis qu'il a pris ta main : Fusang, nous allons faire notre vie ensemble. Je veux que tout le monde le sache. Je vais t'emmener dans le Montana, où les Blancs et les gens de couleur peuvent se marier.

L'expression de son visage et ces phrases sans cesse répétées font penser à la présomption des gens qui vouent leur vie à une cause. Le vent envoie son épaisse chevelure blonde en arrière, découvrant son large front. Son visage me rappelle alors celui des idéalistes à travers les âges, quelle que soit leur cause : la certitude que la Terre tourne autour du Soleil, la théorie de l'évolution, la Commune de Paris, la révolution d'Octobre, la Règle de trois, le communisme... c'est comme si le fait d'être avec toi, Fusang, ne répondait en rien à quelque chose d'aussi superficiel que l'amour ou le bonheur, mais à un grand sacrifice. Ou peut-être que quand l'amour parvient à ce degré, il élimine tous les sentiments ordinaires pour devenir une doctrine, un idéal qui ne peut être atteint que par un sacrifice. Il se sert de toi pour accomplir son sacrifice en vue de l'amour idéal. Il veut aussi montrer à tous ceux de sa race et de la tienne que son sacrifice jettera un pont par-dessus les divisions raciales. Grâce à toi, il peut se sacrifier et racheter ainsi les crimes que les siens ont perpétrés contre toi. Il donnerait une vie, non, disons trois, pour réparer le viol collectif commis pendant l'émeute. Ton amour n'est plus une affaire privée entre vous deux car il l'a annoncé au monde entier, à tous ces visages, Blancs et Jaunes confondus, dominés par les préjugés et l'étroitesse d'esprit.

Chris te tient par la main et marche à ton côté malgré l'incompréhension et le dégoût de ses élèves, malgré la stupeur — elle n'aurait pas été plus forte s'ils avaient vu un chat sortir avec un chien — des ouvriers des fabriques de cigares et de chaussures. Chris avance comme s'il participait à une manifestation, comme s'il avait oublié que c'était l'amour et l'amour seul qui l'a poussé à venir vers toi.

Ou peut-être que je me trompe encore et que Chris ne pensait pas du tout ni au sacrifice ni à la rédemption. Mon interprétation des Blancs s'appuie le plus souvent sur une pensée chinoise. Peut-être Chris ne réfléchissait-il pas autant que cela. Peut-être pensait-il simplement s'amuser un peu avec toi, maintenant que Da Yong était hors d'état de nuire. Da Yong sera pendu demain matin à dix heures... c'est dans tous les journaux.

La nuit a été bonne. Vous n'avez pas beaucoup parlé ni l'un ni l'autre. Vous avez découvert tous les deux que, avec les différences de langue, le mieux pour communiquer est encore de ne pas parler. Il n'y a pas de malentendus avec le silence. Il est toujours parfaitement exact.

Vous êtes allés dans un petit restaurant. Le serveur te connaissait et a apporté une assiette d'escargots de rivière avant même que vous ayez commandé. Ils étaient encore chauds et étaient certainement encore vivants quand ils sont arrivés dans ton assiette. Le côté espiègle de Chris a soudain refait surface lorsqu'il a essayé d'attraper les coquillages glissants avec des baguettes, sans parvenir une seule fois à en amener un jusqu'à sa bouche. Dès qu'une baguette n'était plus dans l'alignement de l'autre, il la repoussait avec l'index de la main gauche. Tu as pris un coquillage avec tes baguettes, tu en as aspiré le jus puis tu as introduit le bout d'une baguette dans l'ouverture ménagée près de la queue pour mieux aspirer la tête. Chris en est resté bouche bée, fasciné par l'agilité de tes lèvres et de ta langue. Il a tendu la main sous la table et a trouvé ton genou.

La nuit a été bonne, tellement bonne qu'elle semblait un présage. Il s'est endormi dans tes bras. Au matin, tu ne savais plus comment faire : malgré tous tes baisers, tu n'arrivais pas à te dégager. Il dormait si profondément, comme tous les jeunes gens. Tu as fini par le repousser quand même et t'apprêtais à te lever quand tu as dû te rallonger pour dégager tes cheveux, mèche par mèche, de son étreinte. Il s'accrochait si fort que tu n'as pu lui retirer la dernière mèche. Tu t'es alors retournée pour prendre les ciseaux sur la coiffeuse, et tu as coupé les cheveux, laissant à tout jamais la mèche dans sa main.

Oui, je dis bien à tout jamais. Je vois déjà comment tout cela va finir. La voiture t'emporte vers la potence. C'est loin. Tu as tout le temps de te coiffer, de te poudrer le visage, de te préparer selon le rite. La femme que tu as engagée corrige tes erreurs sans dire un mot. Elle a été mariée un jour. Le dais est posé sur le siège, à côté de toi.

Tu revêts la robe de satin épais, brodée de dix *catties* de soie colorée. Tu es superbe. Les doigts te démangent de caresser la robe, de la même façon que j'éprouve toujours le besoin irrépressible de toucher les pièces exposées dans un musée.

Lorsque le conducteur arrête la voiture, tu entends les rugissements du vent marin.

Da Yong portait plus de vingt kilos de fers aux poignets et aux chevilles, et une veste de mandarin en satin noir sur une longue tunique de lainage gris. Malgré leur saleté, il avait les cheveux soigneusement peignés, et l'huile parfumée qui enduisait sa natte la faisait pendre bien droite jusqu'à ses reins. On avait choisi plusieurs gardes pour escorter Da Yong à la potence, et ceux-ci l'entourèrent d'un pas prudent pour le faire sortir de sa cellule.

Il tira un mégot de cigare de derrière son oreille et demanda du feu.

Les gardes admiraient Da Yong. Parce que sa vie avait été un grand spectacle et qu'il allait en être de même de sa mort. Et aussi parce que, lorsqu'il avait été encerclé par la police, il ne s'était pas rendu et n'avait pas résisté non plus, mais s'était simplement plié à la loi avec dignité. Et aussi parce que les policiers n'avaient découvert qu'après son arrestation la collection de poignards à sa ceinture — il aurait pu chercher à s'en servir pour pouvoir s'échapper.

L'un des gardes a pris une allumette, l'a frottée et, le corps tendu, sur la défensive, a allumé le cigare de Da Yong.

Da Yong a ri et a dit : Alors, cette mort qui traîne en longueur, ça vous porte sur les nerfs, non ?

Ça, c'est sûr, a convenu le garde.

Un mariage, ça donnerait un peu de gaieté à cet endroit, vous ne trouvez pas ?

Oui, certainement, a fait le garde.

Le vent rugissait. Il apportait des sons de cornes de brume, puis il changea de direction et apporta des accords de musique venus d'ailleurs.

Da Yong vit Fusang approcher avec son escorte. Marchant vers lui sur un tapis de satin rouge, elle avait revêtu ses plus beaux atours et avait la tête recouverte du voile montrant le phénix rouge qui faisait face au soleil levant. Le dais fut installé en face de la potence.

Le terrain était délimité par des cordes, et une petite foule s'était rassemblée derrière. La plupart des personnes présentes étaient chinoises, mais il y avait aussi quelques reporters blancs. Tous les vêtements flottaient au vent. Mais des pièces de monnaie étaient cousues sur le voile de Fusang et le vent ne pouvait le faire bouger.

Da Yong marchant devant et Fusang quelques pas derrière, chacun tenant un ruban de la grosse fleur de satin suspendue entre eux, ils avancèrent vers le dais et s'agenouillèrent devant. Da Yong faisait en réalité un marié très présentable — il ne quittait pas Fusang des yeux, même quand il faillit trébucher sur ses chaînes.

Un garde vint déplacer les fers de Da Yong afin qu'il puisse s'agenouiller plus confortablement.

Lorsque le voile fut retiré, la foule poussa un cri

d'admiration. Fusang était si belle que certains se mirent à pleurer.

Da Yong sourit en contemplant sa fiancée. Il l'imaginait très bien en train de pousser la meule, de couper du bois, de porter des paniers aux bouts d'une perche. La Fusang qu'il voyait lavait le linge à la rivière, écossait des pois sur le seuil de leur maison, attendait qu'il rentre. Il voyait toutes ces femmes alignées sur la rive, et Fusang qui courait parmi elles pour accueillir, non pas le facteur, mais lui, Da Yong, enfin rentré au pays. Da Yong avait là soixante ans, et la Fusang qui courait en avait cinquante.

Voyant toutes ces choses, il lui dit : Prends tout ton temps, mène une vie longue et heureuse. Je peux t'attendre.

Je te ramènerai au pays, promit Fusang.

Répands la moitié de mes cendres dans l'océan.

D'accord. Et qu'est-ce que je fais de l'autre moitié ?

Da Yong hésita. Disperse-les sur la tombe de ma mère. Il rit. Elle me reconnaîtra.

Chris se fraya un chemin dans la foule pour voir le bateau partir.

Il se précipita au-devant, se cognant contre des dos et des épaules, et écrasant des pieds tandis qu'il dévalait les inégales marches de pierre du quai.

Il regardait Fusang qui, debout sur le pont, tout de rouge vêtue, rapetissait peu à peu. Il vit qu'elle tenait dans ses bras l'urne contenant les cendres de Da Yong, recouverte de soie rouge et surmontée d'une calotte de marié chinoise.

Chris avait appris par les journaux ce que Fusang avait fait après l'avoir quitté, ce matin-là. Elle ne lui avait laissé qu'une mèche de cheveux entre ses doigts crispés et s'était échappée sans un mot.

Le journal avait publié une photo du mariage devant la potence et annonçait que la mariée embarquerait le treize juin pour ramener les cendres de son époux en Chine.

Chris prit conscience qu'il n'avait jamais, à aucun moment, compris Fusang.

Environ six mois plus tard, il passa par hasard devant la maison de Fusang et découvrit qu'elle était à nouveau habitée après avoir été longtemps fermée. Il y avait à nouveau une longue file de visiteurs qui attendaient devant la porte.

Il resta pétrifié un long moment, puis alla prendre sa place dans la file. Tout le monde le regarda. Il ne se laissa pas décourager et rendit les regards.

Lorsque son tour arriva, le portier (que Chris n'avait jamais vu auparavant) lui dit poliment : Pardonnez-nous, monsieur, mais nous n'acceptons pas les Blancs.

Il n'y avait effectivement aucun Blanc dans la queue. Pas étonnant qu'on l'ait regardé de cette façon !

Je suis un ami à elle, insista-t-il. Elle m'a demandé de venir.

Puis il passa devant le portier et grimpa l'escalier quatre à quatre. La porte était entrouverte et il la poussa d'une bourrade.

Une femme se retourna pour lui faire face. Ce n'était pas Fusang. Elle devait avoir quinze ou seize ans ; une petite maigrichonne.

Mais il avait déjà laissé échapper le nom de Fusang.

Le portier, qui l'avait suivi de près, lui dit doucement : Fusang est partie ; elle est partie depuis longtemps maintenant.

Chris repensa à Fusang la veille de sa mort. Il avait soixante-quinze ans et il possédait toujours la mèche de cheveux. Il prit conscience que, quand elle s'était enfuie ainsi, elle avait coupé exprès tous les liens.

Epouser Da Yong juste avant son exécution était aussi un moyen de se protéger définitivement. Elle n'avait jamais aimé Da Yong, ni mort ni vif.

Chris repensa également à sa propre vie, cette vie que Fusang avait changée. Il l'avait passée à combattre les persécutions subies par les Chinois, et la violence parmi les Chinois. Il était devenu professeur d'histoire chinoise. Il avait l'impression que Fusang observait chacun de ses mouvements.

Les cinquante ans qu'il avait vécus dans un mariage heureux et une vie de famille réussie avaient chassé Fusang de ses pensées. Le mariage l'avait protégé à tout jamais contre l'amour.

J'ai dit à mon mari blanc que j'écrivais quelque chose sur lui. Sa réaction a été : Super ! Ça fera au moins quelque chose à partager et ça fera partie de notre histoire commune.

C'est lui qui a fouillé toutes les bibliothèques de San Francisco pour m'apporter tous ces livres qui parlent de toi.

Ecoute cette description de toi, vieille : « A près de quatre-vingt-dix ans, elle porte un *cheongsam* clair orné d'un motif subtil et d'une étoffe d'excellente qualité ; ses cheveux d'argent sont rassemblés en un énorme chignon — grossi visiblement par un postiche... Personne ne sait comment cette femme qui a fait autrefois l'objet de tant de pièces de théâtre (ou devrais-je dire de tragédies ?) a passé le reste de son existence, mais, sur les trois mille prostituées chinoises qui ont débarqué ici, elle est certainement celle qui aura vécu le plus longtemps. »

D'autres ouvrages ont encore ceci à dire à ton sujet : « Un petit resto installé près du quartier des banques ; sa propriétaire semble avoir dans les soixante ans. Il paraîtrait qu'elle est la même Fusang qui a tant défrayé la chronique. Les clients font la queue jusque sur le trottoir, mais elle n'a jamais voulu agrandir la salle. »

Enfin, il y a des sources qui te décrivent d'une façon nouvelle pour moi : « A soixante-dix ans, elle est assise devant un étal de fruits et épluche des ananas. Elle est pauvrement vêtue et semble préoccupée tandis qu'elle attend le client occasionnel. »

Toutes ces versions qui divergent en ce qui concerne ton grand âge te font sourire. Cela montre qu'il peut y avoir des tas de visions différentes d'un même événement historique.

C'est pour cela que mon histoire et celle de mon mari ne seront jamais la même.

Sans prêter attention à toutes ces descriptions, tout ce dont je peux être sûre c'est que tu es juste devant moi. Rapproche-toi un peu de la lampe. Parfait. Je respire à présent le parfum de tes cheveux.

Cela me rappelle quelque chose : As-tu toujours le bouton doré de Chris à l'intérieur de ton chignon ? Combien de temps exactement comptes-tu le garder, avec toutes ces versions différentes de ton histoire ?

De la même façon, Chris a gardé ta mèche de cheveux.

Un jour que tu descendais précipitamment les marches de l'église de la Vierge-Marie, un grand vieillard tout mince est passé près de toi en montant. Ses cheveux blancs volaient au vent. C'était Chris. Vous ne vous êtes pas reconnus.

Une autre fois, tu as vu un vieux couple accompagné d'un jeune homme sortir d'une voiture à l'arrêt. Le jeune homme t'a paru familier. Tu as attendu qu'ils soient partis avant de te souvenir qu'il te faisait penser à un mélange de Chris et de toi. Il s'appelait Chris lui aussi, il avait repris ainsi le nom de son père.

Au hasard de la destinée, Chris et toi veniez de deux mondes différents pour gagner le même endroit, tomber l'un sur l'autre et ne pas vous reconnaître, ni l'un ni l'autre n'accordant à l'autre ne fût-ce qu'un second regard.

Il arrive que mon cœur bondisse dans ma poitrine parce que tu manques de regarder en arrière et que Chris s'arrête presque ! Mais vous finissez toujours par vous manquer.

Cette fois, je suis bien décidée à ce que vous vous retrouviez. La femme de Chris vient de mourir et celle qui l'accompagne est sa fille. Il veut aller déjeuner à Chinatown. Tu es attablée dans un coin du restaurant bondé. Tu termines tes escargots de rivière pour avoir quelque chose à faire. Sa fille et lui entrent et demandent si c'est le seul restaurant à servir des escargots de rivière. Tu hoches la tête en souriant. Il demande s'ils peuvent partager ta table. Bien sûr, réponds-tu. Il te voit manger un coquillage et se tourne en souriant vers sa fille pour lui glisser quelques mots à l'oreille. Quelque chose te gêne soudain et tu demandes la note. Il t'examine alors plus attentivement. Peut-être le son de ta voix a-t-il réveillé quelque chose en lui. Lorsque les plats arrivent, tu le regardes à ton tour, espérant que l'une de ses baguettes va déraper devant l'autre et qu'il devra s'arrêter de manger pour la redresser avec l'index de la main gauche. Mais il sait très bien manier ses baguettes, presque aussi bien que toi. C'est normal, après tout ce temps passé à s'entraîner. Tu prends lentement le dernier coquillage, tu en pousses la queue avec une baguette et le portes à ta bouche. Il lève les yeux à ce moment-là et vos regards se rencontrent.

Il faut que je me demande si le fait que vous ne vous soyez pas reconnus était intentionnel ou pas. Tu as pris la note, tu as payé et tu es partie vers la porte. Au moment de sortir, tu t'es retournée, mais il ne t'a offert que sa nuque. Pourtant, à peine as-tu repris ton chemin qu'il s'est retourné à son tour, pour te regarder. Et tout ce qu'il a vu a été ton dos tandis que tu t'éloignais à tout petits pas.

Kazuo Ishiguro

Un artiste du monde flottant

À la fin des années 40, le peintre japonais Masugi Ono erre dans les pièces de sa maison comme dans les pans de son passé. Avant la Deuxième Guerre mondiale, il connaît l'essor du patriotisme et influence les autorités pour l'ouverture d'un lieu de plaisirs afin d'encourager le Nouveau Japon. Après l' "Apocalypse", cet homme, qui n'a cessé de "consacrer son art à exalter des choses aussi impalpables, aussi fugitives" que celles du "monde flottant" et de ses voluptés, semble avoir perdu ses repères, alors que les traditions se désagrègent autour de lui. Dans une écriture fluide et délicieuse, Ishiguro esquisse le portrait d'un Japon en mutation, ode à la beauté et à l'éphémère.

n°2121 – 6,90 €

Yasunari Kawabata

Nuée d'oiseaux blancs

Le père de Kikuji, amateur averti de l'art du thé, a eu deux maîtresses, Chikako, vite délaissée, et Mme Ota, qu'il aima passionnément jusqu'à sa mort. Des années plus tard, Kikuji est invité à une réunion de thé chez Chikako, où il retrouve Mme Ota et sa fille. Le jeune homme s'éprend alors de la maîtresse de son père défunt. Avec raffinement et finesse, Kawabata, prix Nobel, peint le portrait d'un homme parti à la dérive, aux prises avec ses obsessions, son désespoir, que la beauté et les traditions sont impuissantes à exorciser.

n°1766 – 6,90 €

DOMAINE ÉTRANGER, DES ROMANS D'AILLEURS ET D'AUJOURD'HUI

Sarah Waters

Caresser le velours

Nancy, une jeune écaillère passionnée de music-hall, s'éprend de la fascinante Kitty, une artiste au numéro de dandy. Les voilà parties pour Londres et la vie de bohème, toutes deux sur scène, et bientôt célèbres dans tout le West End ! Viendra pourtant le temps du désamour. Et pour Nancy, l'éducation sentimentale dans le Londres interlope. Érotique et historique, ce premier roman de Sarah Waters, devenu culte outre-Manche, ressuscite dans une débauche de mélodies, de parfums et de costumes, les dernières années de l'Angleterre victorienne.

n°3550 – 10 €

DOMAINE ÉTRANGER, DES ROMANS D'AILLEURS ET D'AUJOURD'HUI

Impression réalisée sur Presse Offset par

BRODARD & TAUPIN

GROUPE CPI

La Flèche (Sarthe), 22259

N° d'édition : 3569
Dépôt légal : février 2004

Imprimé en France